Читайте романы
примадонны иронического детектива
Дарьи Донцовой

Сериал «Евлампия Романова. Следствие ведет дилетант»:

Дарья Донцова

Безумная кепка Мономаха

роман

советы

Советы

от безумной оптимистки Дарьи Донцовой

Москва

ЭКСМО

2006

ИРОНИЧЕСКИЙ ДЕТЕКТИВ

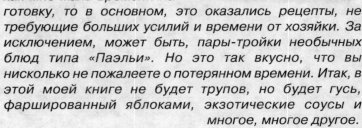

Безумная кепка Мономаха

роман

Глава 1

Легче всего создаются трудности. Причем в подавляющем количестве случаев человек собственными руками выращивает дерево неприятностей, а когда на нем начинают весело распускаться яркие цветы, усиленно льет в кадку воду и удобрения.

Увы, все вышесказанное стопроцентно относится и ко мне.

Много лет я, Евлампия Романова, ощущала себя лишней на празднике жизни, потом наконец-то обрела семью, совершенно замечательную: подругу Катю, ставшую мне сестрой, кучу детей и домашних животных. К этому подарку судьбы прилагалась и возможность никогда не ходить на службу, так как за хозяйством необходим глаз да глаз.

Все члены нашей огромной фамилии очень любят покушать, и большую часть дня я теперь провожу, приковавшись к плите. Может, кому подобная жизнь и кажется ужасной, но я-то, выросшая единственным, тщательно опекаемым ребенком у сверхзаботливой мамы и более чем тревожного папы, мечтала о многочисленной родне. А еще мне казалось, что выпекание пирожков, жарка котлет и варка борща невероятно увлекательное занятие.

Но человек крайне противоречивое животное. Любая бродячая собака, попав с улицы в уютную квартиру, где ее мгновенно начали обожать хозяева, легла бы на подстилку в кухне и ощутила полнейшее блаженство. Я же, получив наконец доступ к плите, истово занималась кулинарией... примерно месяц, а затем стала тяготиться ролью поварихи, поняв, что Господь явно имел на мой счет иные планы. С одной стороны, мне очень хотелось, налепив пельменей, плюхнуться у телика с вязанием, с другой — было стыдно не приносить в дом ни копейки.

И Катя, и Сережка, и Юлечка, и Вовка Костин без устали повторяли:

— Лампа, у нас нет особых материальных проблем, будет лучше, если ты стала бы заниматься исключительно хозяйством.

Я соглашалась с членами семьи, но потом в голову пришла интересная мысль: мне надо есть, в смысле питаться. А кто не работает, тот, понятное дело, не имеет никаких деликатесов. Да бог с ней, с черной икрой, опасная, между прочим, для здоровья вещь, овсянка куда более полезна, но только и геркулес в магазине бесплатно не дадут. Хорошо, стоя у плиты, голодной не будешь, но еще нужно одеваться: брюки, свитерок, ботинки. Ладно, я не шмотница, но голой и босой по улицам не пойти.

Кстати говоря, домашние отдают зарплату мне, я планирую расходы, отвечаю за пополнение накопительного фонда, являюсь, так сказать, основным банкиром. Но запустить лапу в заначку, чтобы приобрести себе, допустим, приглянувшуюся курточку, мне стыдно.

А еще у людей случаются дни рождения, на дворе наступают Новый год, Пасха, 8 Марта, 23 февраля, и следует дарить домашним милые сувениры. Ну, не могу же взять Юлечкину зарплату и купить ей на ею же заработанные рубли, допустим, духи. Согласитесь, это смешно!

Впрочем, все вышеперечисленные «занозы» можно было и не заметить, но, бегая с утюгом и веником по дому, я быстро превратилась в «ты бы». Только и слышно было: «Лампа, ты бы сходила за хлебом...», «Лампуша, ты бы купила крем для обуви...», «Лампудель, ты бы погладила мне брюки...», «Ламповецкий, ты бы приготовила холодец...» и так далее. В общем сплошное, «ты бы...», «ты бы...».

Потом возникла еще одна, совершенно парадоксальная ситуация. Вроде сижу день-деньской дома, следовательно, по мнению окружающих, являюсь лентяйкой, ни фига не делаю, и для таких, как я, придуманы сериалы про латиноамериканские страсти. Но знаете ли, мои дорогие, наслаждаться лентами про чужие семейные передряги у домашней хозяйки особого времени нет. Утром вскочила раньше всех, приготовила завтрак, проводила домашних в школу, на работу, помыла посуду, убрала квартиру, сунула белье в стиральную машину, сбегала на рынок, зарулила в супермаркет, приволокла пудовые сумки, разобрала их, распихала пакеты по полкам, приготовила обед-ужин, погладила рубашки и кофточки, пришила пуговицы, плюхнулась в кресло с вязанием в руке, только-только перевела дух и расслабила ноющую спину, как уши уловили звук открывающейся двери и бодрый мужской голос:

— Ау! Есть кто живой? Есть хочу, умираю.

При этом учтите, что в нашей семье нет младших школьников и из моего расписания выпали такие «прелести», как «отвод» сопротивляющегося чада на занятия, «привод» его назад, проверка домашних заданий, поездка с дитяткой в спортивный зал, музыкальную школу, художественную студию, кружок икебаны, танцевальный класс и иже с ними.

Вот он, удел домохозяйки: то, как она вспуганной кошкой металась по маршруту школа — магазин — дом — плита — стиральная машина — гладильная доска — школа — дом — кружок мягкой игрушки — репетитор по английскому языку — дом — тетради с заданиями по всем предметам — угол — ремень — магазин игрушек — дом... не видели ни муж, ни свекровь, ни другие родственники. Зато, вернувшись домой, все они приметили вас в кресле у телика и сделали вывод: хорошо живется лентяйке!

Именно поэтому, просуществовав некоторое время домашней хозяйкой, я бросилась искать работу. Ведь, устроившись на службу, я смогу спокойно несколько раз в день пить чай и кофе, лакомиться тортом, булочками, курить, обсуждать с коллегами модные прибамбасы и новинки косметологии, сплетничать (поверьте, у несчастной, не служащей нигде женщины времени на сии мелкие радости просто нет!). А потом, заявившись домой, с чистой совестью упаду в кровать, обложусь любимыми детективами и спокойно отвечу на нытье домашних:

— Я работаю, как и вы, почему должна идти заваривать всем чай? Сами постарайтесь. Кстати, мне принесите с вареньем!

Но увы, девушке, имеющей в кармане диплом о высшем музыкальном образовании, в нашем мире перекошенного капитализма в стадии накопления богатства устроиться очень трудно. Кем я только не служила... не стану сейчас перечислять конторы и должности.

В конце концов мне улыбнулось счастье. Зная о том, что Лампа Романова всегда мечтала работать детективом, Володя Костин сжалился и пристроил подругу в агентство, которым руководит мужчина со странным именем Юрий Лисица.

Идя в первый день на работу, я ощущала настоящее счастье, но, когда оказалась на месте, восторга поубавилось.

Детективное агентство располагалось в крошечной комнатенке, на первом этаже некоего НИИ. Ранее институт был престижным местом, а его сотрудники получали хорошую зарплату, но после перестройки учреждение захирело, и директор, дабы не скончаться от голода, начал сдавать в аренду лаборатории и даже отдельные кабинеты. Сейчас то, что осталось от НИИ, ютится на третьем этаже в двух чуланах, а все помещения заняты конторами, вход в бывшую цитадель науки украшают разномастные таблички типа «Натяжные потолки», «Печи и камины», «Оборудование для дайвинга», «Стоматолог», «Анализы за один день», «Педикюр и маникюр» и так далее.

Наше агентство уютно устроилось в самом конце коридора, между туалетом и секс-шопом, поэтому в дверь к бравым сыщикам частенько ломятся растрепанные тетки с радостным вопросом:

— А где тут у вас пописать?

Не может наша фирма похвастаться и огромным штатом работников. Собственно говоря, служащих немного, а если честно — совсем мало. Меньше некуда — я одна. Юра является моим начальником. Это все.

Клиентов у нас за три месяца не случилось, зарплату мне дают грошовую, правда, Юрик обещает большой процент, если получит в конце концов заказ и успешно выполнит его. Но пока что о таком заказе ничего не слышно, и я, поджидая клиентов, тихо и мирно сижу в «офисе» с романом Марининой в руках. Одна радость — теперь могу совершенно спокойно читать любимые книги, прерывая упоительное занятие лишь для того, чтобы ответить очумелым согражданам:

— Здесь писать нельзя. Конечно, мне жаль, что не могу вам помочь, но в нашей комнате стоит лишь письменный стол, унитаз расположен за соседней дверью.

Вот и сегодня, не успел взор уцепиться за страницу, как послышался скрип, а затем смущенное покашливание.

— Туалет дальше по коридору, — машинально сообщила я, не поднимая головы.

Уши ожидали услышать стук закрывающейся створки о косяк, но вместо него раздался довольно приятный баритон:

— Девушка, у вас есть пенис?

Вопрос был настолько неожиданным, что я выронила детектив и уставилась на посетителя. Им оказался мужчина лет тридцати пяти, одетый в милицейскую форму.

— Пенис? — растерянно переспросила я. — Нет, конечно.

— Просто безобразие! — вдруг начал злиться странный визитер. — Только что звонил, спрашивал, имеете ли пенис размера кинг-сайз, пятьдесят сантиметров длиной. Вы заверили: товар в наличии. Я ехал сюда через пробки! Интересное дело! Ведь уточнил, еще черную краску к нему заказал и...

Тут до меня дошло, что представитель правоохранительных органов желает купить в секс-шопе фаллоимитатор, и я быстро сообщила:

— Вы ошиблись дверью. Точка, торгующая игрушками для взрослых, расположена левее от входа в нашу фирму.

— Простите, — осекся мент и повернулся, чтобы выйти в коридор, но меня некстати разобрало любопытство.

— А зачем вам черная краска? — сам собой вырвался вопрос.

Милиционер захихикал:

— Нарисую на, кхм, этом самом, черные полоски и другу подарю на день рождения. Он в ГАИ служит, типа жезла получится. Прикольно, да?

— Ага, — кивнула я, — замечательная шутка, тонкая, интеллигентная. Ваш приятель придет в восторг и встанет с сувенирчиком на перекрестке.

Идиот в фуражке заржал и ушел, я осталась одна и решила выпить кофе. Но увы: оказалось, что он закончился. Придется идти в магазин. Тяжело вздохнув, я пошла к двери, прихватив джинсовую курточку — на дворе август, но на улице жуткий холод, лето вновь обошло Москву стороной.

Через два дома от НИИ расположен огромный торговый центр, там есть и продуктовый отдел, и масса других магазинов и магазинчиков. Торопиться мне было решительно некуда, туалет и секс-шоп люди сумеют найти и без подсказок сотрудницы детективного агентства. К тому же Лисица на данном этапе находится в гостях у очередной дамы сердца.

Юрик у нас — самозабвенный бабник, причем самого отвратительного толка: он мгновенно влюбляется, вспыхивает, словно бенгальский огонь, и через два дня после знакомства предлагает объекту страсти руку и сердце. Не следует думать, что Юрик желает столь нехитрым способом залучить в постель капризничающую бабенку. Лисица высок ростом, статен, обладает хорошей речью и внешне выглядит, словно помесь оперного тенора с олимпийским чемпионом по гимнастике. Глупые тетки сами пачками падают к ногам Лисицы и складируются в штабеля. Замужество мой начальник предлагает совершенно искренно. В тот момент, когда Юрик шепчет: «Стань моей навсегда», — он глубоко уверен, что и впрямь нашел спутницу жизни.

Заручившись согласием, Юрасик начинает активно готовиться к свадьбе: он знакомится с будущей тещей, причем всегда невероятно нравится ей, начинает ходить в дом на правах официального жениха, покупает белое платье для невесты, заказывает ресторан, оплачивает музыкантов, фотографа, бронирует машины, но... Но до самой церемонии дело никогда не доходит. А все потому, что Юрик на одной из стадий подготовки к главному торжеству жизни встречает либо сотрудницу ЗАГСа, либо официантку, либо продавщицу, либо цветочницу, либо еще кого (сами понимаете, выбор на ярмарке невест практически неограничен, Москва изобилует прелестными свободными женщинами), мгновенно понимает, что совершил фатальную ошибку, и производит рокировку.

Пожалуй, я не стану живописать, как ведут себя отвергнутые невесты. Меня удивляет, что Юрик до сих пор жив, потому что в столице имеется добрая сотня девиц и дам раннего бальзаковского возраста[1], готовых растерзать бывшего жениха в лохмотья.

Так вот сейчас Юрчик находится на стадии знакомства с очередной мамой очередной дамы сердца. Он отбыл на фазенду невесты и уже небось жарит шашлык или хвалит посадки будущей тещи, поэтому никто не станет укорять меня за брошенный пост. И вообще, любому служащему положен перерыв.

Успокоив некстати поднявшую голову совесть, я медленно пошла вдоль витрин, полюбовалась на красивые босоножки, модные свитерочки, джинсы, купила банку хорошего кофе. Потом увидела отдел телевизоров и решила заглянуть в него.

Вчера наша, стоящая на кухне и верой и правдой служившая семье Романовых невесть с каких лохматых времен, «Юность» скоропостижно скончалась. Оплакав телик, мы решили приобрести ему достойную замену с плоским экраном. В моей заначке хранится довольно большая сумма — мы копим на дачу, хочется проводить побольше времени на свежем воздухе, — но без телевизора в доме как-то неуютно, вот я и решила просто прицениться, посмотреть на ассортимент.

Едва я вошла в торговый зал, как глаза мои на-

---

[1] Сейчас, когда люди произносят определение «бальзаковский возраст», они чаще всего имеют в виду дам, перешагнувших пятый десяток, но на самом деле великий французский романист писал о тридцатилетних женщинах.

чали усиленно моргать, а к горлу подобралась тошнота. Со всех стен светились экранами разного размера густо, от пола до потолка, натыканные телевизоры, и все они демонстрировали одну программу — «Криминальные новости», ежедневное обозрение. Интересно, кто спонсирует подобный показ? Может, какая-нибудь преступная организация, купив эфирное время в качестве рекламы? Нет, поймите меня правильно, я не осуждаю людей, которые, вооружившись бутербродом с вкусной колбаской, смотрят на трупы и реки крови. В конце концов, у каждого свои удовольствия. Но лично мне приятней читать о выдуманных коллизиях, чем наблюдать подлинный ужас. И как тут выбирать телевизор, если взгляд невольно цепляется за жуткие кадры очередной катастрофы, произошедшей на одной из улиц столицы?

Словно кролик, загипнотизированный взглядом удава, я замерла возле стены, мерцавшей многочисленными экранами. Хорошо хоть звук был приглушен, но все равно речь корреспондента легко разносилась по торговому залу:

— Страшное ДТП случилось только что на Валовой улице...

Я вздрогнула. Надо же, совсем рядом, буквально в пяти шагах от торгового центра, в котором я находилась, дорогая иномарка влетела в стену дома.

— Имя погибшего пока неизвестно, — захлебывался в ажиотаже репортер. — Мы случайно ехали мимо и сами стали свидетелями ДТП. В такси, которое задела иномарка, пострадавших нет. А вот и его водитель! Эй, стойте, скажите пару слов, телезрители хотят узнать...

— Че говорить-то... — хмуро буркнул всклокоченный парень. — Ща я виноватый окажусь, рядом ехал...

— Можете описать случившееся? — начал подпрыгивать от возбуждения репортер.

— Ну, тащусь себе на зеленый свет. Тихо еду, не лихачу, я ж не отмороженный, как некоторые, у меня в салоне люди сидят, — принялся живописать ситуацию водитель такси. — А тут этот мимо — вжик! Скорость бешеная, небось обкуренный или обожратый, хрен поймешь! И куда деваться? Справа тротуар, слева поток, сам не пойму, как ушмыгнул... Псих меня по касательной задел, прям кино! А потом его от джипа шатнуло и со всей дури о стену дома ломануло. Хорошо, никого не оказалось на тротуаре... У меня вон стекло того, лопнуло... Да, а еще говорят иномарка! В лепешку сплющило!

Раздался натужный, протяжно-звенящий звук.

— А сейчас, — завопил вне себя от восторга репортер, — вы увидите уникальный кадр! Пострадавшего вынимают из разбитой машины... Вот он!

Камера наехала на тело несчастного мужчины, я вздрогнула и зажмурилась.

— Господи, Алеша! — вскрикнул рядом высокий женский голос. — Не может быть!

Чьи-то пальцы судорожно вцепились мне в плечо, я открыла глаза и увидела маленькую, худенькую, почти бестелесную женщину, одетую в мешковатый твидовый костюм, слишком теплый даже для сегодняшнего прохладного дня.

— Это же Алеша... — растерянно повторила она, тыча пальцем в ближайший экран, как и все остальные, демонстрировавший изуродованное тело.

Глава 2

Мне стало душно. Пальцы женщины походили на клещи, с ее лица пропали все краски, губы по цвету сравнялись со щеками, глаза ввалились, нос вытянулся и заострился. Первый раз я видела, чтобы человек столь разительно и мгновенно менялся внешне.

— Это Алеша... — обморочным голосом твердила она, — Алеша... он... он... там...

Я попыталась вывернуться из цепких рук незнакомки, но она держала меня крепко, словно качественная мышеловка глупого грызуна, некстати захотевшего попробовать кусочек ароматного сыра.

— Алеша, Алеша, Алеша... — бубнила тетка, становясь все больше и больше похожей на умалишенную.

— Вы знаете пострадавшего? — осторожно спросила я.

— Да! Это Алеша! Мой муж!

— Господи! — воскликнула тут и я. — Какой ужас!

Женщина покачнулась.

— Помогите! — закричала я, оглядываясь. — Эй, кто-нибудь... Продавец!

От кассы быстрым шагом отошел парень и направился к нам.

— Что стряслось? — спросил он.

— Видите передачу? — нервно воскликнула я.

— И что?

— Это прямой репортаж с Валовой улицы.

— Если я стану целый рабочий день на экраны глядеть, очумею, — весьма разумно сказал юноша.

— Похоже, покупательница узнала в погибшем своего мужа. Ей кажется, что это его сейчас вынули из покореженной иномарки.

Паренек охнул и подхватил тетку под локоть.

— Пойдемте в комнату отдыха, — ласково прогудел он. — Да вы небось ошиблись, все «мерсы» похожи. Водички у нас там попьете и супругу на мобилу звякнете.

Посетительница превратилась в соляной столб. Остановившимся взглядом она смотрела на экран, по которому скакал корреспондент, перечисляя увечья несчастного шофера.

— Она психованная, — наклонившись к моему уху и кивнув на женщину, шепнул парень. — Есть такие, истерички, придумывают всякое... Знаете, у нас в доме одна девчонка живет, так она наврала недавно, будто у нее в авиакатастрофе сестра погибла. Народ жалел ее, прямо плакал, а потом выяснилось — брехня.

— Почему она так поступила? — так же тихо спросила я у продавца, наблюдая за окаменевшей посетительницей.

— А хрен ее знает, — пожал плечами юноша, — небось хотелось внимания. Той девчонке со всего дома еды нанесли и подарков, у нас соседи хорошие.

— Почему вы решили, что там, на мостовой, не ее муж? — задала я вопрос.

— Так сами гляньте! — пожал плечами и вперил глаза в ближайший экран продавец. — У того бедняги «мерин», похоже, самой последней модификации, жутко дорогой. И костюм непростой. А тетка эта одета с рынка, туфли из дерьма. Не побирушка, конечно, а просто бедная. Ну, не может у мужика с «Мерседесом» такая жена быть! Нелогично! Во, смотрите, какие у него часы...

Я машинально глянула на экран. Камера крупным планом показывала руку погибшего: задравшийся рукав шикарного пиджака, снежно-белая манжета эксклюзивной рубашки, брильянтовая запонка, массивный золотой браслет часов расстегнулся и съехал к пальцам несчастного, явно не знавшего физической работы.

— Подобные «ходики» у нашего хозяина имеются, — вздохнул продавец и уточнил: — У владельца всей сети магазинов. Часики офигенных денег стоят, квартиру можно купить за их цену. Повезло ментам. Сейчас они их стырят и скажут, мол, ничего не было...

— Рука! — вдруг вскрикнула тетка. — Шрам! Алеша! Это он!

Мы с продавцом переглянулись, а бедно одетая женщина, зарыдав в голос, побежала на улицу.

— Стойте! — крикнула я и кинулась за ней.

Легче всего создаются трудности. Причем в подавляющем количестве случаев человек собственными руками выращивает дерево неприятностей, а когда на нем начинают весело распускаться яркие цветы, усиленно льет в кадку воду и удобрения. Вы уже слышали от меня эти слова. И я очень хорошо знаю, что все вышесказанное относится ко мне: Лампа Романова — мастер художественных неприятностей, виртуоз попадания в кретинские ситуации. Сейчас следовало, проводив незнакомку глазами, сказать продавцу: «Да уж, в нашей жизни подчас происходят странные вещи. —

А потом мигом перевести разговор на иную тему: — Объясните, пожалуйста, разницу между плазменным и жидкокристаллическим экраном, хотим приобрести телик на кухню».

Вот достань у меня ума поступить подобным образом, то, узнав от торговца нужную информацию, вернулась бы назад в агентство и вновь погрузилась в коллизии хорошо написанного детектива. Но я помчалась за плачущей женщиной, выкрикивая на ходу:

— Остановитесь! Не надо бежать к месту аварии!

Стресс придает человеку сил, незнакомка неслась по тротуару со скоростью гепарда, и я, естественно, отстала, домчалась до огороженного красно-белой лентой куска мостовой и тротуара в тот момент, когда несчастная безумная повисла на шее у одного из гаишников с громким заявлением:

— Пустите меня к Алеше!

— Гражданочка, — попробовал разобраться в ситуации патрульный, — изложите требование спокойно.

— Алеша... там Алеша, Алеша... — рыдала тетка.

Я подошла к ошарашенному милиционеру и попыталась внести ясность в происходящее:

— Эта женщина сейчас по телевизору увидела репортаж о происшествии. Вон, смотрите, там корреспондент носится...

— Ну? — насторожился парень.

— Бедняжке показалось, что она знает потерпевшего...

Внезапно женщина прекратила биться в истерике и вполне внятно, нормальным голосом произнесла:

— Меня зовут Алиса Кононова, а там, в машине, мой муж Алексей Кононов. — Но дальше она съехала на какую-то околесицу: — Он умер... есть телеграмма... Полина... уехала... Вера... тоже...

Высказавшись, Алиса Кононова пошатнулась, колени у нее подогнулись, и она села на бордюрный камень. Я попыталась поднять несчастную.

— Встаньте, простудитесь.

— Да какая разница... — равнодушно произнесла Кононова, уронив голову на грудь. — Пусть так!

Патрульный покрутил пальцем у виска, я растерянно пожала плечами.

— Сейчас спрошу у ребят, — решил проявить христианское милосердие парень, — может, документы нашли. Права уж точно должны быть при нем или техпаспорт. Вы тут пока побудьте.

Я опустилась на корточки около Алисы:

— Не следует впадать в панику. Скажите, какая машина у вашего мужа?

— «Четверка», — легко пошла на контакт Кононова, — цвета «баклажан», он ее за две тысячи восемьсот пятьдесят долларов купил, уже не новой.

— Вот видите, — обрадовалась я, — а в ДТП попал «Мерседес» самой последней модели. Кстати, ваш муж не был шофером у какого-нибудь олигарха?

— Он на хлебозаводе работал, — тихо ответила Алиса, — потом торговать пытался, коробейничал, еще на машине «бомбил»...

— Ну, следовательно, сейчас в пластиковом

мешке лежит не он, — окончательно обрадовалась
я. — У вашего Алеши есть мобильник?

— Был.

— Так позвоните ему скорей, объясните ситуацию. Супруг мигом приедет, и вы утешитесь!

Алиса молча уставилась на меня серыми, блек-
лыми глазами. Я вздрогнула: во взоре несчастной
не было жизни, так «смотрит» на мир чучело животного — вроде зрачок блестит, но души нет, уле-
тела невесть куда. Потом женщина посильней сжа-
ла ручки своей сумочки (я машинально отметила,
что у нас совершенно одинаковые ридикюли, просто близнецы) и пожевала губами, будто хотела
что-то сказать.

— Наверное, у вас нет своего сотового, — предположила я, так и не дождавшись ее слов. — Возь-
мите мой. Ну, держите! Не хотите? Ладно, говорите номер, сама наберу!

Больше всего на свете мне хотелось вызвать
сейчас сюда супруга сумасшедшей тетки и вручить
ему безумную женщину с укоризненными словами: «Как вы могли отпустить ее одну ходить по
улицам?»

Алиса кашлянула и мрачно напомнила:

— Мой муж умер.

Мне стало совсем тоскливо. Все ясно, у бедняги болезнь. Не знаю, какая, шизофрения, может
быть, или какой другой недуг, разрушающий разум. Я ей ничем не помогу, лишь вызову агрессию
своими разумными доводами типа: «Ваш супруг,
бывший работник хлебозавода, коробейник и «бом-
била», имеющий самый дешевый вариант российского автомобиля, никак не мог оказаться за ру-

лем шикарной тачки, и очень сомнительно, что ему по карману брильянтовые запонки вкупе с великолепным костюмом и роскошными часами, которые стоят во много раз больше «четверки»...»

Только какой смысл вновь заводить подобную беседу? Лучше сейчас дождаться гаишника, попросить его вызвать психиатрическую перевозку, а пока надо соглашаться с безумной. Ну, зачем я побежала за ней? Сейчас бы спокойно пила кофеек в пустой конторе!

— Алеша умер, — монотонно завела тетка.

— Да, да...

— Внезапно.

— Да, да...

— Никто не ждал.

— Да, да...

— Родственниц его я не нашла.

— Да, да...

— Полина вроде уехала.

— Да, да...

— Вера с ней.

— Да, да...

— Похоже, ты считаешь меня сумасшедшей, — вдруг усмехнулась Алиса.

— Да, да... — снова машинально кивнула я, но тут же спохватилась: — Что вы, и в голову не приходила подобная мысль!

Алиса поежилась, затем резко встала и заявила:

— Понимаю, звучит по-идиотски, но...

— Как, говорите, зовут вашего мужа? — спросил вынырнувший из-под ленты ограждения гаишник.

— Алексей Петрович Кононов.

— У погибшего в правах стоит Ведерников Константин Олегович, — радостно возвестил мент. — Перепутали вы, жив ваш муж. Купите сегодня бутылку и выпейте, сто лет теперь ваш Алексей Петрович протянет. Примета такая есть: коли человека за покойника приняли, то у него долгая жизнь впереди.

Алиса шагнула вперед.

— Можно посмотреть на труп?

— Зачем?

— Это мой муж!

— Так документики-то... — напомнил мент.

— Думаю, они ненастоящие, — парировала Алиса. — Или он машину украл вместе с чужими правами.

Гаишник начал кусать нижнюю губу.

— А что? Мог украсть? — поинтересовался он спустя некоторое мгновение.

— Запросто, — кивнула женщина. — Алеше любой замок вскрыть — пара секунд. Его соседи всегда звали, если дверь захлопнулась, голыми руками работал.

— Так он что, вор?

— Нет, просто умелец.

— Ну, не знаю... — затоптался патрульный, — не положено это...

Внезапно Алиса повернулась ко мне и вдруг скомандовала:

— Сделай что-нибудь!

Отчего-то приказ не удивил. Я кивнула, вытащила бумажник, выудила оттуда купюру (так называемый «спецталон», который имеют при себе почти все автолюбители, дабы быстро решить проблему в случае нарушения правил дорожного движения), сунула ее менту и сказала:

— Видишь, она не в себе, пусть взглянет на тело. Поймет, что ошиблась, ведь телевизор искажает внешность, и успокоится. Если начальство начнет тебя ругать, скажешь чистую правду: тетка представилась супругой погибшего.

— Ладно, — согласился патрульный, — подныривайте сюда.

Алиса схватила меня за руку:

— Пошли.

Я покорилась и, подлезая под красно-белую ленту, отчего-то вспомнила русскую пословицу про кувшин, который повадился по воду ходить, да и голову сломал!

Люди, не сталкивавшиеся с работой наших правоохранительных структур, наивно полагают, что труп, появившийся в центре города, незамедлительно уберут с дороги, асфальт после ДТП с жертвами вымоют, движение восстановят, пешеходы вкупе с водителями избегут стресса, который, естественно, может возникнуть при виде недвижимого человеческого тела.

Ан нет. Кто так думает, глубоко ошибается. У нас в подобных случаях моментально начинается кавардак. У милиции не хватает автомобилей, труповозка занята, а те, кто уже приехал на место происшествия, невесть куда засунули рулетку и теперь судорожно ищут ее... Я бы на их месте давным-давно купила в ближайшем магазине новую и продолжала работу на месте ДТП, но, во-первых, государевы люди без приказа вышестоящего начальства на столь отчаянный шаг не решаются, а во-вторых, кто им потом вернет потраченные средства? Так что у них своя логика.

Сейчас на месте аварии, в которой погиб человек, началась совсем уж бестолковая суета. Если бы на Валовую улицу прибыла обычная машина ДПС, то парни в форме привычно выполнили бы свою работу, но, судя по всему, в аварии пострадала машина крупной шишки (среди нескольких припаркованных у тротуара покореженных авто имелась иномарка с «мигалкой»), и на место происшествия кинулось всякое начальство. Вот оно и раздавало простым сотрудникам указания. Мой друг майор милиции Вовка Костин всегда повторяет в подобных случаях:

— Ой, беда, коли наши шефы активничают, ничего хорошего не выйдет. Налетят, нашумят, поругаются со всеми, а дело стоять будет.

Гаишник подвел нас к месту, где лежало тело, и поманил Алису пальцем:

— Глядите!

Потом он приподнял грязно-серое байковое одеяло, прикрывавшее верхнюю часть трупа. Кононова стиснула мою ладонь и пробормотала:

— Ясно.

— Что тут происходит? — заорал стоявший невдалеке дядька в сером костюме. — Журналисты, да?

Гаишник мгновенно опустил покрывало.

— Нет, нет! — испуганно залопотал он. — Что вы! Тут одна женщина утверждает, что погибший — ее муж.

— Которая? — еще сильней обозлился мужчина.

— Вон та, — ткнул пальцем в Алису патрульный.

— С ума сойти! — зашипел мужик. — Гони ее в шею! Да обыщи проныру, небось она из «Желтухи», знаем мы их, прохиндеев-журналистов, наврать могут с три короба. Обязательно осмотри бабу на предмет обнаружения фотоаппарата с диктофоном.

Гаишник с сомнением покосился на говорившего.

— Права такого не имею, — вдруг сказал он сурово. — Ничего плохого гражданка не совершила, плакала сильно, вот я и подумал...

— Тебя тут не думать поставили! — завизжал «серый костюм». — Ишь, разговорился... Делай, что велено: в сумочку ее загляни, наверное, там аппаратура и лежит!

— Вы мне не начальник, — хмыкнул гаишник, — на своих слюной брызгайте.

— А ну живо назовись! — покраснел мужик. — Представься по всей форме!

— Николаев Евгений, — заученно ответил патрульный, — сержант.

— Все, теперь безработный, уж я позабочусь о твоем увольнении, — злобно пообещал незнакомец.

— Смотри не лопни от важности! — заржал уже в открытую патрульный. — А то я тут прямо весь перепугался, пойду памперс надену...

Продолжая смеяться, Николаев исчез в толпе, а дядька в сером шагнул к Алисе. Я моментально загородила собой безумную.

— Не трогайте ее!

— Отвали, убогая, — презрительно прищурился хам.

Но я схватила безучастно взиравшую на нас Алису за руку и рявкнула:

— Сам отвали! Бедная женщина не в себе, ей плохо, у нее с головой беда... Если тронете ее хотя бы пальцем, мигом получите в нос!

Нахал неожиданно улыбнулся.

— Уж не ты ли со мной драться надумала? Комар в джинсах...

Я стиснула зубы, а грубиян спокойно продолжил:

— Уводи свою психопатку. Зачем ты ее на улицу вытащила? Таким дома сидеть следует, за запертой дверью.

И тут Алиса тихонечко сообщила:

— Там, на земле, мой муж.

— Пошли скорей, — велела я.

— Нет, правда, здесь, под одеялом, лежит мой муж Алексей Петрович Кононов.

— Ох, беда, — вздохнул мужчина. — Чего только психам на ум не взбредет... Паспорт при нем совсем на другое имя.

Глава 3

Несмотря на холодный день, мне стало жарко, потом внезапно заболела голова.

— Уходите, — велел мужчина, — нечего тут стоять!

— Значит, по документам он не Алексей? — растерянно осведомилась Алиса.

— Да, — кивнул дядька.

— Нет! Алеша! — стояла на своем умалишенная. — Кононов!

— Вы ошибаетесь, за рулем «Мерседеса», устроившего тут аварию, сидел некто Ведерников, — попытался вразумить Алису мужчина, неожиданно растерявший недавнюю пещерную грубость.

— Нет, Алеша.

— Да уведи ты ее отсюда... — взмолился мужик, поворачиваясь ко мне. — Можно, конечно, ребятам свистнуть, мигом утянут, так ведь жаль несчастную. Даю тебе две минуты, если не уберешь бабу, пеняй на себя, силком уволокут. Без нее тошно.

Я дернула Алису за рукав:

— Хочешь кофе?

Дурацкий вопрос, но отчего-то именно он пришел мне сейчас на язык. Неожиданно Кононова кивнула:

— Да.

— Видишь, вон там дом?

— Да.

— Пойдем, выпьем горяченького, у меня в кабинете поговорим.

— Здесь мой муж, — упрямо пробормотала Алиса, но с места стронулась.

— Конечно, конечно, — закивала я, подталкивая уже не сопротивляющуюся Алису к бело-красной ленте, — мы просто подождем в спокойном месте, пока закончится суета. Эй, Николаев Евгений!

Стоявший в оцеплении знакомый сержант повернул голову.

— Чего тебе?

В этот момент в мою спину уперлась крепкая

рука, я ощутила тычок и услышала сердитый голос:

— Просто прут и прут! А то не видно, что тут ходить запрещено? Ну, бабы!

— Эй, не толкай ее! — рассердился Николаев. — Она ж тебе не мешает!

Я тоже хотела вслух возмутиться, но в тот момент болтавшаяся у меня на плече сумочка упала на тротуар. Во все стороны веером разлетелись мелочи: губная помада, пудреница, носовой платок, ключи от машины.

— Вот, блин, урод! — в сердцах воскликнул, подходя к нам, Евгений, кивнул мне: — Давай собирай свой хабар, пока не затоптали. Я твою убогую придержу.

— Это мой муж, — упорно повторяла между тем Алиса.

— Точно, — кивнул сердобольный сержант.

— Алеша.

— Стопудово.

— Он умер.

— Угу.

— А теперь погиб.

— И это правильно, — с готовностью вновь согласился Евгений Николаев. — А что, обычное дело, со всяким случиться может. Сначала раз тапки откинул, потом второй, влегкую...

Слушая их идиотский диалог, я быстро собирала выпавшие вещи, думая при этом: так, сейчас приведу Алису в агентство, налью ей кофейку, а потом найду повод и пороюсь в ее матерчатой торбе, сестре-близняшке моей сумки, которую несчастная сумасшедшая сжимает в руке. Наверное, там найдется паспорт, или сотовый, или хоть что-нибудь с адресом, с номером телефона ее родственников. И кому только пришло в голову отпустить больную женщину в одиночестве бродить по Москве?!

Алиса неожиданно покорно пришла со мной в агентство. Более того, она абсолютно разумно спросила:

— Где тут руки помыть?

— Туалет рядом, — машинально ответила я. И моментально добавила: — Давай провожу!

Внезапно Алиса улыбнулась.

— Думаешь, я из психушки удрала?

— Что ты! — фальшиво завозмущалась я.

Кононова склонила голову набок.

— Нет, я совершенно нормальная, просто в последний год со мной столько всего случилось... И впрямь рехнуться можно. Ладно, завари кофе. И не надо меня сопровождать, сама великолепно все найду.

Пока Алиса приводила себя в порядок, я, наступив на горло своему хорошему воспитанию, порылась-таки в ее ридикюле, но не обнаружила там ничего, способного навести на родственников женщины. Внутри матерчатого мешка не нашлось ни паспорта, ни мобильного, ни ежедневника, лишь кошелек, расческа и растрепанная книжка под бодрым названием «Стань счастливой вопреки обстоятельствам».

Не знаю, какие эмоции испытывают люди, проводящие обыск, комфортно ли они себя чувствуют, вываливая на пол содержимое чужих шкафов и ящиков, но я после копания в сумочке Алисы ощутила огромную вину перед женщиной и, увидав Кононову на пороге, бойко воскликнула:

— Кофеек готов! Но извини, он растворимый.

— Я только его пью, — кивнула Алиса. — У тебя какой? О-о-о! Дорогой! А я беру самый простой, экономлю.

— Печенье хочешь?

— Спасибо, вон то, кругленькое.

— А еще сливки бери. Сейчас в удобной порционной упаковке выпускают.

— Верно, — согласилась Алиса, — много хорошего придумали. Вот тот же кофе растворимый — быстро и вкусно.

У меня имелось иное мнение на сей счет. Впрочем, со словом «быстро» в данной ситуации не поспорить, а вот к вопросу о вкусности и полезности всяких гранул и порошков... Тут лучше не дискутировать. На мой взгляд, растворимый кофе — это таблица Менделеева в одном стакане. Как, впрочем, и всякие супы в пакетах вместе с пюре и «китайской» лапшой. Но злить неожиданную гостью не хотелось, поэтому я просто кивнула.

— Очень удобно утром, — спокойно продолжала Алиса, — перед работой. Обычно ведь спишь до последнего... Ты как, сразу по звонку будильника вскакиваешь?

Я улыбнулась:

— Увы, нет. Слышу треньканье, стукну несчастный механизм по башке, закрою глаза и думаю: «Еще только пять минуточек полежу...»

— Ага, — подхватила Алиса. — А потом глазки-то растопыриваются, мама родная! Целый час продрыхла, выходить пора! И давай по квартире метаться, где юбка, блузка...

— А колготки, как назло, рвутся, — докончила я.

Кононова усмехнулась.

— Вот-вот, и еще пуговица отлетает, молния на сапоге заедает, кошка голодная орет. Интересно, у всех по утрам такой цирк?

Я кивнула и только сейчас ощутила удивление.

— Ты работаешь?

Алиса прищурилась.

— Отчего такое изумление?

— Ну... э... в общем...

— Я что, выгляжу пенсионеркой?

— Нет, конечно!

— Значит, ты приняла меня за шизофреничку.

— Нет!

— Ой, не ври.

— Правда, правда, — лепетала я, ощущая все возрастающий дискомфорт, — ни на секунду не подумала ни о каких душевных заболеваниях.

Алиса поправила волосы.

— К нам много психов приходит, кое-кто на первый взгляд совсем нормальным выглядит.

— А где ты работаешь?

— В аптеке.

— Понятно. Хочешь еще кофе?

— С удовольствием, очень вкусный.

— Я рада, возьми печенье.

— Вон то, кругленькое, спасибо.

— Еще сливочки, сейчас такие удобные придумали, порционные.

— Ага, очень здорово. И кофе растворимый, быстро и вкусно, в особенности утром.

Я кивнула, наступила пауза.

— Тебе не кажется, что мы уже один раз болтали на эту тему? — пробормотала Алиса. — Глупо выходит.

— Могу предложить чай, — бодро откликнулась я, — цейлонский, сорт «оранж», просто замечательный, отличного качества. Знаешь, чаинки в нем крупные, не пыль. На мой взгляд, цейлонский самый вкусный, индийский пахнет веником, китайский не имеет цвета, а зеленый я терпеть не могу. Кстати, все напитки с ароматизаторами жутко гадкие. Вот, возьмем персик. Сочный, вкусный фрукт, а если в чай...

— Там, на Валовой, на самом деле был мой покойный муж, — вдруг жестко сказала Алиса.

Из моей груди вырвался горький вздох.

— Но, несмотря на явную абсурдность этих слов, я не психопатка, — мирно продолжила Алиса. — Хотя порой в последнее время мне кажется, что я схожу с ума. Очутилась в эпицентре невероятных событий...

Тут дверь открылась, и на пороге возник Юрик.

— Ты не на даче? — удивилась я. — А как же будущие жена с тещей? Эй, что случилось?

Хозяин доплелся до стула, рухнул на него и трагическим шепотом заявил:

— Я труп.

Мы с Алисой переглянулись.

— Для мертвого тела вы крайне бодро выглядите, — отметила Кононова.

— Внешне смотрюсь обычно, — мрачно ответил Лисица, — но внутри, в душе, пепелище! Господи, наконец-то встретил единственную женщину в своей жизни, вторую половинку, судьбу, любовь и... потерял ее!

— Да в чем дело? — еще больше удивилась я. — Ведь всего пару дней назад ты познакомился с Викой, отправился сегодня к ней на фазенду в самом распрекрасном настроении... Откуда столь упаднический тон? Неужели увидел на грядке другую красотку и не сумел с ней познакомиться?

Юрик метнул в меня убийственный взгляд.

— Как ты можешь предполагать такое? Рядом с Викой любая женщина пугало!

— Ну, спасибо, — усмехнулась я. — Право, очень мило! Давно не слышала столь утонченного комплимента.

Юрик застонал.

— Ой, прекрати! Ты же не женщина, а сотрудница, хороший друг... Ничего сексуального.

— И отлично, — сердито ответила я. — Так ты поругался с Викой? Вот чудеса! Просто новость! Ни разу до сих пор не слышала, чтобы Лисица ссорился с бабами.

Юрасик уронил голову на стол и принялся мычать что-то нечленораздельное.

— Это кто? — тихо спросила Алиса.

— Мое начальство, — пояснила я, — хозяин детективного агентства Юрий Лисица. В принципе нормальный человек, одна беда — неуправляемый Казанова. Впрочем, нет, неправильное сравнение, итальянца волновали лишь сексуальные утехи, а Юрик — оголтелый Ромео, неистовый влюбленный, вечный жених блондинок. Цирк, да и только!

— Ты хочешь сказать, что эта комната — контора сыщиков? — безмерно удивилась Алиса.

— Ну да, — пожала я плечами.

— Ох и ни фига себе! — совершенно по-детски воскликнула Кононова.

— Что тебя так изумило?

— Э... не знаю. Недавно по телику опять фильм про Шерлока Холмса показывали, так у него такая уютная квартирка, кресла, картины, книги...

Я улыбнулась.

— Конан Дойл ни разу не упомянул, откуда у Холмса деньги. Великий криминалист получал плату за свои услуги, но, думаю, ее не хватило бы на безбедное существование. Скорей всего у Шерлока имелся капитал, вложенный в ценные бумаги, и основатель дедуктивного метода вел жизнь рантье. А у нас с Юриком особых накоплений нет, поэтому сняли помещение подешевле.

— И много клиентов?

— Ни одного, — честно ответила я. — Но скоро придут, мы пока не успели раскрутиться. Вот дадим рекламу и...

— Жизнь закончена, — сообщил Юрасик, к этому моменту оторвавший голову от стола и вперивший взор в пространство перед собой.

— Да что произошло? — в один голос спросили мы с Алисой.

Лисица горестно вздохнул и завел рассказ.

Сегодня утром Юрик собрался везти на своей старенькой, но еще вполне бодрой иномарке Вику, новую любовь, и ее маменьку Софью Андреевну в деревеньку с ласковым названием Малинкино, где у вышеупомянутой дамы имелся бесперебойно плодоносящий участок. Вика — маленькая, очень худенькая блондиночка, поэтому Юрасик предположил, что будущая теща по весу чуть больше болонки, но из подъезда, сопя и отдуваясь, вышла тетка совершенно необъятных размеров, килограммов этак на сто пятьдесят, не меньше.

Юрик крякнул, но вслух, естественно, никакого изумления не высказал. Лисица отлично воспитан и понимает, что уж с кем с кем, а с родственниками худой мир во много раз лучше доброй ссоры. И потом, какое ему дело до размеров Софьи Андреевны? Юрасик-то собрался идти в ЗАГС не со слонопотамом, а со стройной, даже хрупкой Викой.

Еле-еле впихнув мамочку на заднее сиденье, Юрасик бодро покатил вперед. Через некоторое время его организм начал требовать никотина, и мой начальник галантно осведомился:

— Не будете против, если выкурю сигаретку?

— Пожалуйста, — спешно ответила Вика, — мне дым совсем не мешает.

— Мой муж тоже пытался баловаться, — недовольным тоном проскрипела Софья Андреевна, — но я его живо отучила. От табачного дыма обои чернеют, потолок сереет, а одеяло с подушками плохо пахнут. Нечего дома грязь разводить. Петька, правда, сопротивлялся, но у меня разговор короткий: взялся за сигарету, мигом по губам разделочной доской получил. Трех раз хватило, чтобы он навсегда о дурацкой забаве забыл. В таком деле главное — настойчивость. Другие жены всю жизнь уговаривают мужа, ноют, плачут: «Дорогой, брось курить, это вредно»... — А я его по сусалам — хлобысть, и своего добилась. Но ты, Юра, кури пока, я тебе никакого права замечаний делать не имею, не родственник покамест.

(В этот момент начальственного рассказа я подумала: будь я на месте Юрасика, то, услыхав подобное заявление из уст предполагаемой тещи, мигом бы задушила все мысли о женитьбе на Вике. Но влюбленный Лисица похож на токующего глухаря, в момент брачной игры он не слышит и не видит никого, кроме объекта страсти.)

Юрик услышал в словах будущей тещи только разрешение, опустил боковое стекло и закурил. Через некоторое время он привычным жестом выбросил окурок и... раздался дикий вскрик. Оказывается, милейшая Софья Андреевна, сидевшая на самом лучшем месте в автомобиле, то есть непосредственно за водителем, тоже открыла окно, и непотухшая сигарета попала ей прямо в шею.

Мать Вики устроила целое представление. Лисица спешно припарковался и чуть ли не на коленях просил у нее прощения. Он и на самом деле чувствовал вину, хотя, если посмотреть на случившееся с другой стороны, окурок не причинил мадам никакого ущерба, просто испугал.

В конце концов Софья Андреевна перестала хвататься за сердце, и путешествие было продолжено. Нельзя сказать, что дорога доставила Лисице удовольствие. Ему пришлось: выключить свою любимую радиостанцию, потому что у Софьи Андреевны болела от музыки голова, не свистеть за рулем, потому что у Софьи Андреевны от свиста болела голова, не разговаривать с Викой, потому что у Софьи Андреевны от болтовни болела голова, не ехать в левом ряду, потому что у Софьи Андреевны от скорости болела голова... Юрасик даже начал слегка нервничать. Но стоило ему бросить взгляд на прелестную блондинку Вику, как он мгновенно забывал про вздорность будущей тещи.

Наконец прибыли в Малинкино, и тут случилась новая беда. Обрадованный окончанием томительного путешествия, Юрик спешно выскочил из автомобиля и привычно захлопнул дверцу. В ту же секунду раздался вопль, напоминавший вой сирены.

А случилось вот что. Софья Андреевна, особа, как все излишне полные люди, медлительная, чтобы подняться с сиденья, ухватилась рукой за стойку иномарки, и пальцы дамы оказались в проеме распахнутой Лисицей дверцы. И когда она захлопнулась... В общем, понятно.

По счастью, Малинкино не умирающая в лесах деревенька, а большое село, существующее при огромной, процветающей птицефабрике. Там, конечно же, имеется больница.

Начался второй акт драмы: Софью Андреевну понесли к врачу. Именно понесли, потому что самостоятельно идти дама отказывалась. Робкое замечание Юрика: «У вас же не нога прищемилась», — было перекрыто громовым воплем:

— Воды, умираю!

Вика мухой метнулась по соседям, мигом собралась толпа из мужиков, Софью Андреевну приволокли к доктору, который вынес вердикт: перелома нет, сильный ушиб.

Лисица мысленно перекрестился и решил, что неприятности благополучно закончились. О, как он ошибался!

Глава 4

Держа на весу забинтованную длань, Софья Андреевна села в саду и принялась командовать дочерью и предполагаемым зятем:

— Несите банки из подвала. Налейте воды. Подключите газовый баллон. Подметите дорожки. Живо. Быстро...

Указания раздавались безапелляционным тоном, и Юрасик вновь ощутил себя солдатом-первогодком перед лицом сержанта Краснова, заставлявшего новобранца Лисицу заправлять кровать одной левой рукой, правой отдавая честь.

Но, как говорил великий мудрец, все проходит. Закончился и хозяйственный запал дамы. Она вульгарно проголодалась и велела:

— Тащите стол. Ставьте скамейку. Доставайте еду.

Юрасик с Викой мгновенно исполнили приказ. Девушка села на высокий пенек, а Лисица и Софья Андреевна устроились на лавочке.

— Ничего по-человечески сделать не можете, — резюмировала вредная карга, оглядев «дастархан». — Юрий, принеси воды!

Тот покорно встал. И что произошло, когда Юрасины восемьдесят килограммов стремительно поднялись со скамьи, представлявшей собой доску, прибитую к двум ножкам? Правильно. Тещины полтора центнера перевесили, и Софья Андреевна оказалась на земле. Вздымаясь вверх, свободный конец лавки задел хлипкий стол, и нехитрое угощенье посыпалось на орущую даму.

— Мама... — кинулась к туше Вика.

— Меня обожгло картошкой! — выла тетка.

— Так она же холодная, — напомнил Юра.

Софья Андреевна на секунду замолкла и вполне по-человечески спросила:

— Вы ее разве не подогрели?

— Нет, — честно призналась Вика, — решили, и так сойдет, она ведь отварная, можно с подсолнечным маслом...

— А-а-а! — завизжала маменька, на ходу изменив характер своего смертельного увечья: — Я позвоночник сломала!

— Не может быть, — начал успокаивать истеричку Юра. — Земля мягкая, и вы спокойно шевелитесь. Право слово, ерунда! Даже смешно! Давайте просто улыбнемся и снова накроем стол!

Софья Андреевна села, потом прищурилась и заорала с такой силой, что в соседних дворах всполошно залаяли перепуганные собаки.

— Вика-а-а! Я сломала спину, меня парализовало, речь отнялась, а он смеяться хочет! Во-он отсюда! Убирайся!

Юрик вздрогнул. В подобном положении он оказался впервые. Нет, его постоянно донимали кандидатки в тещи, кое-кто из них даже заявлялся к нему домой и пытался драться. В прямом смысле этого слова — руками. Но случались подобные казусы лишь после того, как Юрасик объявлял:

— Простите, свадьбы не будет.

И, в конце концов, тех разъяренных маменек можно было понять: вроде пристроили дочку, и вдруг такой облом. Тут любая за скалку схватится. Но Вике-то Юрасик не успел насолить, их отношения были в стадии разгорающейся, а не чадящей любви!

— Прочь! — голосила Софья Андреевна. — Меня убило, а он издевается.

Юра в полной растерянности глянул на любимую, и тут Вика, топнув маленькой ножкой, заявила:

— Тот, кто невнимателен к моей маме, не имеет права находиться в Малинкине. Уезжай.

Что оставалось делать Юрику? Он сел за руль и покатил в Москву, переживая доселе неведомые ощущения. Юру никогда не бросали женщины, он привык сам оставлять дам сердца, а тут очутился в неожиданной роли получившего от ворот поворот кавалера. Поэтому сейчас в его душе бушевали обида, недоумение и совершенно детское изумление: как, его, такого замечательного, выставили вон?!

Стараясь не расхохотаться, я предложила своему работодателю:

— Хочешь кофе?

— О чем ты говоришь! — укоризненно воскликнул хозяин агентства. — Жизнь кончена! Какие напитки? Сейчас умру от переживаний...

— На мой взгляд, сходить в могилу лучше, предварительно поев, — усмехнулась я.

Лисица разинул было рот, но сказать ничего не успел, потому что дверь распахнулась и в комнату влетела прехорошенькая девчушка — светленькая, голубоглазая, одетая в некое подобие юбочки, больше открывавшей, чем закрывавшей потрясающе стройные ножки.

— У вас есть презервативы в виде зайчиков? — прочирикало небесное создание. — Или кошечек. Мне однофигственно, кто там будет. Собачка тоже подойдет!

Алиса, только что сделавшая очередной глоток, поперхнулась, а я хотела привычно ответить: «Секс-шоп находится за соседней дверью», — но тут в ситуацию внезапно вмешался только что умиравший от горя Юрик.

— Девушка, — ласково прокурлыкал он, — а зачем вам прибамбасик?

Вошедшая хихикнула.

— У подружки свадьба. Прикольный подарочек! И недорого. Супер!

Лисица бодро встал.

— Действительно, веселая придумка. Пойдемте, покажу ассортимент.

— Вы менеджер? — кокетливо изогнула бровь девица.

«Нет, играющий тренер по сексу», — хотела было ответить я, но, сами понимаете, не произнесла фразу вслух.

— Нам сюда, — подхватил блондиночку под локоток Юрасик, — в коридор и левее.

Когда парочка исчезла, Алиса укоризненно покачала головой:

— Похоже, твой хозяин без комплексов.

— Есть немного, — согласилась я.

— Жаль.

— Чего?

Кононова поставила пустую чашку на стол.

— Дурацкая мысль в голову пришла... Никогда не думала о том, что можно нанять частного детектива, а вот оказалась здесь и подумала: вдруг кто-то разберется в том, что со мной происходит? Вы, наверное, не дорого берете?

— Наше агентство создано для нормальных гра-

ждан, — бойко отрапортовала я. — Хоть и не копейки просим, но цены доступные. А в чем суть
проблемы? Рассказывай!

Алиса поправила волосы.

— Да нет, не надо, домой пойду.

Но мне очень хотелось заполучить клиентку, и
я стала соблазнять женщину супервыгодными ус-
ловиями договора:

— Никакой предоплаты.

— Правда?

— И денег на расходы не надо.

— Почему?

«Да потому, что никто не рвется сюда с заказа-
ми», — вот что я могла ответить. Только сообщать
правду Кононовой нельзя, спугну наконец-то воз-
никшую на нашем горизонте клиентку. И никакая
она не сумасшедшая, просто разволновалась при
виде аварии! Неужели я не сумею сейчас получить
заказ? Ей-богу, тупое сидение с книгой и попугай-
ские беседы с невнимательными гражданами о
местонахождении туалета и секс-шопа надоели до
последней степени. Во что бы то ни стало надо убе-
дить Алису в своей высокой профессиональности!

— Потом, при окончательной расплате, пред-
ставим счета, — заулыбалась я. — Мы такие клуб-
ки задешево разматывали!

— Да?

— Ага, — бодро закивала я. — С любым делом
справимся!

— Юрий что-то не показался мне надежным... —
с сомнением протянула Алиса. — Бросился за случайной девицей, забыв обо всем! Такой и на работу плюнет при виде бабы.

Я потупилась. Вот это замечание — не в бровь, а в глаз: если в радиусе ста метров замаячит мини-юбка, Юрасик понесется в ту сторону, мигом выкинув из головы любые заботы. Но ведь в агентстве есть еще я — ответственная, трудолюбивая, желающая заработать! Нет уж, Алису упускать нельзя.

— При чем тут Юра? Сама займусь твоим делом.

— Ты? Вот умора!

— Почему? — слегка обиделась я. — Являюсь детективом с огромным стажем. Увы, не имею права рассказывать о всех тайнах, которые раскрыла играючи.

— Извини, пожалуйста, — растерянно бормотнула Алиса. — Думала, ты тут секретарша. Ну, там чай подать или кофе, факс отправить...

Я вздохнула. Вот с последней задачей я точно не справлюсь, у меня со всякой техникой особые отношения. Не очень дружественные. Да и факса у нас, слава богу, нет. Впрочем, компьютера тоже. Раскрытый на столе ноутбук — чистой воды декорация, умная машина давным-давно погибла и реанимации не подлежит, Юрка держит ее в конторе лишь для антуража. А то мы несолидно бы выглядели, теперь ведь у всех имеются компы. Кстати, еще насчет техники: если честно, у нас даже диктофон сломался. Но у клиента не должно быть сомнений ни в процветании конторы, ни в исключительной подготовленности сотрудников.

Я спокойно посмотрела на Алису и тихо сказала:

— Мой внешний вид — маскировка. Сама сообрази, разве можно носиться по улицам с пистолетом в руке? Мне нельзя привлекать к себе внимание.

— Ну-ну... — с сомнением протянула Алиса.

Понимая, что возможная клиентка может выскользнуть прямо из рук и мне тогда снова придется торчать тут в гордом одиночестве, в компании с книгой, я быстро сказала:

— Давай поступим так. Ты расскажешь про свою беду, я, естественно, помогу тебе, а денежные расчеты оставим на потом. Хорошо? Насколько я поняла, ты нуждаешься в поддержке, а рядом никого нет.

Алиса кивнула:

— Верно.

— Тогда начинай! — велела я, сев за письменный стол и для пущей важности опустив крышку ноутбука. — Не бойся, мы тут одни, никаких записывающих устройств не имеется, компьютер я выключила.

— Да? Ну не знаю... А впрочем, что я теряю? В общем, так: ничего противозаконного я не совершила, — пожала плечами Алиса, — просто оказалась в идиотской ситуации. Сегодня на Валовой улице действительно погиб мой муж, Алексей Петрович Кононов. Только... Я похоронила его год тому назад.

Меня снова охватила тоска. Нет, она все-таки психопатка. Случаются подобные сумасшедшие люди: вроде они на первый взгляд нормальны, разговаривают вполне адекватно, босиком по снегу не бегают, гвозди не едят, на прохожих не кидаются. Однако стоит затронуть их фобию — пиши пропало. Очевидно, на моем лице отразились заметавшиеся в голове мысли, потому что Алиса устало произнесла:

— Согласна, звучит по-идиотски. Но это как бы конец истории, то, что я имею на сегодня. А ты послушай с самого начала...

Алиса родилась в самой обычной семье, но когда ее мама с папой были уже не слишком молоды — отцу исполнилось сорок пять, а матери чуть меньше.

Люди, решающие стать родителями в зрелых летах, сильно рискуют. И дело даже не в том, что организм женщины уже тяжело переносит беременность и роды, и не в том, что произвести на свет ребенка, больного даунизмом или иной напастью, возрастает пропорционально с возрастом супружеской пары. В конце концов, можно рискнуть. Только ведь дитя еще нужно вырастить! Допустим, все прошло нормально и сорокапятилетние родители порадовались пеленочному младенцу. Но когда отпрыск закончит школу, мамочке с папочкой пойдет уже седьмой десяток. Легко ли на пенсию содержать студента? Либо им придется ломаться, несмотря на возраст, на работе, либо ребенку не видать хорошего образования, и его судьба — бежать после школы на какую-никакую службу, дабы прокормить предков. И не надо тут вспоминать о звездах шоу-бизнеса и актерах Голливуда, становящихся отцами в день девяностолетия. Их-то детям финансовые проблемы не грозят.

Палкин Павел Михайлович был военным, и его мотало по гарнизонам, таскало по необъятной стране из угла в угол. Ну, как тут было думать о том, чтобы завести ребенка? Чаще всего семью Палкиных селили в общежитиях, в скромной клетушке с удобствами в коридоре. Иногда, впрочем, им доставалась и отдельная квартирка, но в любой момент могла запеть труба... и тогда Палкины снова хватали чемоданы, узлы, свертки и переезжали к новому месту службы.

Лично мне непонятно, по какой причине служивых людей гоняют туда-сюда. Если человек выучился на танкиста и прибыл в полк, пусть бы и служил там до пенсии. Он прижился бы, пообвык, в конце концов сам возвел себе дом... Но нет, большинство военнослужащих — настоящие перекати-поле. Правда, кочевая жизнь не мешает им рожать детей и достойно воспитывать их, но Кира, мать Алисы, была категорически против появления наследников.

— Это ужасно! — говорила она мужу. — Ладно, пока ребенок маленький будет, а когда наступит школьная пора? Из класса в класс перебираться с трудом станет, а какая успеваемость, если сегодня он в одной школе, завтра в другой, потом в третьей. И как ругать его за двойки? Вырастет лоботрясом. Нет уж!

Супруг кивал. Его, как большинство мужчин, отсутствие ребенка не тяготило. Павел Палкин был на хорошем счету у начальства и в конце концов получил назначение в Москву. Тут-то и выяснилось, что Кира беременна. Так на свет появилась Алиса.

Обычно поздние дети превращаются в полноправных королей семьи, но с Алисой подобного не случилось. Папа был строг, требовал от дочери армейской дисциплины и придумал для девочки жесткий распорядок дня.

В шесть утра, несмотря ни на какую погоду (дождь ли, снег, буран, метель, град, цунами, наводнение, иссушающая жара...), Алиса и Павел выходили из подъезда и совершали пробежку, благо дом, где жили Палкины, находился вблизи Тимирязевского леса, и чтобы попасть в зеленый массив, следовало лишь пересечь железнодорожное полотно. Форма одежды у спортсменов всегда была одинаковой: длинные «треники», кеды и футболка. Правда, если градусник опускался ниже цифры «10», Палкин разрешал дочери набросить курточку, легкую ветровку. Для себя он подобных послаблений не делал. Завершала кросс водная процедура. Павел выносил во двор два ведра воды и сначала опрокидывал одно на голову раздетой до купальника Алисы, а потом обливался сам.

Питалась семья тоже своеобразно. Мяса не употребляли вовсе, так как Павел считал, что животные перед смертью испытывают ужас, отчего в их кровь поступают токсины, отравляющие будущую говядину, баранину и свинину. На курятину правило не распространялось — очевидно, Палкин считал несушку окончательно безмозглым существом, не способным ни на какие эмоции.

Впрочем, и бройлеры на тарелках Палкиных являлись редкостью, в основном готовили крупу и овощи. Рис и гречку запаривали, овсянку просто заливали кипятком. Свеклу, морковку, лук не варили. Их шинковали сырыми или натирали на терке. Сметана вкупе со сливочным маслом и маргарином были изгнаны из рациона, в салаты добавляли растительное масло, совсем чуть-чуть.

Ни сыра, ни колбасы, ни конфет Алиса до похода в школу не видела. Попробовав впервые в столовой сосиски, девочка чуть не скончалась, причем в прямом смысле слова. Сначала незнакомое яство показалось волшебно вкусным, и первоклашка проглотила его почти не жуя. Но через четверть часа желудок, не приученный к подобной пище, взбунтовался настолько, что девочку отправили в больницу.

Впрочем, идиотская семейная диета была ей привычной, не напрягал и распорядок дня. Алиса всегда бегала кросс, потом шла в школу. После нее делала домашние задания, убирала квартиру, вечером отчитывалась перед родителями с дневником в руке и ровно в 20.00 отправлялась в постель. Бунтовать, топать ногами, кричать «Не хочу обливаться водой!» или «Купите мне конфет!» Алисе даже не приходило в голову.

Папа был тяжел на руку и скор на расправу, пожаловаться маме тоже казалось страшным — Кира всегда стояла на стороне мужа. И потом, то, что ежедневно проделывается с детства, становится необходимостью. Мы же не рыдаем от мысли, что утром и вечером следует чистить зубы? Просто берем щетку и... А Алиса столь же автоматически носилась по парку.

Намного хуже были сеансы медитации. Раз в неделю, в субботу вечером, часов в шесть, семья Палкиных садилась в кресла. Павел сурово произносил:

— Теперь закрыли глаза и слушаем меня. Вокруг светит солнце, поют птицы... Алиса, что ты ощущаешь?

Будучи крошкой, девочка честно отвечала папе:

— Ничего. Мне холодно и сидеть надоело.

Но потом, поняв, что длительность процедуры напрямую зависит от ее ответов, начала привирать и сообщать нечто типа: «Очень жарко, лежу на пляже».

— Хорошо, — почти ласково говорил Павел. — Теперь на тебя наваливается теплое одеяло, голова тонет в подушке, тело расслабляется...

Обычно уже при этих словах уши Алисы начинали улавливать деликатный храп, издаваемый мамой. Отец тоже затихал, и в гостиной повисала тишина. Девочка осторожно, сквозь небольшую щелку в веках, глядела на родителей и видела: оба спали. Лица старших Палкиных в этот момент теряли жесткость, папины сурово сдвинутые брови разлетались к вискам, мамины всегда стиснутые губы размягчала легкая улыбка. Увидав впервые метаморфозу, случившуюся с предками, Алиса удивилась до крайности, но потом, исподтишка наблюдая за Кирой и Павлом, стала испытывать к ним жалость. У девочки сложилось ощущение, что и папа и мама играют в жизни некие придуманные для себя роли, а на самом деле они беззащитные и несчастные.

Глава 5

Образ жизни, который Павел навязал своей семье, многие назвали бы правильным. Занятия спортом, ограничение в питании, отход ко сну в одно и то же время, размеренное существование без особых стрессов... Сейчас люди в разных странах мира пытаются продлить свои годы подобным образом, питаясь ростками сои и выпивая в немереных количествах зеленый чай. Неизвестно, мечтал ли Павел Палкин дожить до глубокой старости или просто получал удовольствие, «строя» жену и дочь, но только, когда Алисе исполнилось шестнадцать лет, папа умер от инсульта — правильный образ жизни не подарил ему долголетия.

Рыдающая девочка краем уха слышала, как доктор монотонным голосом говорил остолбеневшей Кире:

— И что вы хотели? Нелеченая гипертония, высокий холестерин, камни в желчном пузыре, ишемическая болезнь сердца, в легких какой-то непонятный процесс, язва желудка... Ни одного органа здорового. Он небось пил запоем!

— Даже не прикасался к водке, — растерянно забормотала Кира, — вообще никогда.

Врач хмыкнул:

— Вы могли не знать. Алкоголики очень хитрые. На работе нажрутся, скажут жене, что в командировку уехали, а сами в запой ударяются.

— Ну да, — неожиданно кивнула Кира, — Павел часто мотался по стране, работа такая. Хотя точно не скажу, чем он занимался, военный человек, тайну соблюдал. Впрочем, и не поняла бы технических деталей. Муж что-то инспектировал, но он вел абсолютно трезвый образ жизни.

Доктор махнул рукой.

— Понятно, вы просто не знали правду. А я в курсе, каким образом в воинских частях проходят всякие инспекции. Утром покажут двор с выкрашенной травой, потом обед, баня, ну... кхм... Ладно, какой смысл сейчас толковать, что да откуда взялось, когда ваш муж умер.

— Он так заботился о своем здоровье, — ошарашенно протянула Кира. — Зарядка, диета, ни разу спать после десяти вечера не лег. Как же так?

Реаниматолог вытащил сигареты и спокойно парировал:

— Кто не курит и не пьет, тот здоровеньким умрет. Не знает пока медицина точного объяснения, отчего один гуляет, на все правила плюет и живет чуть ли не два века, а другой над собой трясется и в сорок лет в ящик играет. По мне, так надо меньше заморачиваться тем, как надо жить, а просто жить.

Очевидно, слова доктора сильно повлияли на Киру, потому что она разительно переменилась. Алиса лишь удивилась: мама на следующий после похорон папы день стала совсем другим человеком. Для начала она купила паласы и застелила ими все полы, приговаривая:

— Всю жизнь из-за Павла по голым доскам ходила, теперь хоть перед смертью побалую себя.

Баловать себя Кира принялась постоянно. В холодильнике получили прописку копченая колбаса, сыр, масло, котлеты... Женщину, словно маятник, шатнуло в иную сторону — каша была изгнана из рациона Палкиных навсегда. Мама сняла «учительские» костюмы, которые неизменно носила, да не по году, а десятилетиями. Теперь Кира облачалась в вызывающе короткие платья, кофточки-стрейч, плиссированные мини-юбчонки и лаковые сапоги-ботфорты. Волосы Кира вытравила добела, а лицо принялась густо покрывать макияжем. У Алисы сложилось впечатление, что мамочка, словно маленький ребенок, вырвалась из-под опеки старших и теперь самозабвенно делает все, что ранее запрещалось строгим опекуном.

Ясное дело, что в жизни Киры начали появляться и мужчины. Где мама находила кавалеров, дочь не знала, только все они были словно близнецы: лохматые, гораздо моложе ее, в бесформенных свитерах и с тупой речью малообразованных людей. Очень скоро Кира открыла для себя и алкоголь. Нет, запойной пьяницей дама не стала, на улице в луже не спала, но каждый вечер заканчивался теперь в некогда тихом доме Палкиных распеванием песен.

Алиса не разлюбила маму. Девочка жалела Киру и старалась ей не мешать. Если мать притаскивала очередного мужика, дочь тихо сидела в своей комнате, зубря анатомию. С первого захода Алиса не сумела поступить в медицинский институт и решила попасть в цитадель знаний кривым путем — через училище. Она видела: те абитуриенты, которые имели среднеспециальное образование, да еще работали медсестрой в больнице, спокойно прошли на первый курс. Все мысли Алисы были лишь об учебе.

В конце концов девушке удалось осуществить мечту: она обрела диплом. Но в процессе обучения поняла, что карьера терапевта, хирурга или невропатолога ее не привлекает, ей намного интересней работать с лекарствами. И Алиса стала фармацевтом. Сначала она проходила практику в аптеке, потом пришла туда на работу и вскоре стала заведующей.

Тот, кто справил сорокалетие, хорошо помнит, что в прежние времена в аптеках лекарства не только продавали, но и готовили. Терапевты не ленились выписывать сложные рецепты, по которым лично для вас делали необходимое средство. Причем чаще всего стоило оно копейки. Если меня не подводит память, то за микстуру от кашля (так называемые «капли датского короля») следовало отдать в советские времена десять копеек, а хорошо известная всем тогдашним молодым мамам «серая мазь» от опрелостей и диатеза стоила пятачок. Помогали эти нехитрые снадобья замечательно. Впрочем, имелись и другие, не менее проверенные лекарства: капли Зеленина принимали сердечники, мазь Смородинского служила барьером от вирусных респираторных заболеваний. Да, они не пахли бананом, не обладали вкусом клубники, но помогали отлично.

Потом настала иная эра, подросло поколение врачей, ориентированных лишь на готовые препараты, и столичные аптеки мало-помалу превратились в обычные торговые точки. Теперь одни магазины имеют на прилавках продукты, другие одежду, третьи посуду, а четвертые лекарства, удивляться тут нечему.

Алисе подобное положение вещей показалось неправильным, и она возродила в своей аптеке провизорский отдел. Палкина, например, советовала молодым мамам:

— Нечего тратиться на всякие новомодные штучки, да и толку от них нет. Возьмите-ка лучше нашу микстурку от кашля...

Очень скоро слава о замечательной аптеке разнеслась по городу, и к Алисе стали ездить со всей Москвы. Как правило, коллектив любого учреждения формируется под начальника, вот и здесь вместе с молодой заведующей работали такие же, как она, энтузиастки.

Кроме того, Алиса сделала из своей аптеки этакий центр здоровья. Тут можно было бесплатно измерить давление, узнать вес, получить консультацию некоторых специалистов.

Своей семьи у женщины не имелось, дома вовсю кутила мама, не растерявшая с возрастом желания отрываться по каждому поводу, поэтому неудивительно, что аптека стала для молодой заведующей самым любимым местом на земле, и несколько лет Алиса жила счастливо. Мама веселилась, дочь ее не волновала, пришла ночевать — хорошо, задержалась на своей круглосуточной службе до утра — еще лучше.

Но вот однажды у Алисы внезапно заболел живот, и, будучи медиком, она сама поставила себе диагноз: аппендицит. Сама и вызвала «Скорую».

Ее удачно прооперировали и положили в палату, где кроме нее находились еще четыре женщины. Через три дня Алиса впала в депрессию: ко всем ее товаркам по несчастью приходили друзья, родные, любимые, приносили подчас идиотские подарки, типа пены для ванны (ну, самая необходимая вещь в муниципальной больнице, где имелся лишь общий душ!) Но дело было не в кретинских подношениях, а в любви, которую выказывали этим женщинам приходившие к ним посетители. Причем необязательно мужчины, мужья (не у всех они, кстати, имелись). Одна лишь Алиса осталась вообще без внимания. Ее навестили всего раз. Прибежала запыхавшаяся Ника, заместительница заведующей, бросила на тумбочку дежурные апельсины и, пробормотав: «Лежи, поправляйся скорей, а то мы без тебя загибаемся», — унеслась на службу.

Днем Алиса делала вид, что поглощена книгами, а вечером стойко изображала сон. Если честно, то после ужина бедной провизорше становилось совсем плохо — соседки по палате начинали сплетничать о своих амурных делах, вспоминали любовников, хихикая, рассказывали о всяких приключениях. Алиса молчала. У нее никогда не было кавалеров! Да и где их было взять? В институте девушка слыла синим чулком, да еще и поступила она учиться после того, как поработала медсестрой, следовательно, была старше основной массы сокурсников. Ненамного, всего на четыре года, но восемнадцать лет и двадцать два года — это, согласитесь, большая разница, только после тридцати она как бы сглаживается, становится незаметной. В общем, в институте пары Алисе не нашлось, а в аптеке работали лишь женщины. Правда, среди покупателей часто случались лица противоположного пола, но, как правило, они быстро получали нужные средства и уходили.

В общем, из больницы Алиса вышла, потеряв не только аппендикс, но и душевное равновесие. Впереди маячила карьера старой девы, отдавшей всю себя фармакологии. Конечно, Алиса очень любила свою работу, но теперь ей страстно захотелось простого женского счастья. Стало понятно, что надо искать мужа. А где? Начать ходить по всяким тусовкам, ездить на море, напрашиваться к кому-то в гости?.. Но Алиса не имела огромного круга друзей, к себе ее могла позвать одна приятельница — Лада Добрынина, замужняя дама с четырьмя детьми. Холостых друзей муж Лады не имел, и все их семейные праздники проходили стандартно: супруги Добрынины, Алиса и соседка Лады, тоже одинокая баба.

Но не зря говорят, что судьба, если захочет, то даже на печке тебя найдет.

И вот однажды... Алиса, как всегда, пришла на работу ровно в восемь и узнала неприятную новость: одна из сотрудниц сломала ногу. Поахав, заведующая встала за прилавок рецептурного отдела, и потек суетливый рабочий день. Люди шли косяком...

— Дайте лекарство от давления, — попросил один толстый дядька.

— Они разные, покажите рецепт, — заученно ответила Алиса.

— У меня его нет, — рявкнул толстяк.

Алиса вздохнула:

— Очень жаль.

— Дайте что-нибудь посильнее! — налился краснотой посетитель. — У меня сто сорок, голова раскалывается, так и умереть недолго!

— Вам следует обратиться к врачу, — попыталась вразумить мужчину Алиса.

— Некогда, продайте таблетки.

— Но сначала хорошо бы выяснить причину недуга, провести обследование!

— Чушь! Я знаю, это у меня от повышенного давления. Сосед пьет, этот... как его... Я тоже слопаю пару таблеточек, и давление нормализуется.

Алиса всплеснула руками.

— Да вы что! Нельзя принимать лекарство, прописанное другому человеку. Соседу помогает, а вам и навредить может. И упаси вас бог проглотить сразу пару пилюль, такое лечение плохо закончится! Давайте я вам давление измерю, тогда уж и...

— Дура! — затопал ногами дядька. — Склифосовского из себя тут корчит! Да ты кто? Клизма в халате! Прошу у тебе лекарство от давления, так и продавай!

Алиса покачала головой. Она на своем веку немало видела неадекватных людей, поэтому не оскорбилась, а спокойно ответила:

— Ну вот, вы даже название препарата не знаете...

— Зануда, блин! — стукнул кулаком по прилавку толстяк. — Сразу видно — старая дева. Ни один мужик на такую тягомотину и не взглянет...

Внезапно глаза Алисы наполнились слезами — хамоватый посетитель попал в самое ее больное место. Боясь расплакаться на глазах у очереди, провизор дрожащим голосом ответила:

— Мое семейное положение никого волновать не должно. Вот вам лекарство, оплачивайте и уходите.

Толстяк, мигом понявший, что сумел «ущипнуть» несговорчивую аптекаршу, ухмыльнулся и заявил:

— Точно говорят, что все беды у нас от недотраханных баб. Имейся у тебя хоть какой мужик, то с утра бы спокойная стояла и людям улыбалась, а так лаешь, словно собака: гав, гав. А почему? Ясное дело, одна под одеялом ворочалась.

Это было уже слишком, и по щекам Алисы побежали слезы. Обозлившись на себя за проявленную слабость, она отвернулась, схватила упаковку бумажных платков и хотела уже уйти в свой кабинет, но ее остановил новый вопль толстяка:

— Эй, ты че? Ну, ваще! Офигел, что ли?

Алиса обернулась. Крепкий, довольно молодой, на взгляд заведующей, мужчина, ухватив толстяка за шиворот, легко волок его к двери, а очередь, затаив дыхание, наблюдала за происходящим.

Незнакомец ногой распахнул створку и вышвырнул хама на тротуар, сопроводив действие фразой:

— Только приди еще раз в эту аптеку и посмей обозвать мою жену!

Алиса стала краснее огнетушителя, а бабки, из которых в основном состояла очередь, одобрительно закивали:

— Правильно, так ему и надо!

— Нажрутся и хулиганят...

— Такому не в аптеку идти, а в милицию, на нары!

Незнакомец отошел к витрине, где были выставлены зубные щетки, и начал сосредоточенно изучать ассортимент. Алиса продолжила отпускать старухам таблетки. Руки у нее дрожали, а к голове подкралась мигрень.

Глава 6

Когда в аптеке стало пусто, мужчина подошел к прилавку и улыбнулся.

— Спасибо, что выгнали нахала, — вежливо сказала Алиса, — но вам не следовало называться моим мужем.

— Меня зовут Алексеем, — еще шире расцвел в улыбке мужчина, — а вас Алиса. Может, судьба? Вот зашел сюда случайно и остолбенел. О такой женщине, как вы, я мечтал всю жизнь.

Провизорше стало жарко.

— Откуда вам известно мое имя?

— Так вот ваш бейджик, — засмеялся Алексей. — «Алиса Палкина, заведующая». Думается, «Алиса Кононова» будет звучать лучше. Это моя фамилия.

— Пошутили, и хватит, — попыталась рассердиться провизор. — Что желаете?

Алексей вынул из барсетки коробочку.

— Вот. Знаете такое лекарство?

Алиса кивнула.

— Да, Фемара — препарат, сделанный швейцарской корпорацией «Новартис». Почтенная фирма, производит качественные средства, нареканий на ее продукцию нет. Фемару используют для терапии рака молочной железы, это новое средство. От других препаратов Фемару отличает то, что ее можно принимать долго, к тому же она помогает и женщинам с прогрессирующим раком молочной железы. Впрочем, извините за лекцию. Вам нужна Фемара?

— Нет, нет, — остановил Алису Алексей, — я хочу вернуть лекарство.

— В каком смысле? — удивилась заведующая. — Медикаменты нельзя снова вернуть в аптеку. На этот счет имеется специальное постановление, могу показать. В нем четко оговаривается момент, что возврат лекарств не может быть произведен. Даже с большой симпатией к вам, никак не могу. Мы работаем в строгом соответствии с законодательством.

— А если бы вы были моей законной женой?

Алиса покраснела по самые уши и сделала серьезное лицо.

— Даже если бы была вашей законной женой.

— Вам так идет быть строгой...

— Не пытайтесь кокетничать. Я действительно вряд ли смогу вам помочь.

— Верю вам, — кивнул Алексей. — Извините меня, сам должен был сообразить! Право, глупо, что пришел в аптеку. Понимаете, живу в коммуналке, с соседкой, вполне еще молодой дамой — ей пятидесяти не сравнялось. Все бы ничего, отношения у нас прекрасные, Елена меня частенько супом угощает...

— Онкология — тяжелый крест, — кивнула Алиса, — но отчаиваться нельзя, наука идет вперед семимильными шагами. Вот Фемару изобрели, отличное средство, многим помогает, теперь рак не приговор. Но почему вы Фемару вернуть хотите?

— Да нет у Елены никакого рака, — отмахнулся Алексей, — у нее канцерофобия, причем в тяжелой форме. Слышали про такую беду?

— Конечно, — кивнула Алиса, — боязнь онкологического заболевания. Человек скупает всякие лекарства, совсем не нужные ему, глотает пилюли и постоянно проходит множество различных обследований. Самое ужасное в подобной ситуации — большинство таких людей убеждают себя в том, что смертельно больны. Они перестают замечать, как прекрасна жизнь!

— Верно, — согласился Алексей. — Все вы правильно говорите, но дело в том, что Елена в последнее время просто сумасшедшей стала. Позавчера принесла домой упаковок двадцать лекарств, не меньше, — и говорит: «Вот начну пить — и точно не заболею».

— Сочувствую вам, с такой соседкой трудно!

— И не говорите, — пригорюнился Алексей, — у нее вся зарплата на таблетки уходит. Еле-еле уговорил ее их не принимать, оставил лишь витамины. Елена вроде согласилась. Но я же хорошо знаю, что онкологические препараты дороги, вот и надумал вернуть Елене деньги. Собственно, уже вернул, сказав, что отнес лекарства назад в аптеку. Только я и сам небогат, потому решил все же попробовать возместить потраченное. Да вы гляньте, — уговаривал он сейчас Алису, — упаковки запечатаны, их никто не открывал.

— Хорошее средство, очень кому-то нужное, — вздохнула Алиса. — Но не могу его принять. Даже не просите.

— Ладно, — грустно кивнул Алексей, — если честно, уже в пятую аптеку заглядываю, и везде отказывают.

— Подождите! — воскликнула Алиса. — У меня есть одна постоянная клиентка, Лика Смирнова. У нее больна мама, женщины нуждаются, многого себе позволить не могут... Подарите их бедному человеку, — предложила Алиса, — Фемара там кстати придется, молиться за вас станут. Я вижу, что оригинальная упаковка не нарушена и чек в пакете лежит, но на реализацию взять не могу, а Смирнова была бы счастлива. Так как? Только вам придется ей лично все передать.

— Конечно, конечно, — закивал Алексей, — всегда приятно доброе дело сделать.

— Сейчас позвоню, — обрадовалась Алиса, — Лика мигом примчится.

— Я на работу тороплюсь, — сказал Алексей, — а вечером загляну, около девяти, пусть ваша знакомая в это время придет.

Ровно в 21.00 Кононов снова возник у прилавка. Лика, которая пришла заранее, бросилась благодарить доброго самаритянина. Когда Смирнова, пообещав поставить в церкви свечу за здоровье Алексея, прижимая к груди упаковки с Фемарой, убежала к больной маме, Кононов вдруг спросил у Алисы:

— Вы уже свободны? Пойдемте в кино...

Через пару недель Алиса не могла понять, как она раньше жила без Леши. Кононов оказался человеком простым, рукастым, ловко управлялся с бытовыми трудностями. Теперь у Палкиных в ванной не капал кран, утюг исправно грелся, телевизор бойко переключался с канала на канал, в туалете больше не рычал бачок. Кавалер не гнушался в семь утра вскочить с дивана, чтобы отвезти Алису на службу, и она теперь не толкалась в вагоне метро, ехала с комфортом в автомобиле, слушая приятную музыку.

За продуктами они ходили вместе: Алиса вышагивала впереди со списком в руке, сзади тянул сумки Леша. А еще он был внимателен, покупал любовнице мелкие, грошовые сувенирчики, вроде керамических статуэток китайского производства. Но ведь, как известно, не дорог подарок, дорога любовь!

А через тридцать два дня после знакомства Алеша произнес фразу, которую многие женщины ждут от своих сожителей годами:

— Дорогая, стань моей женой.

Алиса моментально ответила согласием. Ее не смутило, что жених в данный момент без работы. Кононов долгие годы трудился на хлебозаводе, но потом предприятие захирело и основную часть сотрудников отправили в бессрочный отпуск. Но Алеша не пал духом, начал подыскивать новое место, зарабатывая пока на жизнь частным извозом: будущий муж Алисы имел старенькие «Жигули». Не пугало Алису и то, что Леша обретается в коммуналке. У нее-то трехкомнатная квартира, места хватит всем.

И дело стало стремительно идти к свадьбе. Весь более чем узкий круг друзей Алисы одобрил ее выбор. Алеша познакомил будущую жену с двумя своими родственницами — простыми деревенскими бабами Полиной и Верой.

— Родители мои из деревни Волкина. Не «о» на конце, а буква «а», — пояснил Леша, везя Алису на свою малую родину. — И отец, и мать давно покойные, пили, прости господи, без удержу, вот и ушли на тот свет довольно молодыми. Батяню в драке топором убили, а маменька до белой горячки дошумелась. Я по этой причине в рот капли не беру, насмотрелся в детстве. Все сделал, чтобы в Москве устроиться. И ведь повезло, даже комнату получил. Поля мне двоюродная сестра, а Вера тетка, хоть возраст у них примерно один. Дедушка-шалун виноват — шесть раз женился, я потом тебе объясню наши семейные коллизии.

Родственницы приняли Алису радушно, выставили на стол нехитрое угощение, а потом Вера, всплакнув от умиления, благословила пару иконой.

Расписались молодые без особой помпы в районном ЗАГСе, свадьбу играли в небольшом кафе. Все расходы взял на себя Леша, он же настоял на покупке белого платья и фаты для Алисы.

— Глупо, наверное, смотреться буду, — сопротивлялась невеста, — не девочка уже.

Леша обнял любимую.

— Свадьба — такое важное в жизни событие, пусть она станет праздником. Потом детям фотки покажем.

Торжественный день прошел как по маслу. Явились почти все приглашенные, в основном коллеги Алисы, со стороны Алеши присутствовали Поля и Вера, облаченные в неудобные и непривычные им парадные платья. Мужнина родня, стесняясь, преподнесла конверт, в котором лежали... три тысячи долларов.

— Вы с ума сошли, — подскочила Алиса, увидав громадную сумму, — такие деньжищи! Ни за что не возьму.

— Не обижай нас, — тихо прошептала Вера.

— Из всей родни один Лешка у нас остался, копить-то не для кого, — добавила Поля. — А мы хорошо зарабатываем — от фабрики надомницы, платки кружевные вяжем. Их иностранцы знаешь как хватают, не успеваем делать.

В общем, жизнь могла показаться Алисе невероятно счастливой, кабы не Кира. Теща как-то сразу невзлюбила зятя.

Сначала мать Алисы делала вид, что не замечает Алешу, затем начала просто откровенно нарываться на скандал. Она беспрестанно делала мужу дочери замечания, а как только Алиса приходила домой, кидалась к ней и перечисляла все «безобразия»:

— Отвратительный мужчина! Неаккуратный! Зеркало в ванной забрызгал, носки на пол бросил! Съел весь хлеб! Пил пиво! Как ты могла за такого замуж выйти?

— Мама, — наконец не выдержала и повысила голос Алиса, — оставь нас в покое! Мы с Лешей состоим в законном браке. Я же не делаю тебе замечаний по поводу мужиков, которые по нашей квартире ротами ходят! Если к тебе гости заявляются, а они, между прочим, каждый день тут, я помалкиваю, хоть и не слишком приятно чужие рожи видеть.

Кира растерянно моргнула. До сих пор дочь молча воспринимала все выходки маменьки, а тут вдруг решила оказать сопротивление... И она вдруг заявила:

— Был бы Павел жив, он бы тебя выпорол.

— Ох, мама, — не удержалась от ехидного замечания Алиса, — думаю, и тебе бы досталось! Хоть помнишь, как зовут парня, которого вчера ночевать приводила?

Кира зарыдала и ушла к себе, а Алисе стало гадко: впервые в жизни она так разговаривала с матерью. Вечером, когда домой приехал Алеша, сказала ему:

— Ты уж не обращай внимания на Киру...

— Ерунда, — улыбнулся муж, — моя маменька

еще не то творила, я ко всему привычен. Все же попробую с тещей подружиться.

— Боюсь, тебе это не удастся, — грустно покачала головой Алиса, — мама отчего-то стала очень злой.

— Попытка не пытка, может, и получится, — решительно ответил Алексей.

Спустя две недели Кира, совершенно трезвая, заглянула к Алисе в комнату и тихо спросила:

— Ты одна?

Дочь отложила журнал.

— Да.

— Чего не на работе?

— Выходной у меня.

— А... этот где?

— Алеша работает, — мирно ответила Алиса.

— Так его ж с хлебозавода вытурили! — начала ссору мама.

— Верно, — решила не поддаваться на провокацию дочь, — Алеша ищет новое место, а пока, чтобы не быть нахлебником, на машине «бомбит», каждый вечер меньше тысячи рублей не привозит. А вчера вообще сто долларов получил!

— Кто ж ему столько отвалил? — уперла руки в боки Кира. — И за что?

Алиса очень хорошо понимала, что мать привычно ищет повод для скандала и лучше всего прекратить разговор. Но как это сделать? Если не отвечать Кире, уткнуться в журнал, маменька завизжит: «А-а-а! Не хочешь общаться!» Ежели поддерживать беседу, рано или поздно Кира все равно отыщет что-то обидное для себя и вновь разгорится ссора. Впрочем, сейчас мать выглядела трезвой, и Алиса мирно пояснила:

— Мужчина из ресторана вышел, не захотел пьяным за руль садиться, а тут Алеша подвернулся. Просто повезло.

— Кому? — поджала губы Кира.

— Алеше.

— Негодяй! Ограбил человека! Надо же, сто долларов взял! Ясное дело, выпивший собой не руководит, а он воспользовался.

— Мама, перестань!

— Нет, я скажу всю правду!

— Лучше иди, посмотри телик.

— Нет, ты будешь меня слушать!

— Я хочу отдохнуть.

— От чего же ты устала, а? Муженька ублажала, да? Ишь, секс-машину нашла! — заорала Кира.

Алиса молча встала, схватила кофту и пошла к двери. Кира побежала следом.

— Ты куда?

— В аптеку.

— Зачем?

— На работу надо.

— Только что ведь сказала: выходной сегодня.

— Забыла об одном деле.

— Врешь! Просто не хочешь с матерью разговаривать!

— Да, — резко ответила Алиса, — именно так.

Она думала, что Кира сейчас оскорбится и уйдет к себе, но матушка встала у двери и, загораживая собой выход, заорала:

— Дура! Он тебя обманывает!

— Мама, пропусти.

— И не подумаю! Между прочим, твой Леша ко мне пристает. Да-да, так прямо лапы и тянет! Жены дома нет, Алиса-идиотка на работе топчется, а супруг сюда прирулирует и ну меня соблазнять!

Алиса безнадежно привалилась к стене. Все понятно, у матери начинается слабоумие. Увы, сия напасть часто подстерегает пьющих женщин.

— Говоришь, он вчера сто баксов вечером заработал? — шипела между тем Кира. — Да они у него еще днем имелись! Заявился в три часа, сел на диване и начал со мной муси-пуси разводить: «Ах, ах, Кирочка, расскажите мне о себе...» И сто баксов в портмоне были!

— Откуда ты знаешь? — вышла из себя Алиса. — Лазила по карманам?

Кира осеклась, но потом решительно продолжила:

— Случайно увидела. А тебе не мать подозревать надо, лучше за мужем проследи. Он ко всем бабам щупальца протягивает, под меня клинья подбивает.

Алиса оттолкнула Киру от двери, выбежала на улицу и до приезда Леши бродила по двору.

— Ты чего гуляешь? — удивился муж.

Жена рассказала ему о скандале.

— Так ведь все правда, — растерянно ответил Кононов. — Сто баксов мне парень дал в час дня, он пьяный из трактира выпал, уж не знаю, почему в это время нажрался. Отвез я его и решил домой зарулить, чаю попить. Смотрю, Кира злая, надумал к ней подлизаться и затеял разговор, стал про жизнь расспрашивать. Пожилые люди ведь любят подобные беседы. А она взбеленилась, я и уехал снова на заработки. Слушай, а почему у вас семейного альбома нет?

Алиса пожала плечами.

— Папа у меня странный был, фотографироваться не любил. Мама рассказывала, что когда они в Москву перебирались, то ящик потеряли, а там кроме всяких вещей и снимки лежали. Ну, моих бабушек и дедушек. Так что ничего не сохранилось.

— Интересно бы взглянуть, какой он был, твой папа, — протянул Алеша. — Все-таки дед нашим будущим детям. У меня тоже никаких семейных реликвий нет, но мои-то были алкоголиками, ни о чем, кроме бутылки, не думали. Интересно, отчего Павел Иванович фотоаппарата сторонился?

— Я же тебе про него рассказывала, — улыбнулась Алиса, — спорт — диета — работа.

— А где он служил?

Алиса растерялась.

— Ну... военный, а подробностей я не знаю. Слушай, ты уж больше с мамой разговоров таких не веди, она их превратно истолковывает.

— Как скажешь, — кивнул Алеша. — Я ведь и правда просто хотел подольститься к теще.

Спустя месяц после этой беседы Леша сказал жене:

— Может, нам ребеночка завести? Нехорошо без детей. Ты как, не против?

Алиса засмеялась:

— Очень даже «за», могу перестать таблетки пить.

Алексей оглядел комнату, вздохнул и заявил:

— Нет, пока погоди.

— Почему?

— Посмотри вокруг! Обои отклеились, потолок в разводах, окна плохо закрываются... И стиральная машина на ладан дышит. Разве можно младенца в сарай вносить? Надо сделать ремонт — большой, капитальный. Потом десять лет будем спокойно жить! Купим новый холодильник, сменим плиту, сантехнику, сделаем натяжной потолок...

— Замечательная идея, — одобрила Алиса, — но неосуществимая.

— Почему?

— Где денег взять, а? Не одна тысяча улетит! — вернула она мужа с небес на землю.

Алексей потер шею.

— Есть идея. Продам свою комнату в коммуналке. Ты там ни разу не была и не знаешь, что площадь большая и сама квартира суперская. Ее сейчас один бизнесмен купить хочет, нас с Еленой расселить предлагает. Так вот, возьму свою долю наличкой, переоборудуем вашу площадь и родим мальчика.

Глава 7

Ремонтом Леша занялся лично: сам нанял бригаду из молчаливых украинцев и начал процесс, основательно обустраивая гнездо. Сначала он спросил:

— Вы давно здесь живете?

— А тебе какое дело! — огрызнулась теща.

— Как переехали в Москву, так и вселились, — пояснила Алиса. — Дом тогда почти новым был, папе в нем от работы квартиру дали.

— И ремонт ни разу не делали?

— Нет, — призналась Алиса, — только шкаф папа в передней оборудовал, сам.

— Придется, кстати, его сломать, — с жалостью резюмировал Леша. — Очень уж громоздкий, дверцы здоровенные. Там лучше шкаф-купе сделать, если ты, конечно, не против.

— Поступай как знаешь, — разрешила Алиса.

И Алеша начал действовать. Сил и денег на ремонт он потратил немерено, сменил трубы, проводку, сделал перепланировку, перестелил полы и купил новую мебель. Старые «дрова» и кресла с диванами Алексей вывез в Волкину, подарил родственницам. Квартира приобрела просто шикарный вид. Перед самым последним этапом — окончательной покраской стен и циклевкой пола — Алексей вручил жене и теще путевки в подмосковный санаторий и сказал:

— Устали вы от шума и пыли, отдохните чуток.

Когда женская часть семьи вернулась назад, хоромы предстали в полном блеске. Алиса ахнула и бросилась мужу на шею со словами:

— Ну и красота!

Кира же, сложив губы куриной гузкой, прошипела:

— Гостиница! Никакого уюта!

— Мама, — укорила ее Алиса, — открой глаза! Мы никогда так не жили!

— Ясное дело, — кивнула Кира, — не воровали! Откуда деньги?

— Как тебе не стыдно! — обозлилась дочь. — Лучше скажи Леше «спасибо», он так старался!

Теща, не говоря больше ни слова, пошла по

сверкающему лаком паркету в свою спальню. Но на ее пороге все же обернулась и вдруг горько произнесла:

— Дура ты. В первого попавшегося мужика вцепилась! Думаешь, он тебя любит? Как бы не так! Знаю, знаю, отчего он стены крушил. Иногда они такое скрывают! Эх, силы не те, иначе б несдобровать тебе, крысятина!

Последняя фраза матери окончательно повергла Алису в шок. Когда Кира исчезла за дверью, спросила у мужа:

— О чем это она?

Алексей обнял жену.

— Сама ж понимаешь, у алкоголиков с башкой беда. Кира все мне намеки делала... Ты на работу уйдешь, мы со строителями начнем стену обдирать, а она вынесет табуретку и сядет посередине комнаты. Я ей говорю: «Кира, тут грязь, пылью надышитесь». А она губу оттопырит и заявляет: «Знаю, знаю, клад ищешь! Фиг тебе! Все обнаруженное — мое».

— Что? — поразилась Алиса.

Алеша засмеялся.

— Твоя мать решила, что я затеял ремонт в надежде какие-то ценности найти.

— Бред! Мы с родителями всю жизнь очень скромно жили. Какие могут быть клады? — вздохнула Алиса.

— В сумасшедшие мозги еще не такая идея влететь может, — резюмировал Алеша. — Ну, хватит о ерунде! Ты на кухню полюбуйся, я достал на распродаже шикарную духовку.

Ночью Алисе не спалось. Новая кровать оказалась слишком жесткой, да еще Леше позвонил постоянный клиент и, пообещав хорошие деньги, попросил отвезти его к четырем утра в аэропорт. Кира же опять привела какого-то мужика, и с новой кухни слышалось нестройное пение.

«Нет, — вдруг подумала Алиса, — хватит. Надо положить мать в клинику. Я хочу родить ребенка и жить спокойно, а с ее выкрутасами тишины не жди!»

Леша приехал домой лишь в восемь — в машине что-то сломалось, пришлось вызывать эвакуатор. Алиса, услыхав щелчок замка, выскочила из спальни, поцеловала усталого супруга и, велев тому: «Иди быстро в душ, а я пока завтрак сделаю», — побежала на кухню.

Толкнула дверь и обнаружила Киру сидящей на стуле. Голову непутевая мать уронила на стол, одна из прядей волос попала в консервную банку из-под шпрот, правая рука, отчего-то странно длинная, безвольно свисала вдоль тела.

Дочь горестно вздохнула, подумав: ее решение поместить мать в клинику верно. Ну сколько можно терпеть такое безобразие? Процесс прогрессирует, до сегодняшней ночи Кира, напившись, все-таки ухитрялась добрести до своей спальни, а теперь...

— Мама, — сурово заявила Алиса и дернула пьянчужку за плечо, — немедленно проснись!

Кира молча покачнулась и свалилась на пол. Ее голова повернулась, широко раскрытые, неморгающие глаза уставились прямо на дочь...

Никакого удивления смерть пьяницы ни у врачей, ни у стражей порядка не вызвала. Алисе пришлось честно сказать приехавшим ментам:

— Мама давно закладывала за воротник и приводила домой невесть где найденных кавалеров. Кто у нее был этой ночью, не знаю. Мы не скандалили, я стеснялась соседей, тихонько все шло. Ну, разве что пела она громко... Но никто не жаловался, стены в доме толстые, не современная постройка.

— Все ясно, — подвел через несколько дней итог дознаватель. — В бутылке остались капли: водка фальшивая, дрянь намешана. Много людей от таких напитков потравилось!

Алексей, как мог, утешал жену. Врочем, Алиса не слишком горевала, с уходом неотвратимо спивавшейся матери жизнь ее стала намного спокойней — никто не затевал скандалов, не дергал Алешу. А он наконец-то нашел работу, причем очень хорошо оплачиваемую. Одна беда — контора, куда брали Кононова, находилась в Подольске, но ведь и дальше поедешь за большой зарплатой.

Утром двенадцатого июня Леша поцеловал жену и воскликнул:

— Ну все, сегодня оформляюсь! Жди вечером с тортом и шампанским. Думаю, теперь можно вернуться к мысли о сыне. Квартира в порядке, я при постоянном окладе.

Алиса ощутила себя невероятно счастливой. Пребывая в состоянии всепоглощающей радости, она отработала день и прилетела домой, где в кастрюле ждало своего часа тесто для пирожков.

Стрелки будильника бодро бежали вперед: семь часов, восемь, девять. Алиса начала испытывать беспокойство, превратившееся к полуночи в тревогу. Леша так и не приехал. Ночь она провела, не выпуская из руки трубку телефона, без конца пытаясь соединиться с мужем, но механический голос упорно талдычил:

— Аппарат абонента отключен или находится вне зоны действия сети.

В десять утра Алиса узнала: Алеша погиб в автокатастрофе.

Следующие дни прошли, словно в тумане, все заботы о похоронах и поминках взяли на себя коллеги по работе и единственная подруга Лада Добрынина.

Изуродованное тело мужа Алисе не показали.

— Лучше тебе его не видеть, — твердо заявила Лада. — Понимаешь, на месте аварии вспыхнул пожар...

Алиса вздрогнула и кивнула. Очнулась она лишь на девятый день и спросила у Лады:

— Полине с Верой сообщили?

— Нет, — ответила Добрынина.

— Почему? Я вроде просила...

— Извини, — пробормотала подруга. — Вообще-то, я посылала своего Ваньку в это Волкино, но он там таких женщин не нашел.

— Не Волкино, а Волкина, с буквой «а» на конце, — схватилась за голову Алиса, но, увидав расстроенное лицо Лады, быстро добавила: — Не переживай, я сама виновата, бормотнула название, ты его и не разобрала.

Через неделю Алиса поехала к родственникам Алексея. Она была в деревне всего один раз и, если честно, после свадьбы особой дружбы с тетками не водила. Ни Полина, ни Вера в Москву не наезжали, Алексей в родные пенаты не катался, отчий дом вызывал у него не самые лучшие воспоминания. Лишь однажды, насколько Алиса помнила, и съездил — когда отвозил туда старую мебель.

Но, несмотря на туманность воспоминаний — ехали ведь с Лешей на машине, и Алиса не слишком следила за дорогой, — она легко нашла деревеньку. Село оказалось вымершим, избы стояли пустыми. Алиса запуталась в почти одинаковых домиках, многие из которых, как и тот, где она когда-то была, покрывал колер цвета неба. Но в деревне вообще никто не жил!

Алиса прервала рассказ, допила ставший совсем холодным кофе и тихо сказала:

— Понимаешь, они пропали!

— Ничего удивительного, — бодро отозвалась я. — Вполне вероятно, что тетки, раз деревенька захирела, переехали в город.

— Может, и так, но... — протянула Алиса. — Видишь ли, я так и не сумела их найти, они словно в воду канули. В аптеку к нам приходит один постоянный клиент, он крупный адвокат, и я его попросила помочь родственниц Алешиных отыскать. Рассказала, что помнила, о Вере и Полине Кононовых. Он пообещал и не обманул. Знаешь, что выяснилось?

— Нет.

— Вера и Полина Кононовы никогда не жили в Волкине. Там просто не имелось женщин с подобными данными!

Я насторожилась.

— Думаешь, он точные сведения раздобыл?

— Стопроцентно — да. Очень ответственный человек, с огромными связями, не болтун.

— Чудеса, да и только.

— Угу, — кивнула Алиса. — И это еще не все неприятности. После кончины Алеши они на меня дождем посыпались! Сначала вандалы разгромили кладбище, где похоронены мои родители. Уж не знаю, по какой точно причине именно там, в Подмосковье, нужно было папу хоронить. Когда к нам агент пришла, мама прямо разум потеряла, твердила безостановочно: «Муж хотел в Ларюхине упокоиться. Много раз об этом говорил. И меня после смерти туда положите».

...Полузаброшенный погост никем не охранялся. Впрочем, опасаться мертвецам было нечего — богатых надгробий не имелось, памятников из раритетного розового мрамора не стояло, античных скульптур не маячило. В Ларюхине под железными крестами и фанерными пирамидками мирно ждали Страшного суда жители окрестных деревень. Ни о каких вандалах тут никто не слыхивал, здесь даже не крали с могил бумажные веночки и не уносили нехитрый инвентарь, хранившийся в сараюшке у входа на территорию.

И вдруг случилась беда: хулиганы поломали оградки, везде, где смогли, нарисовали краской свастику и написали лозунг: «Россия — русским». Оставалось лишь удивляться, отчего националисты набросились на Ларюхинское кладбище, почему таблички с фамилиями «Кузин», «Петрова», «Никитин» вызвали гнев новых фашистов. Больше всего досталось той части кладбища, где были похоронены Павел и Кира Палкины. Их могилу просто разрыли! Столь же жестоко поступили и с соседями Палкиных: справа был похоронен Иван Нефедов, слева Анна Калинина, и оба захоронения тоже раскопали.

Не успела Алиса привести в порядок последний приют родителей и слегка прийти в себя от шока, как произошла новая напасть — в аптеку влезли грабители.

Самым непостижимым образом они выбрали для своей акции наиболее подходящий день — когда на ночь осталась дежурить глуховатая Леокадия Михайловна.

Алиса не раз предупреждала и ее, и других работниц, что спать на ночном дежурстве нельзя, на то у них и круглосуточная аптека, чтобы люди могли получить необходимые лекарства в любое время. Все сотрудницы неукоснительно выполняли правило: читали газеты, книги, а заслышав звонок, спешили открыть окошко в двери, сделанное специально, чтобы не впускать посетителей ночью в зал. (Охранника в аптеке не было. Вернее, ставка-то имелась, и на нее был оформлен сын Леокадии, на самом деле служивший водителем в богатой семье, а его зарплату не слишком высокооплачиваемый персонал аптеки делил между собой, и все были довольны. Впрочем, в обязанности секьюрити все равно не входило бы топтаться в аптеке по ночам.) Алиса сама позаботилась о безопасности: окошко в двери было зарешечено, створка обита железом, а под рукой дежурной находилась тревожная кнопка для вызова, в случае чего, милиции.

Как-то Алисе пожаловались жильцы квартиры, расположенной над аптекой.

— Что у вас там творится? — возмущались они. — Регулярно, раз в неделю, просто шабаш! Крики, шум, музыка...

Заведующая произвела расследование и узнала, что глуховатая Леокадия включает на всю мощь телевизор, стоящий в комнате отдыха.

— Боюсь заснуть, — честно призналась старушка, — вот и гляжу программы. Такой срам показывают! А что делать, смотрю, ведь прямо и тащит в сон!

— Ладно, — кивнула Алиса, — глядите, если вас передачи бодрят, но тихо! А то вы соседям мешаете, да и звонок в дверь не услышите.

Леокадия закивала, и инцидент был исчерпан. Алиса решила, что старушка ее послушалась, и успокоилась, а зря. Спустя примерно месяц после той воспитательной беседы заведующая пришла утром на работу, отпустила зевающую Леокадию домой, открыла свой кабинет и ахнула.

В помещении побывали воры, скорей всего наркоманы. Они ухитрились открыть замок, на который были заперты раздвижные решетки, и влезть в окно. Более того, грабители обнаружили место, куда Алиса клала ключ от сейфа. Кононова не была особо изобретательна и запихивала его в коробочку, доверху наполненную скрепками.

По счастью, в сейфе не хранилось ни наркотиков, ни других «списочных» лекарств, их держали совсем в ином месте. Но, не найдя необходимого, наркоманы озверели и буквально разнесли кабинет на молекулы: разбили, сломали, разорвали, искромсали все, что попалось под руку. Из шкафа вытащили справочники и книги, которые читали сотрудницы на ночном дежурстве, переплеты оторвали, страницы превратили в обрывки, дверцы шкафа разрубили, полки искрошили. Так же поступили и с письменным столом, у рабочего кресла и двух стульев изрезали бритвой обивку, вытряхнули наружу весь наполнитель, ковер скатали, паркет расковыряли...

Алиса чуть не умерла до приезда милиции, глядя на все это. И лишь удивлялась, почему Леокадия не слышала шума и отчего молчали соседи.

Очень скоро был получен ответ на все ее недоуменные вопросы. Соседи находились на отдыхе, их квартира стояла пустой, а Леокадия... Оказывается, глуховатая старушка сначала подчинилась заведующей и убавила звук телевизора до минимума, но какой интерес смотреть телик и не понимать, о чем идет речь? Леокадия пригорюнилась, но потом нашла выход: купила наушники и вновь могла слышать речь актеров. И волки были сыты, и овцы целы: соседи получили возможность спать, Леокадия — наслаждаться фильмами.

Наркоманов не нашли. Алиса уволила старуху и сделала в кабинете ремонт. Едва она втащила в него новый рабочий стол, как пришла еще одна беда. Кононова взяла на ставку уборщицы симпатичную девочку Люсю — смешливую, рыжую, всю обсыпанную конопушками. Люсенька пришлась ко двору, ее мгновенно полюбили в коллективе за веселый нрав и работоспособность. Алиса старательно пестовала новенькую и даже начала обучать ее премудростям провизорского дела, а когда девочка внезапно заболела, поехала к ней домой с нехитрыми подарками.

Адрес Люси Алиса взяла из личного дела. И вот заведующая, не думая ни о чем плохом, позвонила в дверь и сказала открывшей ей девушке, тоже рыжей и веснушчатой:

— Вы, наверное, сестра Люси?

Девица настороженно бормотнула:

— И чего надо?

— Не бойтесь, я заведующая аптекой, где работает Люсенька, звать меня Алисой Павловной, — решила навести контакт Кононова. — Вот, хотела девочке яблок передать, пусть выздоравливает, мы ее любим и ждем.

— Па! — закричала вдруг девица. — Выйди сюда!

В коридор выглянул высокий мужчина.

— Что случилось, Ника? — спросил он.

— Вот, — сбивчиво затараторила та, — тут пришли... Люську ищут...

Хозяин дома мрачно глянул на Алису и пошел на нее тараном:

— Людмила здесь более не живет, нечего сюда таскаться!

И не успела Алиса охнуть, как оказалась за дверью, на лестничной клетке. В полном недоумении заведующая спустилась вниз и села во дворе на скамеечку. В голове толпились всякие мысли: значит, Люся прописана в одном месте, а живет в другом, в принципе обычное дело...

— Вы и правда из аптеки? — тихо спросил чей-то голос.

Алиса кивнула и подняла голову. Около лавки стояла Ника.

— И Люська к вам на работу напросилась?

— Да, — подтвердила Алиса.

Ника повела глазами по сторонам и нервно зашептала:

— Люська наркоманка, поэтому родители ее из дома выперли. Она сейчас живет на Павелецкой. Только, думаю, зря съездите, небось снова на иглу села.

Алиса поехала по указанному адресу и обнаружила там дикую коммуналку — соседей двадцать, не меньше. В конце длинного коридора нашлась комнатенка, явно служившая некогда чуланчиком при кухне. Там и лежала Люсенька. Заведующая сразу поняла, что девочке очень плохо. Но Люся была не в наркотическом опьянении — ее, похоже, мучило воспаление легких.

Алиса развила бурную деятельность: устроила больную в больницу, а потом каждый день ходила ее навещать. Через месяц девушка выздоровела, вернулась в аптеку и сказала Алисе:

— С наркотиками покончено. Теперь я учусь в училище и хочу работать.

— Все будет хорошо, — успокоила ее Алиса, — родители тебя простят. Хочешь, поговорю с ними?

Внезапно Люся заплакала и обняла заведующую, из груди девочки вырвались слова:

— Я плохая... ужасная...

— Ты замечательная, — улыбнулась Алиса, глядя ее по голове. — Ну, оступилась, с кем не бывает...

— Нет, — внезапно перестала рыдать Люсенька, — это вы замечательная, и я никогда, слышите, никогда не сделаю вам плохо! Я объясню, я не стану... я...

— Перестань, — снова погладила ее по голове Алиса, — а завтра не опаздывай на работу.

Люся кивнула и убежала. Больше Алиса ее не видела. На следующий день девочка в аптеке не появилась, а через день заведующей позвонили из милиции и сухо сказали:

— Людмила Корчагина у вас работала?

— Да, а что случилось? — воскликнула Алиса.

— Умерла, — весьма равнодушно сообщил мент, — от героина, передоз. Вы в отделение зайдите, мне вас опросить надо.

Глава 8

Выслушав Алису, я ощутила жалость и воскликнула:

— Ну и досталось же тебе! За один год столько всего!

Кононова прижала руки к груди.

— Такое ощущение, что со смертью Алеши из моей жизни ушла вся радость. Я очень часто обращаюсь к нему мысленно и прошу: «Милый, помоги». Зряшная просьба. Мертвые не возвращаются! Теперь понимаешь, отчего сегодня я чуть ума не лишилась?

— Конечно! На тебя слишком сильное впечатление произвел репортаж с места аварии, — ласково сказала я. — Небось сразу вспомнила супруга, ну и началась истерика. Любая бы на твоем месте самообладания лишилась, такой стресс перенести: и муж погиб, и кладбище разграбили, и аптеку разгромили, и девочка скончалась. Правда, она сама виновата, но ведь от этого не легче.

Алиса на секунду приложила ладони к вискам, потом ровным голосом произнесла:

— Ты не поняла самого главного. Сегодня там, на Валовой, был именно Алеша. Это он погиб в «Мерседесе».

Я набрала полную грудь воздуха и решительно заявила:

— Знаешь, сначала я подумала, что у тебя шизофрения, но теперь понимаю — просто нервы измотаны, вот и чудится всякая ерунда. Извини, конечно, но твой супруг умер год назад, ты его похоронила. Мертвец не способен воскреснуть!

Алиса моргнула, потом очень медленно повернула голову в сторону окна и тихо сказала:

— Я тогда не видела его тело.

— Но тебе выдали свидетельство о смерти!

— Верно, у обгоревшего мужчины нашли права и паспорт на имя Алексея.

— Все правильно, — ласково перебила я собеседницу, — никакой мистики. Тебе надо сейчас поехать домой, выпить валокордин и поспать часок-другой. А впредь никогда не смотри криминальные новости!

— Если я сейчас возьму у тебя твои документы, — размеренно произнесла Алиса, — ну... или просто положу в свою сумочку паспорт на чужое имя, а потом вдруг погибну в какой-нибудь катастрофе, меня примут за другого человека?

Я притихла. А ведь верно! Но уже через секунду на ум пришли иные мысли.

— Ладно, пусть некий человек, отняв у Кононова удостоверение личности и автомобиль, не справился с управлением и погиб на шоссе. Но почему Алексей не вернулся домой? Не сообщил любимой жене о том, что жив?

— Не знаю, — тихим, сухим голосом ответила собеседница.

— Где он жил этот год?

— Не знаю.

— Чем занимался, где работал?

— Не знаю.

— Ладно, пусть он решил бросить тебя, нашел себе другую, более молодую, красивую, богатую... Но почему поступил столь диким образом?

— Не знаю.

— Откуда у малообеспеченного парня роскошный «Мерседес» и рубашка с брильянтовыми запонками?

— Не знаю, — тупо повторила Алиса. — Не знаю!

— Ты же получила свидетельство о смерти?

— Да.

— Паспорт Кононова уничтожили?

— Да.

— И как ему было дальше жить без документов? Он купил фальшивые? Зачем?

— Не знаю.

Внезапно я разозлилась на Алису. Ну нельзя же так тонуть в депрессухе, следует хоть чуть-чуть бороться с разбушевавшимися нервами.

— Почему ты решила, что в «мерсе» был твой Алексей, а? Что навело тебя на эту бредовую мысль? — сам собой вылетел изо рта очередной, не слишком корректный вопрос.

Алиса, будто и не заметив его некорректности, подняла руку.

— Вот тут, на запястье, у Леши имелся шрам. Очень странной формы — круглый, словно браслет. Леша этого шрама стеснялся, — продолжила Алиса, — и всегда часы носил на широком кожаном ремешке, даже на ночь не снимал.

...Она его один раз спросила:

— Ну неужели тебе удобно постоянно в часах ходить? Руку разве не жмет?

Алексей лишь улыбался и отвечал:

— Я привык. Всю жизнь на работу в пять утра вставал и проспать боялся. Иногда проснусь ночью, запаникую: который час? Начинаю по тумбочке шарить: цап, цап, где будильник? Вот и решил, что лучше вообще часы не снимать. Поднес руку к глазам и циферблат увидел.

— Теперь ты на хлебозаводе не работаешь, — напомнила Алиса.

— Привычка — вторая натура, — хмыкнул Алексей. — Ладно, если часы у меня на руке тебя раздражают, могу их на ночь у кровати класть. Но сразу предупреждаю: мне будет очень некомфортно...

— Не надо, — испугалась Алиса, — мне все равно! Думала, тебе лучше без этого широкого браслета.

На том разговор и завершился. В конце концов, у каждого человека свои привычки, и спать с «будильником» на руке — не самая худшая из них.

К слову сказать, Алексей был не по-мужски стыдлив. Он никогда не просил жену потереть ему спину, когда мылся, и никаких веселых игр в душе или при свете пара не устраивала. Муж приближался к жене в полной темноте, да и не был он особо страстным. Если уж совсем честно говорить, то супружеский долг Леша исполнял не чаще раза в месяц. Процесс происходил быстро, почти мгновенно и больше походил на некую медицинскую процедуру, а не на объятия любовников. Но у Алисы, с одной стороны, не имелось никакого сексуального опыта, с другой — она сама не была страстной женщиной, поэтому такое положение устраивало обе стороны. Как говорят в народе, горшок нашел крышку, пара идеально подходила друг другу. Вот почему довольно долгое время Алиса не знала об отметине, которую имел на запястье муж. Правда выяснилась случайно, незадолго до гибели Леши.

Кононовы купили обеденный стол, а доставили его в разобранном состоянии — крышка в одном ящике, ножка в другом.

— Если заплатите, то живо соберу, — предложил грузчик, втащивший в квартиру приобретение.

— Спасибо, сам справлюсь, — покачал головой Леша.

А когда недовольный отказом грузчик ушел, он сказал жене:

— Нечего зря деньги тратить, тут дел на десять минут. Ну-ка, помоги, придержи столешницу.

Алиса вцепилась в тяжелую доску и выронила ее в тот самый момент, когда супруг ковырялся у ножки.

— Вот черт! — выругался Алеша.

— Ой, прости! — испугалась жена.

— Сам виноват, — вздохнул муж. — Ясное дело, тебе не под силу было справиться. Больно, руку ушиб!

В ту же секунду часы с легким стуком шлепнулись на паркет — когда здоровенная столешница, выпав из слабых рук Алисы, ударила Алексея по запястью, кожаный ремешок и лопнул.

— Извини, пожалуйста! — еще больше расстроилась женщина.

— Ерунда, — буркнул Алеша и быстро сунул руку в карман, но Алиса уже успела заметить красный след.

— Ой! — закричала она. — Скорей к врачу!

— Незачем.

— Но у тебя ссадина! Давай хоть йодом смажу.

Алексей попытался переменить тему разговора, однако Алиса весьма настойчиво твердила:

— Нет, нет, надо непременно ехать в травмпункт! Вдруг у тебя перелом?

В конце концов Алеша рявкнул:

— Хватит паниковать! Все в порядке, пальцы шевелятся. Вот, смотри...

— А это что?

— Шрам, давний.

— Откуда он? — залюбопытничала Алиса.

Алеша замялся.

— Ну, еще с детства.

— Такой странный... круглый, как браслет, — не унималась жена.

Кононов нахмурился:

— Не люблю вспоминать об этой истории.

Обычно Алиса не отличалась любопытством, но на сей раз ее словно черт за язык тянул.

— Милый, — заныла она, — расскажи.

Алексей сдвинул брови и нехотя заявил:

— Отца я своего плохо помню, меня дядька,

брат матери, воспитывать пытался. Но он тоже горькую пил, только запоями — месяц трезвый, а два гудит. Цикл он такой себе установил. А я в детстве хулиганистым рос, вечно бедокурил, ну вот один раз Семен не выдержал и в сарае меня запер, а чтобы не сбежал, руки проволокой скрутил.

— Ужас! — прошептала Алиса.

— Да нет, ничего, — пожал плечами Алексей, — бывают в жизни шутки и похуже. А я тогда от скуки спать лег. Проснулся весь в крови — один «наручник» кожу порвал. Испугался сильно и ор поднял. Дядька с ремнем прибежал, хотел мне наподдать, а увидел кровищу — и тоже белый стал.

Алешу отвезли в больницу, врач сильно отругал Семена.

— Вы могли парня без руки оставить! — налетел хирург на переминавшегося с ноги на ногу мужика. — Виданное ли дело, на ребенка проволоку накрутить! Да вас в милицию сдать надо!

Тут уже сам Алеша начал упрашивать доктора не тащить дядю в камеру. Все окончилось благополучно. Семен, испугавшись, больше никогда не наказывал и не бил Алешу, грозил ему издали палкой, да и только. Рука у мальчика работала, пальцы сгибались, остался лишь шрам, тонкий и очень, на взгляд Кононова, противный.

Алиса вдруг встала, подошла к окну, побарабанила пальцами по стеклу и резко спросила:

— Ты теперь меня понимаешь? Я зашла сегодня в магазин, потому что хотела себе на кухню маленький телевизор купить, совсем недорогой, самый обычный. Уставилась на экран и вдруг вижу — рука Алеши. Его шрам ни с каким другим перепутать нельзя! Так что повторяю в который уже раз: сегодня на Валовой я видела тело моего мужа. И теперь хочу знать: что происходит? Почему погибший имеет документы на имя Константина Олеговича Ведерникова? Отчего Алеша объявил себя умершим? Кто сгорел в его «Жигулях»? Но если Ведерников и Кононов — два разных человека, то почему у них одинаковые шрамы? Я не верю в такие совпадения, шрам, о котором я говорю, это же не след от прививки оспы, который есть у многих. Слишком необычная отметина! Чего молчишь?

— Мне пока нечего тебе сказать, — промямлила я.

— Берешься за дело? — решительно тряхнула головой Алиса. — Очень уж хочется разобраться в происходящем. Гонорар гарантирую.

— Нам надо оформить договор, — решила я приступить к формальностям.

— Да, конечно, — кивнула Алиса.

Я вынула из стола бланк и принялась заполнять его.

— Чего от руки пишешь? — удивилась Алиса. — Напечатай на компе и через принтер выведи. Мы в аптеке всегда так делаем, я совсем отвыкла ручкой пользоваться.

Продолжая аккуратно выводить буквы, я ответила:

— Так надежней, мало ли что настукать можно.

— Ладно, — кивнула Алиса, — делай, как считаешь нужным.

Я сделала вид, что целиком и полностью сосредоточилась на заполнении договора. Ну, не говорить же первой и единственной клиентке агентства горькую правду: в нашей якобы процветающей конторе из офисного оборудования имеется лишь самая простая шариковая ручка и календарь.

Домой я собралась в самом радужном настроении. Наконец-то мне удалось заполучить клиента. Теперь я постараюсь очень быстро разобраться с делом Алисы, возьму с нее сущие копейки и попрошу, чтобы Кононова вручала своим покупателям мои визитки. Пусть положит их на кассе и говорит:

— Евлампия Романова — исключительный детектив! Она мне очень помогла.

В наши времена реклама — это главное. А раз нету денег для покупки газетных полос и времени в эфире, то станем действовать дедовскими методами.

Кстати, Юрик, которому я позвонила на мобильный, отреагировал далеко не по-деловому. Я ему, со счастливым воплем:

— У нас есть работа!

А он заявляет:

— Мне сейчас некогда. Эта девочка, которая хотела купить презерватив в виде зайчика, такая умница. Ее зовут Риточка...

Я швырнула трубку. Все ясно — Лисица опять начал брачные игры. Ну да он мне и не нужен, сама великолепно справлюсь с делом. Итак, с чего начать?

С продуктов! Пусть вам не кажется странным подобное заявление. Просто я сначала решила наполнить домашний холодильник, а уж потом заняться вплотную расследованием, иначе голодные члены семьи станут мне трезвонить на мобильный и гневными голосами вопрошать:

— Лампудель, отчего у нас в доме нет ни крошки хлеба?

И придется, бросив дела, рулить за харчами. Так что лучше я сразу сейчас затарюсь на месяц.

Бодро напевая арию тореадора, я заперла дверь агентства, помчалась в супермаркет и около семи вечера явилась домой, обвешанная пакетами.

Услыхав стук входной двери, в прихожую моментально прибежали все собаки. Обжора Капа, вместо того чтобы броситься приветствовать хозяйку, кинулась со всех лап к сумкам, а Феня забилась в угол. Глядя, как я глажу Мулю, Аду, Рейчел и Рамика, она лишь шумно вздыхала.

— Ну, Феня, — покачала я головой, — что разбила на этот раз?

Услыхав знакомый глагол, Феня поскучнела окончательно, отвернулась к стене и принялась тихо поскуливать.

Я стала снимать кроссовки.

Наша Фенюшка является собакой породы мопс. Но я подозреваю, что на самом деле мопсом в ее семье был некий очень далекий родственник, ну, к примеру, пятиюродный дедушка. Папа у Фени скорее всего являлся оленем, а мама, наверное, пони. Иначе чем объяснить, что их доченька имеет длинные голенастые ноги, широкую, словно скамейка, спину и невероятно толстую попу?

Ладно, Муля и Ада тоже не могут похвастаться стройностью, но с ними все понятно: девочки просто обладают отменным аппетитом и не гнушаются откровенного воровства — обе мопсихи, при удачно сложившихся обстоятельствах, без тени сомнения и мук совести слопают забытую неаккуратным Сережкой на столе колбасу или схарчат глазированные сырки, которые Костин не донес до холодильника. Однако вот пародокс, еды всем мопсихам достается одинаково, но они получились разные: Муля и Ада похожи на сардельки с ногами, а Капа поджарая, даже тощая. Впрочем, невероятная ее стройность легко объяснима. Капуся обладает на редкость вздорным характером и брехливым нравом. Когда мы выходим во двор, все члены стаи преспокойно совершают свои делишки, а Капа носится без устали, облаивая всех и вся. Она даже писает на ходу — чуть присядет на задние лапы и бежит на полусогнутых, не захлопывая пасти. А что советуют тем, кто хочет похудеть? В первую очередь увеличить физическую нагрузку. Поэтому Капуся похожа на кильку, и те, кто плохо знает наших собак, обычно с негодованием восклицают:

— Вы эту, мелкую, совсем к миске не пускаете? Или ее остальные обжирают?

Феня, в отличие от Капы, очень тихая, даже боязливая, от нее никакого шума. У Фенечки иная беда. Мопсиха-переросток не очень хорошо понимает, каким образом следует управлять своим немаленьким телом. Феня напоминает мне даму, которая недавно села за руль. Наверное, встречали на дороге такие экземпляры? Тетенька висит на баранке, пытаясь увидеть то место, где заканчивается капот, а про багажник и бока своей машины она забывает начисто и, естественно, мгновенно мнет и царапает эти части ни в чем не повинного автомобиля.

Вот и Фенюша крадется по коридору, старательно отводя круглую голову от напольных ваз и кривоногих этажерок. Но ведь за шеей тянется мощная спина! Впрочем, с передними лапами Фенечка еще способна справиться, а вот с задними и с попой уже нет. Миновав очередного фарфорового или керамического монстра, коих очень любят дарить Катюше благодарные пациенты, Фенюля радостно вздыхает и припускает бегом. Вот тут-то и начинается бенефис филейной части мопсихи — ее попа мотается из стороны в сторону. Видели когда-нибудь, как входит в поворот автобус, состоящий из двух салонов, тот, что с «гармошкой» посередине? Тогда вы сможете представить то, каким образом Фенечка продвигается по нашему коридору. Иногда мне даже хочется повесить ей на спину табличку, как на автобусе: «Занос один метр». Думаю не стоит и объяснять, отчего жуткие подарочные вазоны у нас долго не живут. Лично я только благодарна неловкой Фене, потому что из природной жадности не способна выкинуть вон даже отвратительного фаянсового урода ядовито-зеленого цвета с золотыми бабочками на боках. А если он разбился, то проблема решена.

Но Феня ничего не знает о моих мыслях и, расколошматив очередное гончарное изделие, впадает в истерику. Собака принимается рыдать, вилять хвостом, потом уползает в угол, где сладострастно переживает беду, а я весьма непедагогично угощаю мисс Неуклюжесть кусками сыра.

Глава 9

— Лампа, — сиплым голосом произнес, высовываясь из своей комнаты, Кирюша, — завари чай.

— Ты почему дома? — удивилась я.

— А где мне быть? — еле слышно прошептал он.

— На занятиях английским.

— Я заболел, — умирающим тоном сообщил Кирюшка. — Температура небось сорок!

Я покосилась на его хитрые глаза и сурово сказала:

— Ну-ка, дай лоб пощупаю.

— Лучше градусник посмотри, — ловко увернулся от моей ладони мальчик. — Во! И сколько там?

— Тридцать девять и девять.

— Ужасно! — забыв придать голосу хриплость, взвизгнул Кирик. — Ты ведь не станешь выпроваживать на занятия больного ребенка?

Я заколебалась. Кирюша терпеть не может дополнительных занятий, но, положа руку на сердце, кто из нас прыгал от счастья, направляясь к репетитору? Очень хорошо понимаю мальчика. Сейчас он получит индульгенцию, хлопнется на диван и уставится в телевизор или уютно устроится у компьютера. Удивительным образом высокая температура мешает лишь получению знаний, всем остальным процессам она не помеха. Вполне вероятно, что Кирюшка просто нагрел градусник в горячей воде, сама так делала, когда уж очень ломало идти в музыкальную школу. Но вдруг школьник и впрямь занедужил?

Очевидно, на моем лице отразились сомнения,

потому что Кирилл прислонился к стене, закатил глаза и простонал:

— Умираю!

— Ладно, — сдалась я, — давай поступим так: сейчас быстро свожу собак на улицу, потом вернусь, и ты измеришь температуру в моем присутствии. Если температура высокая, останешься дома. Сразу предупреждаю: мазать подмышки горчицей не надо и подменить градусник на сей раз не удастся!

— Лампа! — трагично заломил руки Кирюша. — За кого ты меня принимаешь?!

— Скажешь, я не лечила тебя от ожогов, которые получились на коже именно из-за горчицы, и не собирала осколки второго термометра, который ты сначала прятал под футболкой, а потом уронил на пол? — возмутилась я.

— Еще бы вспомнила про то, как я Лизку зубной пастой по ночам мазал! — рассердился Кирилл. — Мало ли какая глупость ребенку в голову придет! Но сейчас-то я уже вырос и подобной ерундой не занимаюсь. Неужели дома мне так не доверяют?

— Вот вернусь с прогулки и измерю тебе температуру лично, — ушла я от прямого ответа на вопрос.

— Просто обидно, — насупился Кирилл. — Ощущаю себя человеком, которого приговорили к смертной казни за несовершенное преступление!

Под недовольное бурчание мальчика я втолкала членов стаи в лифт и поехала вниз.

В нашем доме все любят животных и готовы бесконечно умиляться их проделкам. Согласна, Капа, крадущая со стола бутерброд, или Муля, старательно закапывающая в кресло найденную невесть где прищепку для белья, смотрятся очень забавно. А еще псы частенько затевают игру в догонялки или прятки, и тогда за ними можно наблюдать часами. Но собак следует мыть, расчесывать, подстригать им когти, чистить уши, и вот тогда все господа Романовы мигом превращаются в тотально занятых людей. Вовка Костин тоже не большой любитель приводить мопсов, стаффа и двортерьера в порядок. Но особый рабочий пыл охватывает членов семьи, если я произношу фразу:

— Кое-кому следует пойти погулять.

Вот тут Сережка мигом хватается за телефон, Юлечка вспоминает о недописанной статье, Кирюшка и Лизавета садятся за домашние задания... В общем, по двору в любую погоду шляюсь я. И там, путаясь в поводках и ежась от дождя, принимаюсь мечтать о волшебном дне, когда мы наконец-то купим дом в Подмосковье и процедура прогулки будет упрощена до минимума. То есть она сведется к раскрыванию двери и крику:

— Все в сад!

Но пока особняка нет, и я прыгаю на пустыре. Согласитесь, во дворе, где весело играют дети и отдыхают на скамеечках пенсионеры, не слишком прилично прогуливать собак. Однако нам повезло: прямо за родной блочной многоэтажкой простирается нечто, бывшее некогда парком. Сейчас от зеленого массива остались отдельные деревья, достаточно густые кустарники и вытоптанные полянки. Укромное местечко известно лишь аборигенам, и посещают его одни собачники (мы все друг с другом хорошо знакомы). Псы соблюдают нейтралитет, драк между ними не случается, поэтому даже Рейчел может спокойно носиться без поводка, а стаффордшириха очень любит вольный выпас.

Сегодня на пустыре было пусто, я расстегнула на могучей шее Рейчухи ошейник и стала бездумно смотреть, как меньшие братья занимаются делом. Мульяна деловито потопала на лужайку, на ее лице застыло выражение, без слов сообщавшее: «Не одобряю я всякие глупости, приличная мопсиха и возле подъезда сходит в кустики, а потом назад, в дом, на диван».

Капа принялась носиться по пустырю, оглашая окрестности лаем, но потом она притихла. Фенечка, пятясь бочком, подобралась к деревцу, стукнулась о него попой, испугалась и тут же описалась.

Я обрадовалась. Так, процесс пошел. Сейчас Рамик мигом поднимет лапу в том же месте, а Рейчел... Кстати, где стаффордшириха?

Не успела я испугаться, как из кустов донесся тихий, сдавленный крик. Ноги моментально двинулись в сторону непонятного звука, руки раздвинули густые ветви, перед взором предстала укрытая ранее от любопытных глаз лужайка, на ней скамейка, на которой на непонятной подставке возлежала страшно довольная Рейчел.

Пара секунд потребовалась мне, чтобы сообразить, на каком именно предмете устроилась столь удобно стаффордшириха.

— Ой, мама! — взвизгнула я.

Для того чтобы вы правильно разобрались в

ситуации, мне придется сделать лирическое отступление.

Рейчел наша — собака уже немолодая, а как все пожилые особы, она с возрастом стала упряма. Стаффиха весит больше меня, а если Рейчел придет в голову ходить на задних лапах, то и ростом она окажется выше. Из-за больших размеров Рейчел лишена основной собачьей радости — коротания ночи на кровати бок о бок с любимым хозяином. Если псинка запрыгнет на диван, больше там никому делать нечего.

Коли Рейчел делает поползновение на чью-нибудь лежанку, то всегда слышит от людей:

— Ну уж нет, устраивайся на ковре.

Представляете, как обидно бывает стаффордширихе наблюдать за сонно сопящими мопсами, дрыхнущими под моей спиной.

Но не надо считать Рейчел белой наивной маргариткой. Если она задумала оккупировать чье-то ложе, то обязательно добьется своего: сначала положит морду на край постели, потом осторожно умостит одну переднюю лапу, вторую, втащит живот и... хоп, собачка целиком под одеялом. Как все гладкошерстные создания, Рейчел обожает угнездиться под теплым пледом, при этом она никогда не вытягивается рядом с чужим телом, нет, стаффиха великолепно понимает: если человек проснется, то он обязательно спихнет ее на пол, а потому устраивается... у него на спине. Сколько раз я пробуждалась, придавленная многокилограммовой тушей! Мне снились жуткие сны, кошмары, в которых некто катался по моему телу на асфальтовом катке, или запихивал меня под громадный пресс, наваливал сверху грузовик кирпичей... Выдравшись из липких лап Морфея, я понимала, что нахожусь дома, в своей спальне, лежу, уткнувшись носом в подушку, а никаких катков и груд стройматериалов нет в помине, просто на моей, так сказать, антифасадной стороне храпит наглая Рейчел.

Вы никогда не пытались сбросить с себя бегемота, к тому же спящего? Если нет, то лучше и не пробуйте. Во сне мышцы животного расслабляются, и оно становится просто каменно-тяжелым, даже крохотная йоркшириха ощущается бетонным блоком, что уж тут толковать о Рейчел.

Впрочем, еще год назад мне стоило лишь сердито гаркнуть: «Кто тут безобразничает?» — как стаффордшириха мигом перемещалась на ковер.

Но девять месяцев тому назад Рейчуха справила десятилетие, и вместе с преклонным возрастом к ней пришло воистину ослиное упрямство. Теперь можно изораться, извертеться, изругаться — стаффордшириха даже ухом не поведет, слезет лишь в том случае, если увидит глазированный сырок, причем именно определенного вида, с начинкой из сгущенки. Уж и не знаю, каким образом она угадывает, что под оберткой, но обмануть Рейчел невозможно. А еще стаффиха, почувствовав, что теплая, мягкая «подстилка» решила освободиться от нее без выдачи дани, начинает «ругаться», то есть издает на все лады звук:

— Р-р-р-р.

Это не угроза. Просто базарный скандал. Думаю, собака таким образом говорит: «Ну уж нет, мне замечательно тепло и уютно на твоей спине, совершенно не собираюсь отсюда уходить. Впрочем, если предложишь сырок, то так и быть, уважу просьбу, но только в этом случае».

Подобное поведение в мире людей называется шантажом, и поддаваться ему ни в коем случае нельзя. Если некая личность требует от вас за сокрытие тайны денег, следует решительно заявить:

— Ни копейки не получишь! — иначе станете до своей смерти платить все возрастающую дань.

Но с Рейчел договориться невозможно, она лежит на вас цементной плитой и начинает шевелиться лишь при виде сырка. Если разобраться, то в поведении стаффихи виноват Сережка. Когда Рейчел впервые оккупировала его спину, старший сын Катюши не сумел спихнуть «наседку» и велел жене:

— Юлька, а ну принеси из холодильника сырок! Нахалка увидит любимое лакомство и мигом слезет.

Юлечка мгновенно исполнила просьбу мужа и, вертя перед носом Рейчел обожаемым куском сладкого творога, облитого шоколадом, произнесла ключевую фразу:

— Ну, спрыгивай, и получишь!

А что в свое время выяснил академик Иван Павлов? Помните школьную программу? У собаки нет ума, у нее одни инстинкты, из которых пищевой — главный. Зажглась над клеткой лампочка, чей свет всегда сопровождал выдачу миски с мясом, и слюна барбоса закапала из пасти, даже в том случае, если харчей не дали.

Вот и Рейчел мгновенно просекла причинно-следственную связь между сырком и чужой спиной. Однако, на мой взгляд, великий ученый был прав лишь отчасти. У нашей стаффихи порядок не только с инстинктами, но и с мыслительными способностями. Иногда мне кажется, что Рейчуха придавливает хозяйку к кровати не потому, что решила лечь спать возле обожаемого человека, а из желания получить сырок. У меня в тумбочке теперь всегда есть запас этого лакомства. Кстати, сама я перестала ими завтракать, потому что поняла: продукт из творога, который не портится, лежа неделю в ящичке, без холодильника, небось нашпигован консервантами под самую завязку.

Ну а теперь вернемся на пустырь, где Рейчел уютно устроилась... на спине парня, который по невесть какой причине лежал в кустах на скамейке. Дурак, решивший вечером загорать в самом неподходящем для сего процесса месте, уткнулся лицом в деревянное сиденье.

— Ой, мамочка! — повторила я и заорала: — Рейчел, немедленно слезай!

Куда там! Стаффиха посмотрела на меня хитрым глазом и, шумно вздохнув, отвернулась. Собака не собиралась сдавать своих позиций без излюбленного лакомства.

— Пожалуйста, — дрожащим голосом проблеял юноша, — уберите с меня эту жуть. Ничего плохого не делал, просто отдыхал. Ну, выпил чуток — совсем немного, ей-богу! — а Танька разоралась. Я обиделся и ушел. Живу в соседнем доме. Сморило меня совсем, прилег на скамеечку, думал, тихонько покемарю и к себе вернусь, а тут... эта... плюх на спину.

Я попыталась спихнуть Рейчел, но тут же сообразила, что с таким точно успехом могу пинать египетскую пирамиду, и воскликнула:

— Ну, с какой стати вам пришло в голову отдыхать здесь?

Парень вздохнул:

— Сказал же: выпил малость, а Танька разво-пилась. Ой, она меня сейчас раздавит.

— Маловероятно, — попыталась я успокоить испуганного парня. — Рейчел любит на чужой спине лежать, и все остаются живы. В ней не так уж много веса.

— Ага, — прокряхтел паренек, — похоже, она с центнер потянет. Кстати, меня Миша зовут.

— Рейчел так не уйдет, бесполезно ее сталкивать. Рада знакомству, Лампа!

— Может, все-таки я ее сброшу? — не послушал меня парень и попытался начать активно шевелиться.

— Р-р-р, — ожила стаффиха.

— Ой, ой! Все, лежу тихо! — перепугался Миша. — Она мне сейчас голову откусит!

Я почувствовала неожиданную усталость, а Рейчел мирно гудела:

— Р-р-р-р.

— И что? — не переставал болтать Миша. — Теперь мне так на всю жизнь оставаться? Говоришь, она часто к тебе на спину залезает?

— Да, — подтвердила я.

— Но ведь ты же как-то вытуриваешь ее?

— Рейчел можно приманить глазированным сырком, — растерянно сообщила я.

— Так чего тут стоишь? Живо тащи его! — велел Миша.

Я кинулась к тропинке.

— Эй, стой! — велел Миша. — Забери пучеглазых, а то уставились на меня, прямо стыдно. А ну, пошли вон, кино им тут показывают, купили билеты в VIP-ложу!

Моя голова машинально повернулась, и глаза увидели всех мопсов. Муля, Ада, Феня и Капа с разинутыми пастями, откуда вывалились розовые языки, сидели справа от скамейки. Я очень хорошо понимала, отчего на лицах мопсих написана радость и по какой причине их свернутые бубликами жирные хвостики ходят из стороны в сторону. Сейчас в собачьих мозгах билась лишь одна мысль: Рейчел лежит на спине у человека, следовательно, незамедлительно принесут мягкий, нежный, сладкий, великолепный, суперский, строго запрещенный ветеринаром сырок. Неаккуратная стаффиха непременно уронит кусочек глазури, а еще какой-то из мопсих повезет, она первой выхватит из рук Лампы обертку и оближет ее.

— Чего они зырятся? — нервничал Миша.

— Ну, из любопытства...

— Небось та, что на спине, рвет человека на части, а эти поджидают, — дрожащим голосом вдруг заявил Миша. — Я читал в газете, что собаки-убийцы так и поступают. Живут стаями, вожак у них — охотник-киллер, ловит добычу, а остальные доедают остатки.

Не успел он докончить фразу, как Рейчел, решившая, что ей слишком долго не несут сырок, вновь заворчала:

— Р-р-р.

Мопсихи, предвкушавшие свою дозу лакомства, засуетились и стали подбираться поближе к незадачливому пьянчужке, давно протрезвевшему от страха.

— Мама... — прошептал Миша и замолк.

— Идиот! — затопала я ногами, испытывая огромное желание треснуть Мишу по башке. — Моим собакам в голову не придет есть сырое мясо, им дают лишь курицу!

— Утешающая информация, — неожиданно развеселился Миша, — если хочешь, мы поговорим на эту тему, но позже. А сейчас, сделай милость, принеси сырок!

Глава 10

С криком «Девочки, домой!» я ринулась к подъезду.

Мопсихи бойко затрусили за хозяйкой, Рейчел же перспектива остаться в кустах совершенно не испугала. Наглая стаффиха великолепно знала: сейчас я вернусь и принесу угощенье.

Забыв вытереть собакам лапы, я внеслась на кухню, распахнула холодильник и застонала. Сырков не было! Очевидно, их съел Костин, он очень любит схомякать штук пять на завтрак. В ту же секунду в голову пришла мысль: у меня в комнате, в тумбочке, должен быть запас.

Долго не раздумывая, я пролетела по коридору, распахнула дверь и чуть не упала от ужаса.

На полу, ногами к двери, лицом к батарее, неподвижно лежал Кирюша. Мне стало плохо. Господи, бедный ребенок на самом деле болен! Я заподозрила его в симулянтстве, собралась выпихнуть на дополнительные занятия, мстительно-злобно пообещала лично проконтролировать процесс измерения температуры, а несчастный мальчик потерял сознание!

— Кирюшенька, — кинулась я к распростертому телу, — любимый, милый, очнись! Что случилось, отвечай скорей?

Школьник бодро сел. Его лицо было красным, а взгляд смущенным.

— Уже вернулась? — спросил он.

— Да! — выкрикнула я. — Тебе плохо?

— Ну... температура.

— Господи, ты упал в обморок! — заквохтала я. — Не двигайся, сейчас звоню Кате, она пришлет из своей больницы «Скорую»...

— Не надо, — начал сопротивляться Кирюша, — лучше пощупай мой лоб и освободи от английского.

— Нет никакой необходимости его щупать, лицо все красное. Ой, беда! Несусь звонить Кате!

— Лампа, стой, не активничай!

— Как это? Обморок — очень серьезная вещь. Естественно, ни на какие занятия ты не пойдешь. Но и дома оставаться нельзя. Нужно немедленно сообщить о произошедшем Катюше.

— Э... э, — замямлил Кирюша, — кхм... ну... того... э... э...

— Только не спорь, а то еще опять, не дай бог, тебе станет плохо. Сумеешь сам до кровати дойти? — суетилась я. — Ляжешь в темноте. Никакого телика и компа, сосудам надо дать отдых, книги тоже читать не следует. До прибытия «Скорой» надо лежать, не шевелясь, в полудреме.

— Лампудель, — тихо сообщил Кирик, — я не лишался чувств.

— Но ведь, когда я внезапно вошла в комнату, ты лежал лицом в батарею.

— Ну... да. Понимаешь, я... э... уронил... э... дневник. Верно, именно его. Решил, несмотря на высокую температуру и плохое состояние, поучить английский, — зачастил Кирюша, — раз уж к репетитору не идти, так хоть самостоятельно поработать...

В моей душе зашевелилось легкое недоверие. Кирюша собрался заняться иностранным языком? Безо всякого понукания и при полном отсутствии кого-либо из членов семьи школьник надумал овладевать иностранными глаголами и существительными? Ох, что-то тут не так.

— А почему ты в моей спальне? — вдруг еще больше удивилась я.

— Э... э... в детской перегорела люстра, — мигом нашелся Кирюша, — дай, думаю, у Лампы устроюсь...

Слишком честные глаза Кирюши не мигая уставились в потолок, но меня уже вовсю терзали сомнения.

— Говоришь, дневник уронил?

— Ага.

— И полез за ним?

— Точно.

— Хорошо, тогда где же он?

— Кто?

— Дневничок.

Лицо Кирюши вытянулось, а я безжалостно докончила:

— На полу дневника нет, в твоей руке он тоже отсутствует. Так куда же подевался, а? Только не надо говорить, что он распался на атомы и просочился через пол к соседям.

Кирюша начал кашлять, я уставилась на его бледное лицо. Удивилась, куда подевалась лихорадочная краснота, и в ту же секунду поняла смысл произошедшего.

— Кирилл! — вырвался изо рта гневный вскрик. — Ты не падал в обморок!

— А я и не говорил ничего такого, — принялся отбиваться мальчик. — Про то, что я лишился чувств, ты сама придумала.

— Ты лег у батареи, чтобы нагреть лоб! — безжалостно закончила я свою мысль.

— Я?

— Ты!

— Я???

— Ты!!! Очень хорошо знаю теперь, отчего ты оказался именно в моей спальне: в остальных-то батареи загораживает мебель, даже если изогнешься крючком, и то не прикоснешься к ним, а здесь очень удобно — никаких тебе столов, трюмо или этажерок с ерундой.

— Как ты могла обо мне такое подумать! — горестно воскликнул Кирик.

Я подбоченилась.

— Элементарно. Ты мазал горчицей подмышки, впрочем, солью их тоже натирал, градусник запихивал под горячую воду, грел его шерстяным пледом, прикладывал к электролампочке, прятал в рукаве второй, заранее нагретый, с ртутным столбиком, упирающимся в цифру сорок... Дальше перечислять? А теперь — батарея. Ну как тебе не стыдно? Немедленно собирайся на английский!

— Очень трудно жить с безжалостным, мрачным человеком, сердце которого обросло шерстью, — застонал Кирюша. — Вот орки тоже не знали пощады, они истребляли гномов, хоббитов и эльфов...

Не слушая нытье лентяя, я выдвинула ящик тумбочки и... увидела пустое дно.

— Вот черт! Куда же он подевался? Еще утром лежал на месте, — удивилась я.

— Чего ищешь?

— Сырок.

— Глазированный?

— Да.

— Я его съел.

— Из моей тумбочки?

— Ага. Очень захотелось.

— Кирик! — заорала я. — Ну скажи, с какой стати ты вдруг надумал слопать отложенный другим человеком продукт?

Мальчик укоризненно покачал головой:

— Лампа, неужели ты пожалела крошку творога?

— Мне нужен сырок! Срочно! Прямо сейчас! — чуть не зарыдала я.

Кирюша поднял вверх брови:

— Да зачем? Валялся он в ящике, и ничего, а как только я его съел, сразу нужен стал. Очень уж ты вредная.

— И как теперь... — начала было я объяснения, но тут же прикусила язык.

Нет, нельзя рассказывать подростку правду.

Кирюша мигом побежит на пустырь и на занятие тогда точно опоздает. И я строго произнесла:

— Немедленно отправляйся к репетитору!

— Очень тяжело жить в семье, где тебя не любят, попрекают куском и, вместо того чтобы дать отдохнуть, гонят кнутом на тяжелые, гадкие занятия, — сообщил Кирюша. Потом скривился и добавил: — В чем проблема-то? В супермаркете у метро этих сырков, как тараканов.

Я побежала в прихожую. Времени и сил продолжать выяснять отношения с Кирюшей не было. Бедный Миша на пустыре трясется от ужаса, слыша мирное ворчание Рейчел.

В супермаркете я, презрев все правила приличия, отпихнула от холодильной установки, где обычно лежат творожные изделия, какую-то тетку и с ужасом констатировала: сырки отсутствуют.

— Девушка, — налетела я на одну из продавщиц, — где глазированные сырки?

— На полке.

— Там пусто.

— Значит, раскупили.

— Все?!

— Выходит, так.

— Принесите еще.

— Завтра прибудут, весь товар подан в торговый зал, — меланхолично сообщила девица и исчезла.

Я стукнула кулаком по стойке витрины. Ну кто бы сомневался: если мне нужны сырки, они исчезнут по всей стране, зато будет полно баночек со сметаной. Вон, их целая батарея стоит, любого объема и жирности.

— Вы берете кефир? — спросил меня подошедший дядька лет пятидесяти, одетый в затрапезный спортивный костюм.

Я помотала головой и... увидела в его корзинке столь необходимый мне предмет в бело-голубой упаковке.

— Простите, где вы взяли сырок? — расплылась я в улыбке.

— А вот тут только что лежали.

— Здесь?

— Да.

— Но больше их нет, — протянула я.

— Позвольте к кефирчику подобраться, — отодвинул меня от витрины мужчина.

Я схватила его за рукав.

— Простите, как вас зовут?

— Лёня, — слегка растерянно ответил покупатель.

— Очень приятно, Лампа.

Глаза Лёни начали медленно расширяться.

— Не в смысле электрическая, — стала пояснять я, — а уменьшительное от Евлампии. Просто имя у меня такое, заковыристое.

— А я тут при чем? — отмер Лёня. — Я просто кефир хочу взять.

— Очень прошу, помогите мне!

— И чем же?

— Отдайте сырок.

Лёня попятился.

— Не понимаю.

— Ничего особо непонятного нет, — наседала я на дядьку, — вы взяли с витрины последний. А он очень, ну очень нужен мне.

— Сам сырки люблю, — не сдавался Лёня.

— Завтра себе хоть гору купите. А этот мне отдайте.

— Ваще, блин! — принялся возмущаться дядька. — Народ через одного долбанутый!

— Умоляю!

— Отвяжись.

— Поверьте, жутко надо!

— Зина! — завопил Лёня. — Зинка!

Из-за стеллажей вынырнула похожая на акулу тетка и недовольно пробасила:

— Чего развопился? Ни на минуту оставить нельзя! Хуже ребенка!

— Зин, — жалобно простонал Лёня и ткнул в мою сторону грязным пальцем. — Она ко мне пристает!

Баба тяжелым взглядом окинула мою фигуру.

— Ты че? — угрожающе спросила она. — Этот мужик уже при жене.

— Совершенно не собираюсь покушаться на вашего мужа, — постаралась я успокоить наливавшуюся злобой тетку.

— Че? Че ты с ним кушать решила? — не поняла Зинаида. — С какой радости мой законный муж с тобой жрать пойдет? Да и денег у него нет, кошелек у меня.

Зина пухлой рукой похлопала по объемистой торбе, висящей на длинном ремне у нее на плече. Лёня закивал и спрятался за спину супруги. Понимая, что столь необходимый сырок сейчас ускользнет из рук, я решила изъясняться на понятном Зинаиде языке:

— Мне твой мужик без надобности, экая радость с ним возиться.

— А че тогда лезешь?

— Сырок прошу.

Зина побагровела.

— Какой такой сырок?

Тут из толпы выскочила вертлявая девочка лет пяти, подскочила к толстухе и принялась дергать ее за вытянутую кофту.

— Бабушка! Купи Катю, вон ту, в розовом платье.

— Отстань, — рявкнула на нее Зинаида и вновь попыталась разобраться в ситуации: — Сырок? Ты че несешь?

— Ваш Лёня схватил с витрины последнее глазированное изделие — вон оно, у него в корзинке, — а я прошу уступить его мне. Хотите, дам за него тройную цену?

Зинаида превратилась в гигантскую свеклу.

— О пустяке ведь речь идет! — бубнила я. — Мне спешно надо, вопрос жизни и смерти, Миша ждет!

— Резиновое изделие? — гаркнула тетка. — Ленька, кобель, ты че тут тайком покупаешь, а? Ну, морда тамбовская, признавайся!

— Зинушка, — загородился корзинкой муж, — она психическая, из дурки сбегла. Ну глянь, разве ж нормальные бабы такими бывают!

— Сам идиот! — возмутилась я. — А у вас, Зина, с ушами беда, я сказала не «резиновое» изделие, а «глазированное»!

— Это че?

— Ну, в шоколаде...

— Кто в шоколаде?

— Сырок.

— Чей?

— Творожный, — завопила я, раздосадованная непонятливостью тетки.

— Баба, купи Катю-ю... — завопила девчушка.

— Зинуля, она психованная! — завопил Лёня.

— Замолчите все! — взвизгнула вконец замороченная Зина. — Лёнька, шагом марш к кассе! Танька, заткнись со своей куклой! А ты, убогая, вали отсюда, пока по башке тушенкой не получила!

Сарделеобразные пальцы Зинаиды ухватили с полки довольно увесистую консервную банку, я попятилась к холодильникам, и тут Таня радостно заорала:

— Бабушка! Вау! Гляди, какой мишка!

Одетый в костюм Винни-Пуха человек мирно шел мимо витрин с кефиром, а на груди у него висела табличка: «Пейте йогурт!»

Не успела я подивиться редкостной по идиотству рекламной акции, как Зинаида отпустила внучке затрещину и гавкнула:

— Чтоб я больше слова «вау» никогда не слышала! Разговаривай прилично! А ну, как следует сказать?

На лице Танечки отразилось мучение. Тоненькие бровки сдвинулись вместе, на мордочке ребенка застыло выражение глубокого раздумья.

— Таньк, — ожил дед, — надо во всем с бабушки брать пример. Разве она когда-нибудь «вау» орет? Давай-ка, говори, как она. Ну, че бы бабуся сказала, увидав медведя?

Танюша засияла улыбкой.

— Ой, бл... мишка! — счастливо заявила она. —

Ведь так, дедушка? Я хорошая девочка, больше не стану плохое слово «вау» произносить, буду говорить, как бабушка.

Меня начал раздирать смех. Да уж, иногда не следует просить ребенка брать пример с близких родственников. Восклицание «вау», пришедшее к нам вместе с голливудскими фильмами, вытеснило исконно русские варианты вроде «ай» или «ой», и мне характерный для американцев возглас тоже не слишком-то по душе, но уж лучше «вау», чем то, что сейчас ничтоже сумняшеся произнесла Таня, копируя свою бабулю.

— Лёнька, урод! — бросилась на мужа Зинаида. — Хрена полез ребенка воспитывать, лучше б деньги зарабатывал, дубина! Вон, у Надьки мужик че только в дом не прет, а ты...

Семейный скандал начал стремительно набирать обороты. Тогда я, потихоньку осмотревшись, запустила руку в корзину несчастного, распекаемого на все лады Лёни, вытащила сырок и со скоростью адмиральского крейсера рванула к кассам. Стоит ли говорить, что у аппаратов змеились километровые очереди и у всех покупателей имелись горы покупок?

Найдя хвост поменьше, я, бесконечно повторяя:

— Простите, впереди стоит моя сестра, — подобралась почти к кассирше и уперлась в широкую мужскую спину.

Шкафоподобный дядька выкладывал на резиновую ленту банки, пакеты, кульки, свертки...

— Простите, — ласково попросила я, — можно я только сырок пробью?

— Если вам доставит удовольствие, — хмыкнул покупатель, — то, без всякого сомнения, набейте морду этому сырку.

Я сделала вид, что восхищена его шуткой:

— Ха-ха-ха, какой вы остроумный... Разрешите оплачу покупку перед вами?

— Нет.

— У меня всего маленький крохотный сырочек, а у вас гора покупок.

— Нет.

— Очень прошу, я тороплюсь.

— Нет.

— Но это займет одну минуту!

— Маша, — заорал покупатель, — иди скорей, ко мне пристают!

— Сейчас, зайчик, — незамедлительно раздался в ответ суровый бас, и сквозь толпу стала продираться страшно похожая на Зину тетка. К необъятной груди она прижимала пакеты с томатным соком.

Оценив ситуацию, я быстро шарахнулась в сторону. Однако... Современные мужчины — настоящие рыцари, при малейших признаках опасности зовут на помощь жен и прячутся за их объемистые спины.

И что мне теперь делать? Стоять в очереди час? Тяжело вздохнув, я, держа сырок в руке, пошла к тому месту, где висела табличка «Выход без покупок». У турникета, покачиваясь с пятки на носок и обратно, маялся охранник, пребывая от скуки как бы в отключке.

— У меня сырок, — сказала я.

Секьюрити выпал из состояния нирваны и, зевнув, ответил:

— С собакой нельзя.

— Так я не вхожу в магазин, а хочу выйти с сырком.

— Раз уж провели его, так уводите.

— Вы не поняли, сырок взяла в вашем магазине.

Страж начал снова впадать в ступор. Я прошла сквозь железную арку и дернула засыпающего красавца за форменную куртку.

— Сырок...

— Потерянных детей объявляют по радио.

— Имею в виду сырок...

— Радио по лестнице налево.

— Я унесла сырок! Творожный! В глазури!

Охранник сфокусировал на мне взгляд, в его глазах начал загораться огонь понимания.

— А-а-а! Сдайте его в камеру хранения, к нам с продуктами нельзя.

— Вы не поняли, я взяла эту штуку у вас, но на кассе...

— Так вы ж стоите не на территории супермаркета, а перед контрольными воротами.

— Правильно, я их уже прошла.

— И что теперь?

— Как поступить с сырком?

— Съешьте его с чаем.

— Он не оплачен, в кассу много народа.

Секьюрити вновь начал засыпать.

— Эй, парень! — потрясла я его. — Выйди из тьмы и возьми деньги!

Парень очнулся:

— Не понял.

— Можно мне с вами расплатиться за творожный сырок в шоколаде?

Секьюрити потряс головой, потер руками лицо и вдруг очень отчетливо произнес:

— Взятки брать не разрешается, ступайте прочь, пока подмогу не вызвал.

Я отошла к окну и услышала голос охранника, который вытащил рацию и орал в нее:

— Слышь, Колян, передай нашим, опять проверка. По залу ходит чучело и предлагает всем войти в долю за ворованные продукты. Ваще за дураков держат! Прикинь, она снаружи стояла! За воротами! Уржаться!

Полная негодования, я вышла на улицу. «Чучело»? Ну и ну... Я ведь вполне симпатичная и даже местами красивая женщина! Через секунду пришло смущение: Лампа, ты украла сырок! Причем дважды: сначала из корзины Зининого мужа Лёни, а затем из магазина. Впрочем, чувства особой вины не появилось — я честно пыталась заплатить за него!

Глава 11

Затоптав бунтующую совесть, я кинулась на пустырь и со словами: «Рейчел, мама принесла вкусное» — раздвинула кусты.

Вместо радостного собачьего повизгивания и криков несчастного Миши, лежащего на скамейке под тушей стаффихи больше часа, уши уловили тишину, а глаза увидели лишь пустую скамейку. Рейчел и Миша испарились без следа. Меня охватил ужас. Нет, судьба решившего задать тут храпака парня не волновала вовсе, но Рейчел! Наша стаффиха с виду смотрится злобным псом, однако на самом деле является нежным созданием, которое никогда не видело от людей зла. В теле бойцового пса живет трепетная душа Белоснежки.

Я заметалась по пустырю с воплями:

— Рейчел, Рейчел!

Но собака не спешила на зов хозяйки.

В конце концов, устав бегать и кричать, я побрела домой, чувствуя, как по щекам бегут слезы, потому что в мыслях мелькали сплошные ужасы. Рейчел пропала. Она не способна жить на улице и, потерявшись, попытается искать защиты у человека. Подойдет к какой-нибудь женщине и, желая обратить на себя внимание, тронет ту лапой. А теперь представьте, что к вам на проспекте пристает здоровенный стаффордширский терьер и начинает заглядывать в глаза! Как минимум вы заорете. На вопль примчится милиция и, особо не церемонясь, пристрелит собаку, поскольку отчего-то считается, что все стаффы злобные, отмороженные мерзавцы. Но ведь это не так! Псы — зеркало хозяина. «Каков поп, таков и приход», — говорили раньше в народе. И если ваша болонка злобно кусает всех за ноги, поройтесь в своей душе, может, это вы ненавидите человечество и с огромной охотой уничтожили бы все живое...

Почти полностью погрузившись в отчаяние, я вышла к дому и тут, около павильончика, где торгуют хлебом, увидела Рейчел. Она мирно сидела на ступеньке.

— Дорогая! — кинулась я к обретенной потере. — Любимая!

Рейчел отвернула морду.

— Ну, не дуйся, вот твой сырок!

Стаффиха шумно вздохнула, облизнулась и вмиг проглотила угощенье.

— А теперь пошли домой, — велела я.

Рейчел не послушалась, я рассердилась, ухватила ее за шею, встряхнула и сурово заявила:

— Фу, как некрасиво! Давай, шевели лапами, дома есть еще сырки.

Псина чихнула и пошла в подъезд.

Решив никому не рассказывать о произошедшей дурацкой истории, я впихнула стаффиху в прихожую и заперла дверь снаружи. Долг по отношению к семье выполнен — продукты куплены, собаки выгуляны, а с остальными тяжелыми задачами, типа заваривания пакетика чая, все способны справиться сами. Мне же не следует терять времени, надо навести кое-какие справки.

Рука схватила мобильный, пальцы настукали знакомый номер.

— Алло, — немедленно отозвался Вовка.

— Привет, — обрадовалась я.

— Ну?

— Сделай одолжение, помоги.

— Потом.

— Мне очень надо!

— Потом!!

— Но...

— Я на совещании!

— Однако...

Договорить я не успела — в ухо понеслись гудки, пришлось набирать номер еще раз. «Абонент временно недоступен», — прокурлыкала трубка. Я стукнула кулаком по колену. Вовка, решив наплевать на мои мольбы, выключил аппарат! Ну, погоди, еще вернешься домой! Ничего, обойдемся без Костина.

Находясь бесконечно в поисках работы, я постоянно устраивалась в некие странные места и довольно долгое время просидела на радиостанции с бодрым названием «Бум». Особо приятной служба там не казалась, приходилось разговаривать на идиотском сленге и радостно внимать замечательным высказываниям слушателей, дозвонившихся в прямой эфир. Обычно, все они с невероятным энтузиазмом выкрикивали одни и те же фразы:

— Здравствуйте, радио «Бум». Ой, как суперски, что пробилась к вам! Неделю трезвонила! Передайте, пожалуйста, привет моему любимому мужу — он, кстати, сейчас сидит рядом, вот тут, на диване, — и поставьте песню группы «Блям» под названием «Когда же ты упрешься вон».

Меня подобные заявления приводили в крайнее удивление. Тратить семь суток, чтобы получить возможность передать привет любимому супругу, который сидит около жены? И заказывать для милого песенку, в которой сообщается: «Ох, и надоел же ты мне, животное, сил нет терпеть. Хорошо бы тебе упереть, хоть на край света, животное»? Группа «Блям» отличается экстремальной содержательностью текстов, а с музыкой у них и вовсе беда, наверное, поэтому и назвались ребята столь милым образом.

Но в службе на радиостанции имелся и большой плюс. В эфир «Бум» в качестве гостей приходили разные люди, кое с кем я осталась в хороших отношениях и постепенно обросла связями в самых разных, порой крайне необычных местах. И вот сейчас мой путь лежал к Алику Модестову.

Алик странный человек. Начнем с того, что у него дома нет телевизора. Впрочем, радио Модестову тоже не по душе. Он не читает газет, журналов и книг. Досуг Алик посвящает Интернету. Нет, я подобрала сейчас неправильное выражение — не «досуг», а все время. Модестов сутки напролет пялится в экран компа, месяцами не выходит из дома и при этом совершенно великолепно зарабатывает.

Алик придумал гениальную вещь — игру под названием «Город»: создал виртуальный населенный пункт, присвоил ему наименование Алиленд и начал пускать туда всех желающих, причем совершенно бесплатно. Надо лишь зарегистрироваться на определенном сайте, придумать себе ник — и, пожалуйста, проживай в Алиленде.

Сначала игра не пользовалась особым успехом, но теперь население виртуального города перевалило за несколько сот тысяч человек. У алилендовцев все как у «больших». Есть заводы, фабрики, шоу-бизнес, есть банкиры, олигархи и бомжи. Вы можете заняться торговлей, воровать и грабить, можете издавать книги, играть свадьбы и даже завести детей.

В виртуальном городе все как в реальной действительности. Один обитатель Алиленда за короткий срок способен получить огромный капитал в местной валюте, а другой и за три года себе на крохотную каморку не заработает. Все прибывающие в Алиленд оказываются поначалу в равных условиях, им выдают небольшую сумму и селят в общежитии для эмигрантов. Дальше — действуй сам. Так вот, одни быстро встают на ноги, другие метут улицы или клянчат деньги у магазинов.

Чем же зарабатывает Алик, если вход в город и проживание в нем бесплатно? Очень просто — рекламой. На улицах Алиленда полно щитов и растяжек, таких, которыми заполнены все свободные места в Москве. Большинство фирм оценило могущество Интернета и готово платить за свой промоушен.

И еще одно: Алик для своих граждан является богом, его приказы не обсуждаются.

Теперь понимаете, отчего Модестову нет никакой необходимости выходить из дома?

Припарковав «Жигули», я уже направилась было к нужному подъезду, но вдруг вздрогнула и остановилась. Из сумки летел негодующий крик:

— Лампа, возьми трубку! Ламповецкий, найди телефон...

Дело в том, что Кирюша пару дней назад записал свой голос на диктофон и установил «песню» на мой мобильный вместо звонка.

— Ты вечно не слышить сотовый, — пояснил он, — а теперь уж точно отреагируешь.

И верно, я почти лишаюсь чувств от страха, когда ридикюль начинает разговаривать. Может, потом привыкну?

— Алло, — выдохнула я в трубу, с трудом беря себя в руки.

— Ната, ты?

— Ошиблись, — ответила я и пошла в подъезд, чувствуя, что сердце еще продолжает колотиться от только что полученного телефонного стресса.

Добравшись до нужной квартиры, я пнула дверь ногой и вошла в отвратительно пахнущую прихожую. У Алика есть кот по имени Гав, а замок компьютерный бог никогда не запирает.

— Ты где? — крикнула я, вглядываясь в темный коридор.

— На месте, — прозвучало в ответ.

Я прошагала несколько метров вперед и очутилась в донельзя грязной и захламленной комнате. В углу тут стояла кровать, на которой неаккуратным комом высились одеяло и подушка. На столах громоздились сразу три компьютера. Около одного сейчас восседал Гав — некогда белоснежный, а теперь похожий на серый валенок перс, у второго азартно щелкал мышкой Алик, третий аппарат был выключен.

— Это кто? — спросил Модестов, не отрывая глаз от монитора.

— Я.

— «Я» бывают разные, — процитировал Алик друга Винни-Пуха, Кролика.

— Лампа.

— Ага, — кивнул Модестов, — садись, угощайся, тут печенье есть, солененькое.

Сделав гостеприимное приглашение, Алик пошарил левой рукой по столу и, нащупав блюдечко, схватил лежащий на нем коричневый катышек. Затем, под отчаянное мяуканье Гава, сунул найденный деликатес себе за щеку.

— Вкусно? — с неподдельным интересом поинтересовалась я.

— Ну... вставляет, — кивнул Алик, водя курсором по экрану. — Правда, я больше сладкое люблю. И чего Гав разорался? С утра визжит!

— Он плачет от жадности, — усмехнулась я.

— Полагаешь? — удивился Алик и повернул ко мне бледное лицо человека, давно не выходившего на свежий воздух.

Я кивнула и указала на блюдце с коричневыми катышками.

— Ты ешь его сухой корм, печенье стоит на другом столе!

— Господи, — подскочил Алик. — Гав, милый, прости! Хочешь, сожри мое курабье!

— Мяу, — недовольно отозвался кот и отвернулся.

— А тебе, Лампа, чего надо? — вздохнул Алик.

Обижаться на подобную невежливость не стоило. Модестов вовсе не хам, просто он беседует так с теми, кто не имеет отношения к Алиленду. На самом деле Алик милый человек, и если его о чем-то попросить, он моментально бросится на помощь.

— У меня проблема, — сообщила я.

— Какая?

— Необходимы данные на двух людей: Алексея Петровича Кононова и Константина Олеговича Ведерникова.

— А именно?

— Адрес, семейное положение, место работы.

— В общем, анкету?

— Верно.

Алик положил руки на клавиатуру.

— Ща, погоди... где это... Информация — великая вещь. Имей Александр Македонский компьютер, мир бы сегодня выглядел иначе. Сейчас, сейчас... где-то тут... Ага, теперь надо чуток подождать.

Алик откинулся на спинку кресла.

— Если уж ты явилась и помешала работе, то можешь пойти на кухню и сделать пожрать.

— С удовольствием, — согласилась я. — Но не мог бы ты объяснить, что сейчас произойдет с умной машиной? Где она возьмет информацию?

Модестов изумленно распахнул глаза.

— Позырь в комп. Читать, надеюсь, умеешь?

— Ага, — кивнула я, — только пока ничего не понимаю, тут какие-то значки.

Алик снисходительно хмыкнул.

— Сейчас загрузится. Имеются специальные диски, данные адресного бюро, база ГАИ, телефонных компаний. Их легко купить, да и недорого совсем.

— Скажите пожалуйста! — поразилась я.

— Ага, — ухмыльнулся Алик. — Сейчас ничто не может остаться тайным. Я имею суперскую программку, она сейчас выдаст, так сказать, расширенные данные, ее один хакер продает. Иди, состряпай хавку, там продуктов полно.

Я покорно пошла на кухню. Плиту покрывал ровный слой пыли, похоже, ею не пользовались уже дня три как минимум. В углу, около подоконника, стоял черный пластиковый мешок, доверху набитый коробками из-под пиццы.

В холодильнике обнаружился дивный набор: пять бутылок пива, банка майонеза, два куска засохшего сыра и почти умершая сосиска.

Я сдула с плиты пыль, мелко порезала сосиску и швырнула на дно найденной в шкафчике гнутой тефлоновой сковородки. Когда сосиска приняла румяный вид, я положила кусочки на сыр, сверху накапала майонез и приволокла яство Алику.

Гав со всех лап бросился к тарелке и, пока хозяин чесал в затылке, ухитрился, орудуя когтями, словно вилкой, упереть добрую часть ужина.

— Готовишь ты хреново, — резюмировал Алик, облизывая пустую посуду. — Вот, не помню когда, Нинон приходила, так она суперские котлеты забабахала.

— У твоей Нинон, очевидно, имелся более широкий спектр продуктов, — пояснила я, — а у меня лишь мертвая сосиска с потерявшим сознание сыром.

— Хороший повар и из забора пельмени навертит, — элегически заметил Алик, отпихивая Гава, норовящего облизать губы хозяина. — Лады, читаем! «Кононов Алексей Петрович. Родился в 1967 году, деревня Прюково, Московской области. Окончил восемь классов, работал пастухом. Погиб в 2004 году в дорожно-транспортном происшествии. Жена Кононова, Ирина Сергеевна, сельскохозяйственная рабочая, проживает в Прюкове. Жена Кононова, Алиса Павловна, фармацевт, прописана по адресу: Москва...»

Я кашлянула.

— Ничего не понимаю. Мой Кононов бывший сотрудник хлебозавода, пусть поищет еще.

— Ты до конца дослушай, — велел Алик. — «Ведерников Константин Олегович, москвич, 1965 года рождения, судимый, освобожден, основал фирму «Моно», адрес по прописке...» И все! Более сведений нет.

— Пусть твоя программа найдет более широкие данные на Кононова, — велела я. — Да и на Ведерникова тоже.

Алик постучал по клавишам и приказал:

— Тебе все равно делать не фига, рыси за хавкой. Гаву корма купи.

Я кивнула и отправилась в ближайший магазин. Первое, на что упал взор, были горы глазированных сырков, абсолютно не нужных мне на данном этапе.

Через полчаса холодильник Алика оказался под завязку забит едой, а я получила новую информацию.

Кононов всю жизнь провел в Прюкове, работал с малых лет пастухом и никаких, похоже, амбиций не испытывал. На Ирине он женился сразу после возвращения из армии и жил с ней долгое время. Развод с Ириной не оформлял, следовательно, его брак с Алисой Кононовой не мог считаться действительным. Каким образом Алексею удалось поставить в паспорт новый штамп о бракосочетании, непонятно.

Ирина Кононова до сих пор обитает в Прюкове, работает в местной артели, производящей маринованные овощи в банках.

Алиса Кононова, вторая, но, получается, незаконная супруга, трудится в аптеке и всю свою жизнь провела в Москве.

О Ведерникове более подробных данных не нашлось, суперская программа оказалась бессильна: сидел, освободился, создал фирму. Все.

Глава 12

Выйдя от Алика, я сделала пару вдохов и решительно пошла к своей машине. Говорят, что сейчас появилась целая армия людей, которая, подобно Модестову, променяла реальную жизнь на призрачную. Такой человек живет в Интернете под выдуманным именем и частенько сообщает о себе абсолютно неправдивые сведения. Ну, допустим, некий Болеслав, позиционирующийся в любимом чате в качестве тридцатипятилетнего продюсера, богатого человека, «зажигателя звезд», обладателя несметного количества загородных домов и парка новеньких «Бентли» вкупе с «Ламборджини», в суровой реальности оказывается пятнадцатилетним двоечником из города Урюпинска, покупающим возможность пользоваться компьютером в местном салоне интернет-услуг.

Всемирная сеть привлекательна тем, что вы можете сохранить анонимность и примерить на себя кучу чужой одежды. Домашняя хозяйка, обремененная детьми, представится юной девушкой, а двенадцатилетний школьник — ученым с мировым именем, обладателем Нобелевской премии. Приятно хоть в нереальной жизни осуществить свои несбыточные мечты и стать тем, кем хотел бы быть. Да еще в чате или на форуме можно не стесняясь высказывать свое мнение обо всем и вся, лить грязь на сослуживцев, обсуждать взахлеб начальство, обсасывать сплетни или просто выдумывать гадости. Увы, есть такая категория людей — безудержные вруны, вернее, фантазеры, несчастные экземпляры, дальние родственники барона Мюнхгаузена. Это они на чистом глазу рассказывают о встречах с инопланетянами, полетах в иные миры, драках с орками и о службе в секретных отделах ФСБ. Самое печальное, что основная масса мюнхгаузенов верит в свои фантазии. Кстати, подобных людей много среди журналистов, вот от них-то потом по Москве и гуляют дикие слухи о том, что некая певица была поймана ночью на шоссе с автоматом в руке и у ее хорошеньких ножек лежала парочка трупов.

Но на самом деле анонимность Интернета обманчива — человек не способен бесконечно играть роль, рано или поздно он совершит ошибку и его подлинное лицо покажется из-под маски. Та же многодетная мама, прикинувшаяся юной школьницей, в момент стихийно вспыхнувшего в чате разговора о детях вполне может забыться и выдать такое:

«Ну и чушь несете про желтуху новорожденных. Она не заразна, у моих Аньки и Машки была!»

Все, чары разрушены. Откуда у бездетной особы дочки?

Да мало ли ошибок можно совершить, разгуливая под чужой личиной? «Великий ученый» понесет глупость: представившись астрономом, назовет Солнце планетой... Какой-нибудь «мужчина» и якобы супергонщик проявит слишком большую осведомленность при обсуждении видов колготок, а успешный «банкир» не поймет слово «дебет»...

Интернет коварен. Рано или поздно ваша маска сорвется, и вы предстанете голым. Хотя, повторюсь, сейчас появилось множество людей, для которых Всемирная паутина стала самой что ни на есть реальной жизнью, а существование вне пределов компьютера — каторгой. И Алик Модестов лучший тому пример. Интересно, сколько времени он не выходил из дома? Удивительно, как он еще не умер от голода. Модестов зарабатывает кучу денег, ему просто некогда ходить в магазин, да и незачем. Если в его берлоге закончится съестное, Алик, особо не морщась, перейдет на корм Гава. Хорошо хоть, что у него, как выяснилось, есть некая Нинон, изредка жарящая котлеты.

Я села за руль. И как действовать дальше? Алиса уверена, что Константин Ведерников — это Алексей Кононов, сначала умерший в ДТП, потом воскресший и снова погибший в аварии. На первый взгляд ее история выглядит дико, но я-то давно знаю, что с людьми в нашем мире могут случиться любые, совершенно фантастичные вещи, поэтому и взялась за это дело. А действовать надо просто: следует поехать к Ведерникову домой и под благовидным предлогом поболтать с кем-то из тех, кто хорошо знал Константина. Главное, задать им один очень простой вопрос: «Был ли у господина Ведерникова на запястье необычный шрам, похожий на след от наручника?»

Если услышу ответ «нет», значит, Алиса ошиблась, никакой мистики в истории нет. Может, во время аварии несчастный Константин травмировал руку, а безутешная вдова просто неадекватно отреагировала, увидав репортаж с места происшествия! Коли узнаю, что Ведерников имел отметину, тогда... Что тогда? Ладно, проблемы следует решать по мере их поступления. Я вытащила блокнот, куда записала добытые Аликом данные, и поехала в сторону Садового кольца.

Многие наивные люди считают, что центр Москвы состоит из ухоженных, великолепно отремонтированных зданий, жить в которых истинное наслажденье.

— Что за безобразие мое Митино (Бутово, Лианозово, Куркино, Бескудниково, Ясенево)! — восклицают они. — Маюсь в спальном районе, далеко от цивилизации, ни театров, ни музеев, ни библиотек рядом. Вот в пределах Садового кольца — это жизнь! Кафе, рестораны, веселье бьет ключом...

Ну а теперь скажите, положа руку на сердце: сколько раз в месяц вы бы ходили по «культурным» местам? Да те, кто обитает в двух шагах от Третьяковской галереи или Музея изобразительных искусств, не носятся по залам ежедневно, людям элементарно некогда, потому что нормальная жизнь бежит по кругу: дом — работа — детский сад (или школа) — магазины — дом. И кафе с ресторанами трудящийся, обремененный семьей люд посещает не столь уж часто. В клубы по вечерам ходит в основном молодежь — в сорок лет не станешь каждый день прыгать на дискотеке, найдутся иные интересы. А жить лучше в так называемом спальном районе, там и воздух чище, и дворы просторней, и, пусть это не покажется вам странным, квартиры удобней. Старомосковские здания, имеющие четырехметровые потолки и смотрящие окнами, скажем, на Тверскую, на самом деле не очень удобны для жилья. В квартирах большие, извилистые коридоры, маленькие, узкие комнатки и, как правило, трехметровые кухни. Еще в большинстве возведенных в начале двадцатого века зданий нет лифтов, и их обитателям приходится на себе таскать тяжести: детскую коляску, сумки.

Ведерников как раз и жил в подобном строении. Огромный гулкий подъезд, когда-то отделанный мозаикой, ныне полуосыпавшейся, плавно перетекал в некогда шикарную мраморную лестницу. Наверное, сто лет тому назад все это выглядело вызывающе роскошно, но сейчас походит на растерявшую капитал светскую даму. Вроде одета мадам на первый взгляд прилично, но потом, присмотревшись, понимаешь: платье пять раз перешито, туфли тщательно починены, а в ушах не брильянты, а стразы.

Слегка удивившись дому и подъезду, я пошла по бесконечной лестнице вверх. Хитрая программа сообщила, что Ведерников бизнесмен, да и машина у него имелась первоклассная, так отчего же Константин жил в более чем скромном месте? Хотя, может, финансовое благополучие пришло к нему недавно, а мужчины, обретя деньги, в первую очередь покупают навороченную тачку. Это женщина, разбогатев, бросится вить гнездо, мы меньше любим пускать пыль в глаза окружающим, а парням необходимо быть самыми крутыми на дороге.

Дверь в апартаменты бизнесмена тоже выглядела не особо богато — обычная деревянная створка, выкрашенная в противный горчично-коричневый цвет. Сбоку белел звонок. И никаких «глазков» или домофона с камерой. Кстати, в подъезде отсутствовала консьержка, войти в дом беспрепятственно мог любой желающий.

Еще больше удивившись, я нажала на серую от грязи пупочку и услышала, как внутри квартиры загудело набатом: «Бам, бам, бам, бам».

Подобный звук мог поднять и мертвого, но никто не спешил на зов набата с вопросом: «Кто там?»

Продолжая звонить, я машинально осмотрела дверь и пришла в уныние. Ровный слой пыли покрывал не только филенку, но и широкую ручку —

похоже, никто давным-давно не брался за нее. Наверное, бизнесмен Ведерников был просто прописан на этой площади, а де-факто жил совсем в ином месте.

Внезапно раздался громкий стук, соседняя дверь на площадке распахнулась, на пороге появилась тетка непонятного возраста, закутанная в темно-синий байковый халат.

— Совсем ума нет? — накинулась она на меня. — Хрена трезвонишь? Поздно уже, спать пора! Только прилегла — блям, блям, блям по ушам. Какого черта?

— Я не хотела вас потревожить. Извините, пожалуйста, звоню в квартиру к Ведерниковым.

— И чего? — обозлилась еще сильней соседка. — Они, когда их бабка оглохла, прямо колокол поставили, полдома вздрагивало. Уходи, нет Ведерниковых!

— А когда приедут?

Тетка хмыкнула:

— Кто?

— Ну, Ведерниковы. Они отдыхать улетели? — решила я прикинуться дурочкой. — На юг подались?

— На тот свет отправились, — неожиданно весело ответил «синий халат». — А ты кто такая?

Я вздрогнула и не нашла ничего лучшего, как ляпнуть:

— Из газеты «Болтун», мне велено было сделать интервью с родственниками Константина Ведерникова.

На лице соседки появилось откровенное любопытство.

— А ну, иди сюда! — велела она и втащила меня в грязную, захламленную прихожую. — Стой спокойно, дверь запру. Прямо на улице живем, заходи кому не лень, гадь в подъезде, воруй лампочки. Эх, нищета горькая! Во что центр превратился!

Глядя, как тетка старательно крутит многочисленные замки, я не выдержала и сказала:

— Квартира, подобная вашей, стоит приличных денег. Можно продать ее, а на вырученные средства приобрести симпатичную новостройку, подальше от центра.

— Чтобы я уехала в глушь? — возмутилась тетка. — И потом, как ее продашь?

Из моей груди вырвался вздох. Недавно Сережка рассказал анекдот о мужике, который пришел к врачу с жалобой на аллергию.

— Где вы работаете? — поинтересовался доктор.

— В театре, — гордо ответил больной.

— Режиссером или актером?

— Нет, нет, — пояснил аллергик, — я стою за кулисами, а когда по ходу действия в пьесе возникает пожар, опрокидываю ведро с водой в бочку, наполненную специальным составом, и моментально начинает валить дым. Очень натурально смотрится, зрители в восторге. Одна беда, меня замучил кашель.

— Голубчик, — ласково сказал врач, — придется сменить службу, клубы едкого воздуха вызывают в вашем организме патологическую реакцию. Лучше идите работать дворником, на свежий воздух.

— Чтобы я бросил искусство? — возмутился пациент. — Да никогда!

Похоже, соседка Ведерниковых родная сестра тому «служителю Мельпомены».

— Значит, хотели о Ведерниковых покалякать, — повернулась ко мне тетка. — С чего им такая честь? Вроде Любка не Пугачевой была, Олег не Киркоровым, а уж о Костьке лучше помолчу.

— Простите, как вас зовут? — улыбнулась я.

— Верона, — представилась баба и добавила: — Это мать меня так обозвала, в честь города, где Ромео с Джульеттой жили. Только люди просто Веркой кличут. Смешно, да?

— Не очень, — ответила я. — У меня вот в паспорте стоит Евлампия, а откликаюсь на Лампу.

Верона прыснула, потом закрыла рот рукой.

— Ох, простите.

— Ничего, я привыкла. Где мы можем поговорить? Вы хорошо знали Ведерниковых?

Верона кивнула.

— А то! Всю жизнь рядом. Пьяницы горькие, никаких сил с ними бок о бок находиться не было. Иди сюда.

Продолжая говорить, Верона привела меня на удивительно грязную кухню странной восьмиугольной формы.

— Какой необычный дизайн у помещения, — удивилась я.

Верона усмехнулась.

— Мои дед и бабка вместе со стариками Ведерниковыми в одной квартире проживали, комнат немерено, в кухне можно бал устраивать. Мне бабушка рассказывала, что сначала ничего жили, дружно, потом ругаться начали. К Ведерниковым из села теща приперла вместе с незамужней дочерью, Клавой, и та к моему деду приставать начала. А мужику много не надо... В общем, застукала их бабушка в чулане и отмутузила Клавку. Та, не будь дурой, нажаловалась маменьке, наврала, что мой дедушка ее изнасиловал, и началась настоящая война. Их теща пообещала деда в тюрьму посадить, а бабушка пригрозила: «Если моего мужа тронут, от твоих детей костей не останется, всех отравлю, насыплю яду в кастрюли».

...Результатом довольно длительной, полномасштабной битвы стало решение о превращении коммуналки в две самостоятельные квартиры. Соседи никаким оформлением бумаг не озаботились, перед самой Отечественной войной они просто бодро построили стену, предварительно тщательно разделив пространство. Вот почему кухня получилась такой идиотской — ее выкроили из прежней ванной и туалета, а санузлы для каждой семьи пробили в другом месте. В общем, намучились по полной программе, но добились своего.

Верона, естественно, не помнила ни великой битвы, ни эпохального ремонта, она родилась уже в отдельной квартире. Но с самого раннего детства девочка слышала от мамы:

— Наши соседи совершенные сволочи, не общайся с ними никогда.

Если маме Вероны требовалась щепотка отсутствующей дома соли, то женщина бежала на первый этаж, к Милочке Крюковой, или торопилась в магазин. В соседнюю дверь она не звонила никогда! Несмотря на то что из действующих лиц великой битвы за дедушку в живых осталась лишь глухая и полуслепая бабка Ведерниковых (кажется, та самая теща), молодое поколение, в принципе не имевшее друг к другу претензий, не здоровалось при встречах на лестницах.

— И с какой стати их было уважать? — возмущалась сейчас Верона. — Олег водку жрал и нигде не работал, числился в каком-то месте, но я его каждый день бухим у магазина видела. Люба, его жена, в прачке работала — тут за углом раньше пункт приема белья имелся, так она там частенько прямо на тюках спать заваливалась. Рабочую смену отстоит и хлобысть в чужие пододеяльнички. Ведерниковыми в нашем подъезде все брезговали, он пройдет — наблюет, она прошмыгнет — вонища останется. Бабка их, еще когда на улицу выходила, вечно в подъезде окурки швыряла — дымила почище паровоза, одну папиросу выплюнет, тут же вторую засмолит.

В конце концов терпение жильцов лопнуло, и люди обратились в милицию. Участковый выслушал жалобы и пообещал разобраться. Но, когда через месяц отец Вероны вновь зашел в отделение, ответственный за порядок мужчина спокойно ответил:

— Ведерниковы не тунеядцы, она работает, он трудится в НИИ, бабушка пенсионерка, мальчик в школу ходит, девочка тоже. В вытрезвитель они не попадали, приводов не имеют. Какие претензии? А то, что окурки на лестнице швыряют, это к домоуправу. В отношении же запаха ничего сделать не могу, нет в Уголовном кодексе статьи, по которой неряху привлечь можно. Разбирайтесь сами.

Глава 13

И что оставалось делать жильцам? Только терпеть. Семье Вероны доставалось больше всего. Мало того, что противные соседи постоянно крали у них половики и пачкали дверь, так еще Олег установил в квартире ужасно громкий звонок. От оглушительного «блям, блям» Верона подскакивала в кровати, а члены стаи Ведерниковых могли заявиться домой в любое время суток — в три ночи, к примеру, — и начать упорно давить на кнопку адской кричалки.

Отец Вероны вновь отправился к участковому, но на сей раз был попросту изгнан из кабинета.

— Вы мне надоели! — воскликнул сержант. — Еще чего расскажете? Звонок им, видите ли, не по нраву... А завтра цвет чужой двери не по вкусу придется, мне чего, ее перекрашивать?!

Жизнь текла своим чередом, Верона росла, не общаясь с соседями. Естественно, она была в курсе семейных бед Ведерниковых: члены вражеской семьи начали умирать, посадили Костю. Вроде младший Ведерников влез в чью-то квартиру, деталей Верона не знала. Парня отправили на зону, и больше Верона никогда с ним не встречалась. Квартира соседей стоит запертой.

— И вы не видели Костю? — спросила я.

— Не-а, — помотала головой Верона. — Только слышала про него.

...Но однажды приехал к ней какой-то дядька, шикарно одетый, назвался адвокатом и предложил женщине перебраться в другое место.

— Ваша жилплощадь ветхая, требует солидного ремонта, — пел законник, — даже косметическое обновление влетит в копеечку, сюда не одну тысячу долларов вложить надо. Оцените удачу: предлагаем хорошее жилье, с новой мебелью, переезд за наш счет, а еще получите пару тысяч в придачу. Соглашайтесь!

— Кто и почему решил меня осчастливить? — недоверчиво поинтересовалась Верона.

— Один богатый человек хочет купить вашу жилплощадь, — сообщил юрист.

— Вы скажите ему, что в соседнем помещении уголовник прописан, правда, не живет тут, но в любой момент вернуться может, — предостерегла Верона. — Думаю, вашему богатому человеку не понравится, если его детки с Костей на лестнице столкнутся. Уголовник — он и есть уголовник.

Адвокат слегка замялся, но потом сказал:

— Константин Олегович в юности совершил ряд ошибок, он их не скрывает, наоборот, гордится тем, что сумел взяться за ум, отбросить прошлое и стать богатым человеком, успешным бизнесменом. Ведерников хочет продать родное гнездо, вы ведь в курсе, что ваши апартаменты ранее составляли единое целое с жилплощадью Ведерниковых. Константин Олегович сначала думает привести в порядок родные пенаты, а потом избавиться от них.

Верона обозлилась — ее очень не обрадовала весть о богатстве Константина — и резко ответила:

— Я ему не мешаю нанимать строителей, с десяти утра до одиннадцати вечера имеет право шуметь.

Юрист потер руки.

— Понимаете, по документам квартира до сих пор считается коммунальной, хотя фактически она давно превратилась в две отдельные.

— Погодите, — оживилась Верона, — значит, без моего согласия он свою продать не сможет?

— Правильно, — закивал поверенный в делах, — никто сделку не оформит, нужно ваше разрешение, поэтому Константин Олегович предлагает разумное решение: он отселяет вас в новостройку, хорошенькую, словно пасхальное яйцо, а уж потом продает обе квартиры. В конце концов, изначально-то вся площадь целиком принадлежала предкам Ведерникова.

— Это он вам сказал? — возмутилась Верона. — Ложь! Здесь первыми поселились мои дед и бабка. Вернее, они в Москве всегда жили, а Ведерниковы невесть откуда приперли, их дед в лаптях шастал. Кстати, у Кости сестра имеется, Ирка. Она где? Тоже небось право на жилье имеет. Сейчас дело замутится, начнут бумаги оформлять, и выплывет Ирка. Чего тогда? Константин ремонт сделает, стенки сломает, а суд велит назад вертаться. И мне потом что, в коммуналке жить?

— Успокойтесь, — заулыбался адвокат. — Ирина Олеговна Ведерникова давным-давно не живет в Москве, она очень рано вышла замуж за сельского жителя Алексея Кононова и прописана в деревне Прюково. Никаких прав на данную жилплощадь гражданка Кононова не имеет. Кстати, она не родная сестра Константина Олеговича, сводная.

Верона попыталась привести мысли в порядок:

— Если соглашаюсь, Костя получает все хоромы?

— Верно.

— И продает их?

— Пока планы такие.

— Сколько же стоит наша квартира, если снова ее объединить?

— Это вопрос не ко мне, а к риелтору, — вывернулся юрист. Думал, что ловко, и совершил ошибку.

В душе Вероны закопошились подозрения.

— Ладно, — сказала она, — подумаю. Приходите через неделю. Кстати, куда меня Ведерников отселить надумал?

— Есть три шикарных места на выбор, — затарахтел юрист, — везде двушки с евроремонтом и мебелью. Вам понравится.

— Ну-ну, — кивнула Верона, — приезжайте в следующий вторник.

Когда адвокат снова прикатил к женщине, та сообщила:

— Я готова посмотреть предлагаемую жилплощадь, но с нами поедет моя родственница.

— Без проблем, — обрадовался юрист, — у меня большая машина.

До вечера успели оглядеть все квартиры. Хваленые двушки находились на краю света, там, где уже переставало действовать московское время. Правда, в комнатах было чисто, а на окнах стояли стеклопакеты, хоть и самые дешевые. Однако мебель оказалась российского производства, из прессованных опилок, люстры пластиковыми, занавески из рядна.

— Ну, какую берете? — ажиотированно поторопил адвокат Верону, когда та осмотрела последний вариант.

— Ни одну из предложенных, — спокойно ответила за нее доселе молчавшая «родственница» и сказала: — Я Анна Малова, представитель риелторского агентства «Супер», и мы имеем к вам встречное предложение. Верона отселяет Константина на окраину, в одну из предложенных им квартир, а сама делает ремонт и продает родительские пенаты.

— Бред! — завопил юрист. — Придет же в голову такое идиотство!

— Почему? — ухмыльнулась Анна. — Просто перевернутое наоборот ваше предложение. Если оно хорошо для Вероны, то подойдет и Константину. Кстати, рыночная стоимость апартаментов, которые сейчас принадлежат Вероне и Ведерникову, составляет примерно два миллиона долларов. Центр Москвы, дом старой постройки, тихое место, огромное количество метров, есть возможность присоединить к апартаментам чердак, и тогда квартира станет двухэтажной. К этому зданию активно проявляют интерес богатые люди, скоро его превратят в элитный особняк, подобное уже случилось со многими прежними коммуналками в районе Остоженки, Китай-города... Вы, наверное, в курсе. А халупы, которые предлагаются Вероне, больше чем на сто тысяч долларов, вместе с обстановкой, не тянут.

— Квартира должна отойти Ведерникову, — взвился адвокат. — Это восстановление справедливости, есть документы, что ранее она вся принадлежала его предкам.

Верона сложила дулю и сунула ему под нос.

— Накось, выкуси! Меньше чем за миллион долларов даже не почешусь!

Юрист пошел к машине, дойдя до автомобиля, он обернулся и с ласковой улыбкой нежно пропел:

— Вы ведь одиноки?

— Ну да, — кивнула Верона, не понимая, куда тот клонит.

— Ни мужа, ни детей, ни братьев-сестер, прописаны одна.

— Верно.

— Квартира официально считается коммунальной, — ласково проворковал юрист, — а по закону теперь, если один из хозяев коммуналки умирает и он не имеет наследников, то к другому владельцу никого не подселяют, и жилплощадь переходит в его безраздельное владение. Вы бы, Верона, сходили к доктору, здоровье проверили, а то, не ровен час, инфаркт получите. А уж тогда Константин Олегович сможет спокойно родительские хоромы на торги выставлять!

— Представляете, какой мерзавец? — довершила рассказ Верона. — Ну да я его не боюсь! Пусть попробует меня пристрелить! Между прочим, я уже предупредила всех — и соседей, и подруг, и даже в милицию сбегала с заявлением. Так и сообщила: если на меня нападут, то это дело рук Ведерникова, честного бизнесмена. Ну прямо ухохотаться, бизнесмен... Вор он!

Я молча выслушала пылкую речь Вероны и сообщила то, что знала:

— Ведерников погиб.

— Как? — с явной радостью в глазах воскликнула собеседница. — Совсем? В смысле умер, да? Правда?

Я кивнула.

— Погиб в автомобильной катастрофе.

Верона уцепила прядь своих длинных волос и принялась судорожно крутить ее между пальцами.

— Вот это новость... — пробормотала она. — А не знаете, у него жена и дети имелись?

Я кашлянула.

— Вроде нет, но точно не скажу.

— Ага... — протянула Верона. — Вот радость-то! Не зря мне сегодня кошмар приснился: иду вся в дерьме. А это верный признак — к деньгам привиделось. Так, так... А ты знаешь адрес Константина? Угу, где он жил все это время?

С каждой минутой женщина нравилась мне все меньше и меньше. Ладно, пусть ее семья конфликтовала с незапамятных времен с соседями из-за похотливого дедушки и малоразборчивой в связях тетушки, но ведь сам Костя не сделал Вероне ничего плохого!

— Увы, у меня лишь название улицы и номер дома, где вы проживаете, — мирно ответила я. — Константин по сию пору прописан в родительской квартире.

— Ничего, — окончательно оживилась Верона, — постараюсь и все выясню.

— Есть еще одно обстоятельство, — начала я врать.

— Какое? — насторожилась уже мысленно получившая миллионы долларов женщина.

— Лицо человека, сидевшего в «Мерседесе», сильно изуродовано, — стала я фантазировать на ходу, — личность определили лишь по найденным в автомобиле документам. Понимаете?

— То есть за рулем мог сидеть и не Константин? — приуныла Верона.

— Вполне вероятно. Возможно, Ведерников дал машину приятелю... Всякое случается. Собственно говоря, по этой причине я и пришла к вам.

— Почему? — заморгала Верона.

Я набрала полную грудь воздуха. Надеюсь, жадная тетка забыла, что в самом начале разговора «журналистка» сообщила о желании написать материал про семью Ведерниковых... Хоть бы у Вероны была плохая память, потому что сейчас мне придется выдвинуть совсем иную причину моего появления тут.

— Вы знали Константина почти с рождения, так?

— Верно, — кивнула Верона.

— У погибшего в катастрофе мужчины на запястье имелся шрам крайне необычной формы — узкий, красный, похожий на келоидный рубец, в виде наручника. Не припомните, был ли у Константина подобный? Своим ответом вы поможете опознать погибшего.

Верона помотала головой.

— Значит, не было шрама, — обрадовалась я.

Ну, так и знала! Кононов и Ведерников — два разных человека. Хотя сейчас, выслушав обстоятельный рассказ Вероны о взаимоотношениях между соседями, узнала интересную вещь. Все-таки связь между мужчинами имелась: сестра Кости выскочила замуж за Алексея. Право, странно, но в жизни случаются и не такие повороты.

— Значит, Костя не травмировал в детстве руку, — решила я окончательно подвести черту под разговором.

Верона вновь затрясла головой и вдруг сказала:

— Понятия не имею! Никогда его конечности не разглядывала! На фиг они мне!

— Но вы же прожили много лет бок о бок!

— И что?

Я растерялась, но решила не сдаваться.

— Наверное, играли в детстве во дворе, ходили в одну школу...

Верона скривилась.

— Говорила же тебе! Ведерниковы наши враги, какие уж тут салочки-догонялочки. Да и у него своя компания имелась, сплошные придурки. Я с подобными людьми дела не имею. И на уроках мы не пересекались, потому что посещали разные школы, у нас в округе их две. В одну раньше нормальных детей брали, с приличными родителями, а во вторую отребье шло, при советской-то власти среднее образование для всех, без исключения, обязательным было. Так вот Константин бегал в отстойник, а я училась среди положительных людей.

— Значит, про шрам не знаете?

— Нет. Я если с Константином на лестнице сталкивалась, опрометью неслась прочь, а он вслед мне плевал, — сердито сообщила Верона.

— А Ирина, сестра его?

— Что?

— Может, она про шрам говорила? Ближайшая родственница все-таки.

— Совсем ты без понятия, — упрекнула меня Верона, — мы и с Иркой не дружили. Хотя, если разобраться, она вовсе и не Ведерникова, Любка ее нагуляла вроде, не знаю. Во всяком случае, Олег, когда у него деньги на водку заканчивались, колотил жену и блажил: «Выродка кормим, а самим не хватает! Приволокла невесть откуда девку, пусть туда и уходит! Нечего людей обжирать». Впрочем, Ирка из них самая приятная была, всегда со мной здоровалась. Увидимся в подъезде, вожмется в стену, скукожится, голову опустит и еле слышно шепчет: «Добрый день, Верона». Всегда по имени называла. Ну и я отвечала вежливо. Мне порой казалось, что Ирка дружить пытается, только ее очень быстро в деревню сплавили — едва восемнадцать стукнуло, замуж выдали, в Прюково отправили. Вот уж не повезло ей по полной программе, такая дыра!

— Вы бывали в Прюкове? — удивилась я.

Верона хмыкнула.

— Бывала! И сколько раз! У моей мамы там тетка жила, родная. Отношения хорошие, вот мы к ней всегда летом катались. Недалеко, изба большая, тетя Сима всех привечала. Огород, правда, доставал — прополка там, поливка, но в целом весело.

...Семья Вероны не имела собственной загородной резиденции, поэтому Прюково превратилось для них в дачное место. Потом мама Вероны предложила своей хорошей знакомой, соседке с первого этажа, Миле Крюковой:

— Поехали с нами на лето, чего тебе с дочкой в Москве жариться, вместе удобней. Около нас баба Катя живет, она комнату сдает.

Крюкова обрадовалась и тоже стала жить летом в деревне. Затем уже Мила предложила перебраться в Прюково Ане Смородиной из третьего подъезда. Деревенские жители очень хорошо понимали: лето зиму кормит, поэтому они не только активно сажали огороды и закатывали потом дары земли в банки, но и пускали к себе на июнь, июль, август москвичей. Едва заканчивалась у младших школьников учеба, прюковцы в массовом порядке съезжали в летние сарайчики, а свои избушки отдавали столичным семьям, желавшим оздоровить детей на свежем воздухе.

И очень часто жители одного московского дома оказывались соседями и в «колхозе»: кто-нибудь открывал хорошее, не слишком дорогое место, а за ним ехали остальные. Так случилось и с родителями Вероны. И представьте себе их негодование, когда в одно далеко не прекрасное утро они обнаружили, что алкоголики Ведерниковы тоже решили подышать свежим воздухом. Вернее, Олег и Любка остались квасить в городе, а неаккуратная бабка, прихватив с собой Костю и Ирину, поселилась в сарае у самого леса, согласившись проводить лето в такой халупе, куда не хотел въезжать никто из «дачников». (Хозяевами сараюшки были Кононовы, которые даже на фоне всегда нетрезвых других прюковцев выделялись особой любовью к горячительным напиткам.) Правда, старуха не вылезала из сарая, Ирка и Костя копошились во дворе, и Верона с ними не сталкивалась.

Потом все выросли, Верона перестала каждое лето кататься в Прюково, несколько лет не посещала тетку. Приехала лишь на похороны родственницы и мигом узнала интересную новость: Алексей Кононов, полуграмотный парень, пастух, женился на Ирке Ведерниковой, бывшей дачнице. Свадьбу сыграли, едва невеста закончила школу, сейчас молодая жена проживает в деревне, ее судьба теперь — возиться в навозе...

Глава 14

По дороге домой я составила четкий план действий на завтра. Рано утром отправлюсь в Прюково — Ирина небось не покидает деревню. Встречусь с ней и постараюсь узнать две вещи. Первое: был ли у ее брата на запястье шрам. Второе: каким образом ее законный муж оказался супругом Алисы? Может, пара мирно развелась и пастушок подался в город, а компьютерная программа просто дала сбой, ошиблась? Но вроде, по словам Алисы, супруг ее был москвичом, имел комнату в коммуналке...

Ладно, сейчас главное выяснить, имел ли Ведерников шрам.

Я припарковалась во дворе и пошла в подъезд.

Так, попробуем разложить имеющуюся информацию по полочкам. Алексей женится на Алисе. Представляется москвичом, правда, говорит о том, что когда-то проживал в деревеньке с каким-то совершенно неправильным названием — Волкина. У Алексея имелись две родственницы-селянки, исчезнувшие невесть куда после его гибели, и шрам на запястье. Счастье Алисы длилось совсем недолго, муж успел сделать ремонт в квартире — обстоятельный, со сменой полов и крушением стен и погиб в банальном дорожно-транспортном происшествии. Тело сгорело, останки несчастного вдове не показали, да и правильно, незачем травмировать женщину столь ужасающей картиной. После кончины Алексея на Алису посыпались несчастья.

И Алексей ни словом не обмолвился о том, что ранее был женат. Почему? Впрочем, сей факт легко поддается объяснению: многие мужчины, сбросив оковы прежнего брака, не хотят вспоминать о той, что когда-то была любимой и единственной. Ирина постоянно обитает в Прюкове, Алексей, очевидно, был уверен, что она никогда не встретится с Алисой.

Спустя год после похорон Алиса случайно видит на экране телевизора руку только что погибшего Ведерникова и узнает шрам.

Конечно, можно отмахнуться от ситуации, просто подумать: бедная вдова тоскует по безвременно ушедшему супругу, вот и чудится женщине не пойми что. Но тут выясняется одно странное обстоятельство: сестра Ведерникова Ирина была отдана замуж именно за Алексея Кононова и отправлена в то Прюково.

И что мне теперь со всем этим делать? Алиса-то наняла госпожу Романову, чтобы та выяснила: почему шрам Алексея переехал на руку Ведерникова? А может, Константин на самом деле — Алексей? Но какого рожна он устроил спектакль со своей первой смертью? И где тогда настоящий Кононов? Почему его паспорт оказался у Ведерникова? И если Алексей проживает теперь под личиной Константина, то отчего его жена Ирина молчит?

Ощущая легкое головокружение, я вошла в темную прихожую и стала очень тихо снимать ботинки. В квартире царила сонная тишина, все обитатели мирно почивали в кроватях. Вас, наверное, удивляет, отчего мопсы и иже с ними с радостным лаем не вынеслись к двери? Наши псы ровно в десять расползаются по уютным местам, зарываются в одеяла и пледы, кладут головы на подушки и мирно задают храпака. В это время они забывают о долге собаки и не вздрогнут, даже если в дом ввалится толпа незнакомых людей. Наша стая пребывает в уверенности, что хозяевам следует служить днем, лаять на звонок необходимо лишь в светлое время суток, а после захода солнца трудовые будни завершаются, пора на боковую.

Стараясь не шуметь, я кралась мимо закрытых дверей и тут увидела, что из спальни Кирюши пробивается узкий луч света. В душе моментально поднял голову педагог. Ну не безобразие ли! Мальчик что, не видит, который час? Сидит до сих пор у компьютера, а завтра не сумеет встать к первому уроку! Я начну тормошить ребенка, а Кирик примется стонать и жаловаться. Тот, кто ежедневно поднимает в школу отпрыска, очень хорошо сейчас меня бы понял. Ну, Кирюша, погоди!

Я дернула ручку, дверь беззвучно распахнулась. Кирюша лежал на кровати, лицом к стене, компьютер был выключен, свет исходил от небольшой настольной лампы.

Я покачала головой и пошла к ней. И тут мое ухо уловило тихое шмурыгание.

— Кирюша, ты не спишь?

Тишина.

— Не притворяйся.

Нет ответа.

— Опять до глубокой ночи лазил по Интернету! — возмущенно воскликнула я. — Завтра же вынесу отсюда компьютер!

— Ну и пожалуйста, — дрожащим голосом ответил Кирик, — он мне теперь совсем не нужен.

Лежащая на коврике у его постели Рейчел шумно вздохнула, а Кирюша продолжил:

— Сам его вышвырну! Хватит!

В голосе мальчика звучало настоящее отчаяние, я испугалась и потребовала:

— Немедленно рассказывай, что произошло.

Кирюша сел в кровати, вытер лицо пододеяльником и грустно сообщил:

— Тебе не понять.

— Все же попробуй объяснить.

— Зряшное дело, — вздохнул Кирик. — Ты способна объяснить Рейчел, что такое алгебра?

Я окинула взглядом мирно сопящую стаффиху и вдруг ощутила укол. Что-то было не так, собака выглядела не совсем обычно. Хотя вроде все в порядке, спит, как водится, на спине, раскинув в разные стороны лапы...

— Думаю, что не сумею приобщить Рейчуху к вычислениям, — согласилась я, — безнадежное дело.

— Вот и ты ничего не поймешь! — подытожил Кирик.

Не хочу сказать, что меня обидело сравнение с Рейчел, думаю, на поле алгебры мы с ней одинаково тупы, я и таблицу-то умножения с трудом запомнила. Но Кирюша зря считает всех вокруг полными идиотами.

— Поругался с Лизой? — предположила я. — Она не желает с тобой иметь дела?

Кирик фыркнул.

— Лампудель, кабы Лизка вообще исчезла, я б плакать не стал. Дело совсем в другом.

— Опять меня вызывают к директору?

— Эка ерунда! Не в первый же раз. И потом, это ж тебе к нему идти, а не мне, чего расстраиваться? — резонно парировал Кирюшка.

— А, знаю. Тебе Дима снова наподдавал во дворе!

Кирик завернулся в одеяло.

— Боже, Лампа, ты вспоминаешь о каких-то детских неурядицах, а у меня страшная проблема.

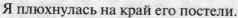
Я плюхнулась на край его постели.

— Говори.

— Да незачем.

— Решим ситуацию вместе.

— Тут ты бессильна, — грустно сказал Кирюша и неожиданно заплакал.

Я обняла его за плечи, прижала к себе и, ласково гладя по спутанным волосам, сказала:

— Все же расскажи. Знаешь, зачем людям нужны друзья? Даже если они и не сумеют реально помочь, так хоть выслушают и пожалеют, глядишь, и легче станет.

— Меня убили, — прошептал вдруг Кирюша. — Совсем, насмерть. Ханон оказался крысой, а я дружил с ним, пускал к себе, он жил у меня всегда, когда приезжал. Знаешь, он обманщик, прикидывался честным вюстером, возил всякие товары, мне их по оптовой цене продавал, как лучшему другу. И ведь предупреждала меня Эли: Ханон не тот, за кого себя выдает, но я ей не верил. Эли-то тоже не наша...

Я приложила ладонь к горячему лбу Кирюши.

— Милый, ты заболел, несешь бред.

— Говорил же, не поймешь!

— Ложись, поспи.

— Лампа, мне лучше умереть! — воскликнул Кирюша. — Выпрыгнуть из окна! Получается, что я хуже гарда!

Вот тут я перепугалась окончательно и, пытаясь уложить Кирюшу в кровать, стала лихорадочно обдумывать, как поступить. Катя сегодня дежурит в больнице, надо позвонить ей, сообщить, что у Кирюши на фоне гриппа начались глюки, записать названия необходимых лекарств, разбудить Сережку, отправить его в круглосуточную аптеку...

Кирюша снова сел.

— Лампа, я нормальный.

— Ну да, да, согласна.

— Меня убили!

— Хорошо. То есть очень плохо.

— И объявили предателем!

— Бедный мальчик, ложись скорей в постель.

Кирик вскочил и подбежал к компьютеру.

— Смотри, сейчас все объясню.

— Думаю, тебе лучше принять валокордин, — заботливо ответила я, — сейчас принесу из аптечки.

Из глаз Кирюши снова брызнули слезы.

— Вот ты какая! Решил все рассказать, а она слушать не хочет! Сама пей свои кретинские капли!

— Тише, милый, — попросила я, усаживаясь около стола. — Вовсе не хотела тебя обидеть, теперь я вся внимание, говори, постараюсь понять.

Чем больше информации выливалось из подростка, тем спокойнее становилось у меня на душе. Господи, какая ерунда!

Кирюша — участник игры под названием Алиленд. Он давно живет в городе, пришел в населенный пункт, как все, сначала эмигрантом, получил небольшую сумму в местной валюте и комнатушку в общежитии. Потом осмотрелся, освоился и придумал свой бизнес.

В Алиленде на момент вступления Кирика в игру было полно всяких магазинов, банков, риелторских агентств и строительных контор. Имелись тут больницы, морги, кладбища, своя санэпидемстанция, институты, школы... Основать бизнес в таких условиях тяжело, не легче, чем в реальной действительности, в Алиленде действуют строгие законы, за неподчинение которым легко угодить в местную тюрьму. Модестову удалось сделать то, чего не сумели совершить люди «по-настоящему»: Алик искоренил в своем городе взятки. Чтобы открыть, допустим, магазин или школу, вы должны собрать кучу справок и купить землю. Причем учить детей человеку без должного образования вам не дадут. Алик суров. Чтобы стать директором виртуального колледжа и проводить там занятия, вы обязаны иметь в реальной жизни диплом педагога, а коли надумали оказывать медицинские услуги, покажите хоть аттестат о среднем медицинском образовании, пришлите копию на адрес Саймона, начальника службы безопасности, который знает о жителях Алиленда всю подноготную. Дальше Саймона информация не распространяется, сам фээсбэшник никогда не присутствует ни на каких местных тусовках, не принимает участия в праздниках. Он ни с кем не общается, не имеет бизнеса, никому не известен адрес его дома в Алиленде, а также имеет ли он семью. Саймон — серая тень, которая накрывает город, он подчиняется лишь самому Хозяину, Великому Али, богу Алиленда. Даже члены Совета мудрых, управляющие городом, даже Ник Клэр, написавший Конституцию, никогда не общались с Саймоном. Все только о нем слышали и знают адрес, по которому главному охраннику города можно отправить письмо. С добропорядочными гражданами Саймон мил, он моментально откликается на просьбу о помощи, его отряд особого назначения мигом накажет грабителя или простого хулигана, решившего побезобразничать на улицах Алиленда.

Можно сказать, что Модестов ухитрился создать идеальное общество. В его городе люди исправно платят налоги, ведут честный бизнес, за ними не охотится организованная преступность, можно спокойно жить, работать, жениться, построить дом, заводить детей. Понимаете теперь, отчего население Алиленда растет не по дням, а по часам?

В нашем нестабильном мире, когда не знаешь, доберешься ли ты спокойно до дома или станешь по дороге жертвой теракта, в стране, где регулярно случаются смены правительства, дефолты, изменения экономического курса, Алиленд — тихая заводь, город солнца — воплощенная мечта Кампанеллы, великого фантаста эпохи Возрождения. Неудивительно, что люди со всех ног бегут к компьютерам, дабы хоть немного пожить в блаженной стабильности, с ощущением того, что полиция честна, что тебя защищает хорошо обученная армия и мудрый господин, Великий Али.

Так вот, оказавшись в городе, Кирюша почесал в затылке, подыскивая сферу деятельности, и открыл магазин, где продавали... животных. Странно, но до появления Кирика у алилендовцев не имелось ни кошек, ни собак, ни даже самых завалященьких хомяков!

Не успел Кирюша начать торговлю домашними любимцами, как у мальчика моментально нашлись последователи, возникла конкуренция, но первооткрыватель бизнеса уверенно держался на плаву. Он не только продавал... хорошо всем известных пуделей и овчарок, но еще приторговывал драконами и говорящими жабами, а недавно придумал гигантского червя для вспахивания огородов.

В общем, буквально до недавнего времени Кирюша считался вполне успешным гражданином и даже подумывал о женитьбе. Но тут случилось страшное несчастье.

Алиленд — не один город-страна на просторах Интернета. Еще существует Гардор — поселение, где обитают, прямо скажем, малопривлекательные граждане. Кое-кто из них был изгнан Саймоном из Алиленда за всяческие гадости. В Гардоре царит полнейшее беззаконие, там разгул преступности, проституции и наркомании. Впрочем, и в Гардоре проживают нормальные люди. Почему они все не перебрались в Алиленд? Да очень просто! Основная масса обычных мужчин и женщин попала в Гардор, начитавшись рекламных буклетов, которые хозяин адского места распихал по всему Интернету. В них обитателям Гардора обещана райская жизнь, вся в шоколаде, на берегу реки из взбитых сливок. Наивные юзеры[1] попадаются на удочку и оказываются сначала в лагере для переселенцев. Там просто шикарные условия: личный домик, улыбки администрации и сладкие обещания. Ясное дело, что через месяц человек принимает решение присягнуть на верность королю Гардора, Несравненному Моро, и оказывается в стране уже на правах полноправного гражданина. Тут-то ему и открывается правда. Многие хотели бы покинуть Гардор и переехать в Алиленд, но Саймон

---

[1] Ю з е р — пользователь.

никогда не впускает в пределы своих владений никого из гардоровцев.

Две страны существуют в состоянии перманентной войны. Битва то затухает, то разворачивается снова. Алиленд обладает хорошим оружием и храброй армией, Гардор тоже не лыком шит, там на оборону трудится целый штат ученых. Иногда армии двух государств сходятся в кровавой схватке, но по некоему негласному условию сражение не выплескивается на улицы городов. И Великий Али, и Несравненный Моро понимают, что это все же игра, а завершив ее, они лишатся собственного немалого заработка.

Еще имеется некая категория людей, называемых «вюстеры». Это бродячие торговцы, странники, актеры, монахи, которые, не имея определенного гражданства, бродят между двумя городами, зарабатывая себе на жизнь пением, чтением стихов, изгнанием бесов и мелкой торговлей. Кстати, в городах существуют и церкви с иерархами, но не стоит сейчас очень детально вдаваться в подробности.

Вюстеры, как правило, бедны, остановиться в хорошей гостинице им не по карману, поэтому они ищут ночлег, где подешевле, на окраине Алиленда.

Так вот, Кирюша подружился с вюстером по имени Ханон и настолько сблизился с ним, что пустил к себе в дом на правах гостя. Ханон начал посещать Кирюшу, тот скоро совсем проникся доверием к новому другу и рассказал ему, что собирается жениться, да не на ком-нибудь, а на Фине, дочери одного из членов Совета.

Ханон тоже разоткровенничался и сообщил,

что имеет невесту, Эли, она из Гардора, попала туда, обманутая рекламой, теперь мучается.

В принципе все могло закончиться благополучно, но тут Фина решила отпраздновать день рождения и созвала друзей. Ясное дело, первым в списке стояло имя Кирюши, который в Алиленде известен как Клиф. Услыхав о предстоящем мероприятии, Ханон начал просить:

— Возьми меня с собой, я мечтаю посмотреть на дворец отца Фины изнутри. Говорят, там прикольный дизайн.

Кирюша засомневался, все-таки Ханон не алилендовец, но тут приятель утроил просьбы, и мальчик дрогнул. Кирюша рассудил просто: на вечеринке соберется куча народа, одним больше, одним меньше, никто не заметит.

В назначенный час Фина сообщила жениху пароль для входа в дом своего отца, а Кирюша передал его Ханону.

Тот благополучно проник во дворец. Домой, к другу, он не вернулся, а наутро по Алиленду разнеслась страшная весть: лазутчик гардоровцев проник на день рождения Фины и, пока гости восхищались убранством комнат, взломал защиту кабинета и спер одну из основных ценностей Алиленда — шар жизни.

Глава 15

Два часа понадобилось Саймону, чтобы понять, кто привел на праздник Фины предателя, и наказать несчастного Клифа. Дом Кирика был взорван, а он сам прилюдно казнен на главной площади города. Имя «Клиф» было предано анафеме, Алиленд и Гардор снова вступили в кровопролитную войну.

И сейчас Кирюша, прорыдавший почти целый вечер у выключенного компьютера, всерьез считает, что его жизнь закончена, и подумывает о самоубийстве.

Я глубоко вздохнула. Слава богу, речь идет всего лишь об игре. Когда Кирюша в начале своего рассказа заговорил о серьезных, взрослых неприятностях, меня охватил страх. Во что мог впутаться подросток: наркотики, бандиты, да мало ли опасностей подстерегает незрелую личность? А тут сущая ерунда. Правда, Кирюша очень тяжело переживает неприятность, и мой долг сейчас отнестись к его горю внимательно.

— Послушай, дружочек, — ласково сказала я, — конечно, ты совершил глупость, но если посмотреть на ситуацию с другой стороны, то тоже являешься пострадавшим. Ханон мерзавец, он воспользовался открытостью и наивностью Клифа. Запомни полученный урок и начни жизнь сначала.

Кирюша печально улыбнулся.

— Как?

— Приди снова в Алиленд под другим именем.

— Меня не впустят.

— Отчего же?

— Саймон отдал приказ о казни, а убитые не воскресают. Исключение делают лишь для тех, кто пал на поле битвы, в борьбе за свободу Алиленда, и то, если они проявили геройство. А обмануть Саймона нельзя, некоторые уже пробовали. Бесполезняк. Он всегда знает истину! Он жестокий, страшный человек, его все боятся. Говорят, даже сам Великий Али почтителен с Саймоном. Начальник службы безопасности очень хитер, его никто не способен выследить, а он знает всё про алилендовцев.

Я обняла Кирюшу.

— Милый, извини, конечно, но это же понарошку. Найди другую забаву, небось в Интернете есть еще подобные страны.

— Мне нужен Алиленд! — с жаром воскликнул Кирюша. — Это моя родина, там дом, бизнес, там Фина, друзья. Сейчас все они меня проклинают. Ханон унес шар жизни, и Гардор теперь сильнее! Мое имя покрыто позором, я убит. Все, это конец.

Глаза мальчика снова начали наполняться слезами, мне стало не по себе. Интересно, давно он живет в Алиленде? Мы с Катюшей всегда боялись, что дети из-за того, что ближайшие родственники вынуждены сутками работать, отобьются от рук. Подростки, шатающиеся по улицам, могут сдружиться с сомнительной компанией, поэтому и Катя, и я сделали все возможное, чтобы Кирюша с Лизаветой оказались заняты до предела. Мы записали их на дополнительные занятия, покупали им интересные книги, пытались приобщить к спорту. А потом поднапряглись и приобрели два компьютера. Может, конечно, и вредно пялиться вечерами в экран монитора, зато дети сидят дома, не шляются невесть где.

Я, наивная Чебурашка, предполагала, что никакой беды от Интернета не будет. Ну, станут ребята лазить по сайтам, начнут общаться в чате... Пусть даже забредут в такие места, куда не следует заглядывать детям, но ведь лучше увидеть кой-чего на экране, чем столкнуться с грязью в действительности!

Но, оказывается, Интернет тоже опасен. Кирюша сейчас на самом деле ощущает себя убитым.

— Есть такое понятие, как честь! — горько воскликнул Кирик. — Позор смывается лишь кровью.

— Тебя уже убили, — некстати возразила я.

— Ага, как предателя и мерзавца. Фина со мной не желает общаться, а она мой друг... единственный... лучше...

— Послушай, пошли ей письмо, пригласи на встречу в реальной жизни. Ну, позови в кафе... — начала я предлагать варианты.

Кирюша горестно вздохнул.

— Уже пытался. Ничего не вышло.

— Она не стала читать послание?

— Ага. Ответила: «Мертвецы открыток не шлют. Смерть предателям. Не лезь ко мне, иначе пожалуюсь Саймону, и он тебе в реале морду набьет».

Я растерялась.

— Мне никто, никто, никто не поможет... — всхлипнул Кирик. — Правда, я написал прошение Великому Али, но, ясный перец, он его тоже читать не станет. Эх, кабы знать его реальный адрес, поехал бы, кинулся в ноги...

И тут меня осенило.

— Кирюша! Али может тебя воскресить?

— Великий Господин способен на все! — с придыханием воскликнул мальчик. — Но до него не достучаться, у меня никогда не загоралось окно.

— Что? — не поняла я.

— По Алиленду ходит легенда, — слегка оживился Кирюша, — что иногда Великий Али обращается к кому-нибудь из граждан лично, через окно. Это такая рамочка на экране. Но я ни разу не оказывался среди счастливчиков.

Я выпрыгнула из кресла.

— Кирик, ты способен потерпеть до завтрашнего вечера?

— А что изменится?

— Тебя простят, объявят невиновным, воскресят и вернут дом вместе с бизнесом.

— Лампа, не смеши.

— Нет, правда.

— И как ты это устроишь? Поможешь мне уничтожить Гардор и тем самым заслужить Знак героя? Пойми, все очень серьезно.

— Завтра вечером поеду к вашему Али и прикажу ему немедленно извиниться перед тобой! — рявкнула я. — Совсем с ума сошел! Чуть ребенка до нервного срыва не довел!

Кирюшины ресницы задрожали.

— Ты знаешь Великого?!

— Очень хорошо, на самом деле он...

Тут я прикусила язык. Наверное, не следует сообщать почти ополоумевшему Кирюшке настоящее имя его кумира и уж тем более не надо предавать огласке адрес Модестова. Кирик способен сейчас помчаться к своему господину. Тьфу, ну и бред! Завтра же побью Модестова грязной башкой об стол. Что он себе думает? Доводит людей до невменяемого состояния. Какая-то война, смерть в битве, казнь на главной площади... Просто дешевое кино!

— Он приходил ко мне в эфир, на «Бум», — продолжила я фразу. — Тогда Алиленд лишь создавался, и Мо... то есть ваш чертов боженька рассказывал о своем проекте. «Бум» — молодежная радиостанция, он правильно выбрал место для пиара игры. Идиот! Мерзавец!

— Ты никогда мне об этом не рассказывала, — прошептал Кирюша, покрываясь от волнения потом.

— Так ведь не знала, где ты проводишь свободное и, похоже, учебное время.

— Лампа! Лампа!! Лампа!!!

— Хватит! — снова рявкнула я. — Игра слишком захватила тебя. Сейчас ложишься спать, завтра идешь в школу, возвращаешься домой и ждешь меня. Компьютер не включай, пока не велю. Сумею поехать к твоему атаману лишь вечером.

— И он простит меня?

— Хочешь, даже наградит... э... Какой там у вас главный орден?

— Золотая ветвь.

— Вот, получишь ветку, свой дом... Нет, лучший дворец, самый шикарный! Фина приползет на коленях, а остальные граждане будут тебя на руках качать. Но, мой тебе совет: не женись на Фине!

Кирюша вытер лицо рукавом пижамы.

— Почему?

— Она мерзавка! По-настоящему любящая женщина никогда не поверит в предательство избранника! Да этой девчонке следовало стоять рядом с тобой на дворцовой площади и орать: «Если тронете невинного человека, то убивайте и меня!» Ты же говорил ей, что никого не продавал? Разъяснил ситуацию?

— Да.

— Вот. А она поверила Саймону. Мерзавка!

Пакость! Нет, нам такая невестка не нужна, с подобной бабой в разведку не пойдешь!

— Ну, с Юлькой тоже не советую к врагам шастать, — захихикал Кирюша. — Сначала станет два часа краситься, потом заноет: «Ах, колготки порвала!» Бабы вообще для военных действий не пригодны.

Я потрясла головой. Так, теперь безумие начинает овладевать и мною. О какой женитьбе может идти речь? Кирюша школьник!

— Немедленно спать! Завтра к ночи въедешь в Алиленд на белом коне.

— На единороге, — поправил мальчик.

— Да хоть на самом Великом Али! — стукнула я кулаком по столу. — Ну, он у меня получит...

Кирюша упал на колени.

— Евлампия! Я... я... выучу математику... буду вставать утром молча... я... стану гулять с собаками, всегда! Прямо сейчас пойду! Эй, Рейчел, поднимайся! Рейчуха, ау! Знаешь, Лампудель, похоже, у нее со слухом беда. Весь вечер не откликается, лежит на ковре молчком.

Я всплеснула руками. Конечно, неприятности имеют обыкновение ходить толпами. Сначала незадача случилась с мальчиком, теперь, похоже, заболела стаффиха.

— Эй, Речуха, ты как? — спросила я, присаживаясь около морды собаки.

Стаффордшириха даже не открыла глаз, я потрепала ее по крутому лбу, который сейчас отчего-то показался мне больше обычного.

— Рейчушка, посмотри на маму!

— Рейчел, хватит идиотничать, — повысил голос Кирюша.

— Рейчин! Махни хвостом.

— Рейчовский, ау! Проснись.

Дверь скрипнула, из приоткрытой створки показалась заспанная морда стаффордширихи. Весь ее вид так и говорил: «Хозяева, вы, никак, белены объелись? Спать давно пора, чего орете?»

Мы с Кирюшей замерли, потом мальчик взвизгнул:

— Это кто?

— Рейчел, — прошептала я.

— А на ковре?

— Тоже она.

— Каким образом в нашем доме очутились две Рейчел? — завопил Кирюшка таким голосом, что на люстре зазвякали подвески.

Одна стаффиха села на пол и принялась мести длинным саблеобразным хвостом, вторая продолжала, не выражая никаких эмоций, валяться на ковре.

— Просто безобразие! — понесся по коридору голосок Юли. — Смею напомнить, что мне завтра на работу! Кирилл, сколько можно?

Дверь снова распахнулась, и появилась жена Сережки, облаченная в симпатичный халатик из флиса.

— Что тут творится? — грозно продолжила Юля. — А, Лампа... Понятненько...

Я хотела спросить, что она имела в виду, произнося последнюю фразу, но Кирюшка, не снижая голоса, заорал:

— Юлик! Это кто? — и указал на собаку, стоявшую рядом с ней в дверях.

Возмущенная Юлька глянула вниз, покрутила указательным пальцем левой руки у своего виска, и уставилась на подростка.

— Ты с дуба упал? Решил поднять всех на ноги, чтобы придуряться?

— Ответь!

— Ну, Рейчел, — нехотя послушалась Юляша.

— А там тогда чья туша? — отошел к стене Кирик.

Несколько мгновений Юлька пыталась оценить ситуацию, потом завизжала:

— Сережка-а-а! Сюда! Скорей!

Очень глупое, на мой взгляд, поведение. Ну, что в данной ситуации сделает парень? Лучше уж не орать, а спокойно попытаться понять, откуда в нашем доме взялись две стаффихи.

Прилетевший на зов Сергей и притопавшая из своей комнаты Лиза никакой ясности в ситуацию не внесли. Они принялись бестолково восклицать:

— Во, прикол!

— Кто вторую притащил?

— Давно она тут?

— Просто улет!

— Замолчите немедленно, — затопала ногами Юля, — и сейчас же объясните, откуда в доме еще одна Рейчел?

— Она клонировалась, — на полном серьезе заявил Кирюша.

Сережа глянул на брата уничтожающим взглядом.

— Еще скажи, подошла к ксероксу, залезла в него и распечаталась.

— Может, в кухне третья есть? — предположила Лиза. — А в ванной четвертая?

— Супер! — взвизгнул наконец-то забывший о своей казни Кирюша. — Надо позырить!

— Идиотство... — простонала Юлечка.

Из коридора донеслось покашливание, я прислонилась к шкафу. Действие третье: явление Костина.

— Отчего вы так орете? — спокойно поинтересовался Вовка, возникая в комнате. — Через стену слышно.

— Ты видел когда-нибудь подобное? — налетела на него Юля.

— Где? — вытаращил глаза майор. — А, Рейчел... естественно. Однако вы приколисты. Лампа пожарила на ужин галлюциногенные грибочки или состряпала супчик из конопли? Отчего так поразились? Только что узнали про существование Рейчел? Раньше ее не замечали?

— Туда глянь, — запищала Лизавета, — на ковер.

Вовка направил взгляд левее и издал странный, похожий на квохтанье, звук.

— Это кто? — выпал из его рта вопрос.

— Во! И мы о том же! — притопнула ногой Юля. — Но кто, кто такая вторая Рейчел?

— Скорей уж Рейч, — протянул Костин.

— К чему ты клонишь? — насторожился Сережка.

— Ладно бабы... — покачал головой майор. —

Но ты-то как не заметил? Глянь на пса, что у него на животе, между задними лапами?

По комнате пронесся вскрик. А до меня наконец дошло, что показалось странным в облике лежавшей на спине Рейчел. Это был кобель!

— Тишина! — рявкнул Вовка. — Всем молчать и отвечать на мои вопросы! Кто привел чужую псину?

— Лампа, — ответил хор голосов.

— Интересное дело! — немедленно возмутилась я. — Нашли самую виноватую!

— Так кто с собаками-то гуляет... — пояснила Юля. — Это ж надо до такой степени невнимательной быть, а? Припереть чужого пса!

— Почему же стафф пошел с Лампой? — резонно спросила Лиза.

Меня осенило.

— У палатки сидела не Рейчел! Я дала сырок неизвестному мальчику!

— Немедленно рассказывай правду, — потребовал Костин.

— Сплошное идиотство, — пожала я плечами, — и все из-за любви Рейчухи к сыркам.

Старательно подбирая слова, я живописала сегодняшнюю историю.

— Ясненько, — подытожил Костин. — Пес, сидевший у ларька, тоже любит сырки. Однако он пофигист, пришел в чужой дом и лег спать безо всякой агрессии. Довольно милый мальчик, вы не находите?

— Но как Рейчел попала домой? — завздыхала Лиза. — У нее же ключей нет.

Кирюша почесал ногу.

— Я ее впустил. Пошел на кухню, услышал шорох, открыл входную дверь, смотрю — Рейчуха у двери сидит. Ну, решил, что Лампа не заметила, как собака на лестницу выскочила, и впустил стаффиху в дом.

— Понятно, — отпечатал Сережа. — Поздравляю, теперь мы имеем еще и кобеля. И что с ним делать?

— Уж не оставлять тут! — разъярилась Юлечка.

— Ой, получается, Лампа украла собаку, — заржал Кирик.

— Кто украл, тот пусть и на место кладет, — не сдавалась Юля.

— Случайно вышло, — начала оправдываться я.

— Все идут спать, — зашипел Костин, — атьдва левой! Молча в кроватки. Кобеля не трогать, пусть себе дрыхнет. Утром покормить, вывести гулять со всеми и начать поиск хозяина. Зайти в ларек. Скорей всего несчастный человек, лишившийся своего любимца, бегал по округе и орал: «Полкан, Полкан!» Наверное, он оставил номер своего телефона продавцу. Я бы именно так поступил.

— Сомнительно, что пса кличут Полканом, — вздохнула Лиза, — небось по-иному зовут... э... э...

— Пусик-Мусик! — захихикал Кирюшка.

Лиза схватила со стола журнал и треснула мальчика по голове.

— Молчи, идиот!

Но Кирюша развеселился окончательно. Он подбежал к меланхолично сопящему кобелю, отставил в сторону ногу, воздел вверх правую руку и трубным голосом возвестил:

— Честь имею представить прибывшего ко двору рыцаря спящего образа Кусика!

Внезапно стаф чихнул, потом быстро сел и тихо, очень деликатно сообщил:

— Гав.

Юлечка взвизгнула.

— Ой! Он не кусается?

— Гав, — снова сказал пес.

— Похоже, его и в самом деле зовут Кусик, — ошарашенно протянул Кирюша. — Эй, Кусик, здравствуй!

Кобель склонил набок крупную голову, потом поднял переднюю правую конечность и протянул ее мне.

— Гав.

— Рада знакомству, — машинально ответила я, пожимая покрытую бархатной шерсткой лапу. — Евлампия Романова, можно просто Лампа.

Глава 16

Следующий день начался с неприятного открытия. Поскольку вчера все легли спать очень поздно, то встать мне удалось лишь в одиннадцать. Домашние проявили редкостное благородство — никто не стал теребить меня. На тумбочке у кровати обнаружилась записка: «Лампуша, собак прогулял, накормил, ушел в школу. Надеюсь, ты выполнишь свое обещание. Кирилл».

Глянув на часы, я развила бешеную скорость и к полудню выскочила на улицу. Кстати, Кусик не проявлял никакого беспокойства, пока я носилась туда-сюда, разыскивая сумку, расческу, мобильный телефон и ключи от машины. Гость преспокойно спал, окруженный мопсами. Ни агрессии, ни настороженности, ни недовольства незнакомые псы у Кусика не вызвали. Похоже, хозяева не один день водили его в собачий институт благородных девиц, то есть, простите, благородных парней. Иначе чем объяснить замечательные манеры Кусика и его интеллигентно неконфликтный нрав?

Спустившись во двор, я ринулась к ларьку. Добежала до метро и, ругая себя, побрела назад. Что-то у меня с головой неважно... Будка же, торгующая хлебом, гораздо ближе к дому, стоит на углу, вот тут, правее, здесь... Минуточку, а где он, тот крохотный павильончик, в котором всегда имелись восхитительно свежие, прямо горячие сайки?

Голова стала судорожно вертеться в разные стороны. Место у забора оказалось пустым, лишь забетонированный квадрат на земле говорил о том, что здесь некогда находилась торговая точка.

— Эй, потеряла чего? — послышалось сбоку.

Я оглянулась. Из газетного киоска выглядывала полная тетка с мелкой «химией» на почти квадратной голове.

— Тут батоны продавали, — растерянно сказала я.

Газетчица сделала круглые глаза.

— Ихний хозяин с местными братками поцапался, ну и получил по шапке. В семь утра кран приехал, и ку-ку павильону! Увезли.

— Адрес не подскажете? Где он теперь стоять будет?

— Кто ж знает.

— Вот беда!

— Ерунда, ступай к метро, там хлеб дешевле.

— Не в булках дело... — протянула я. — Собаку-то куда теперь пристроить?

Тетка попыталась пригладить пережженные пряди.

— Странно, что ты псину в хлебный ларек сдать хотела, — ответила она. — Логичней ее туда отвести, где шаурмой торгуют. Ахмет «бобиков» по пятнашке скупает, если маленький, а большого и за тридцатку возьмет.

Я икнула, но решила все же не отвлекаться от главной задачи и поинтересовалась:

— Вы не слышали, тут никто собаку не искал?

— Какую?

— Рыжую.

— Большую?

— Да.

— Породную?

— Стаффордширского терьера.

— Не-а. Подобную не спрашивали.

— Значит, все же кто-то искал пса?

— Не.

— Но вы же только что сказали: «Подобную не спрашивали». А какую?

— Что «какую»?

— Искали кого?

— Никого.

— Вообще?

— Ага!

— Тогда зачем вы уточняли породу с размером? — удивилась я.

Газетчица тряхнула головой, «химия» встала дыбом.

— Сумасшедших в городе — каждый первый, —

внезапно заявила она. — То хлеб ей нужен, то собаки... Чего привязалась? У меня газеты с журналами. Иди дальше, к метро, там все и купишь. Кроме ума, конечно.

И как бы вы отреагировали на подобное замечание?

Торговка нырнула в свой киоск, я пошла за машиной. Ладно, не стану сейчас негодовать, пустое дело злиться на постороннего человека, а на своего тем более не стоит раздражаться. Мне предстоит тяжелый день: сначала поездка в Прюково, поиски Ирины Кононовой, потом беседа с Модестовым. Кусик подождет. Похоже, он совсем не страдает от того, что потерялся. Милый пес, уже подружился с мопсами.

До Прюкова я добралась без особых проблем, деревенька оказалась совсем недалеко от столицы. Но предложи мне кто-нибудь тут дом, даже бесплатно, ни за что бы не согласилась, уж слишком противно выглядел пейзаж: штук двадцать покосившихся набок избенок соседствовали с десятком замков из ярко-красного кирпича, а шикарные трехметровые каменные заборы упирались в изгороди из сетки-рабицы. Просто иллюстрация к статье под названием «Классовое расслоение российского общества».

Я подошла к самому ветхому домику и постучала в окно. Высунулась баба.

— Дачу хочешь? Ну, опомнилась! В августе! Все занято. Толкнись к Макаровым, у них дачники заболели и съехали, — затарахтела она, — но имей в виду, они бессовестные, бешеные деньги за сараюшку ломят...

— Простите, где живет Ирина Кононова? — едва вклинилась в ее речь я.

— Ирка?

— Да.

— Ирка??

— Верно.

— Ирка???

— Кононова, — уточнила я, не понимая, отчего тетка проявляет столь явное удивление.

— И зачем она тебе?

— Дачу хочу снять!

— У Ирки?

— Да.

— У Ирки??

— А что тут необычного? — не выдержала я. — Похоже, прюковцы издавна пускают к себе жильцов.

— Ну-ну... — протянула баба. — Раз Ирка тебе нужна, тогда, значитца, так. Вон тропинка вьется, ступай вниз, к реке, заверни влево, а тама найдешь. Счастья тебе.

— Спасибо, — вежливо ответила я.

Баба заржала и скрылась, а я пошла по еле заметной дорожке.

Очень скоро перед глазами возник домик, вернее, вросший по самые окошки в землю сарайчик под шиферной крышей. Забора вокруг участка не стояло, тропка упиралась в крыльцо.

Кое-как преодолев подгнившие ступеньки, я открыла разбухшую от сырости дверь и очутилась на кухне. В нос ударила смесь запахов, по большей части неприятных. Небольшое помещение было заставлено пустыми банками и бутылками, на плите кипело какое-то варево, от которого исходил смрад. У окна на табуреточке дремала тощая старушонка с головой, повязанной платком.

— Бабушка, — окликнула я, — здравствуйте.

Пенсионерка зашевелилась.

— Кто там? — хриплым голосом спросила она.

— Позовите Ирину.

— И чего надо? — насторожилась карга.

Лица бабы-яги не было видно, серый от грязи платок сполз почти до ее подбородка.

— Дачу хочу снять, — решила я не откровенничать с бабкой.

— Здесь?

— Да.

— У меня?

— Вообще говоря, шла к Ире.

— Которой? — продолжала допрос старуха.

— Кононовой, — терпеливо отвечала я, — посоветовали к ней обратиться.

— На осень поселиться хочешь?

— Верно.

— А может, и зиму прихватишь? — заликовала бабка.

Мне стало неудобно. Даже самый малообеспеченный человек не захочет проводить отпуск в подобном шалмане. Зря я заронила в душу старухи надежду на заработок, но делать нечего.

— Лучше позовите Иру, — велела я.

— Так уж тут сижу, — хмыкнула баба, — одна Ира здесь, других нету.

— Вы Кононова? — удивилась я.

— Ага.

— Жена Алексея?

— Точно.

— Сестра Кости Ведерникова?

— Может, и так, — согласилась бабка и поправила платок.

Появилось лицо. Сине-серое, опухшее, с красными глазами и болезненно бесцветными губами.

— А может, и нет, — спокойно продолжила хозяйка. — Олег-то, пока не умер, все орал маме: «Придуши нагулыша». Так на сколько домик снимаете? Пойдемте покажу. Комнат две, сортир во дворе, душа нет, газ в баллонах, зато телевизор отлично показывает, лучше, чем в Москве. И осень с зимой дешевле, чем лето.

От полнейшей растерянности я встала и дала себя провести внутрь вонючей хибарки. В небольших комнатках неожиданно оказалось чисто, стены украшали новые обои. Из мебели здесь были самые простые кровати, круглый стол и трехстворчатый шкаф.

— Хорошая изба, — принялась уговаривать меня Ирина, — всю вам отдам, вместе с участком. Гуляйте где хотите, у меня соток немерено, и хоть каждый день танцуйте — никто слова не скажет, соседей рядом нет, на отшибе живу, люди в окошки не пялятся.

— А сами куда уедете? — решила я поддержать разговор.

— Так в сарай переселюсь, — деловито ответила Ира, — там топчан есть и плитка. Вас не побеспокою, близко к крыльцу не подойду.

— Наверное, неудобно без собственного дома

оставаться, — сочувственно вздохнула я. — Тем более в холодное время года.

— Привычные мы, — спокойно ответила Ирина, — всегда богатых пускаем, с того и живем. Все Прюково дачников держит, люди специально летние хатки сделали, чтобы на зимнем доме заработать. Знаете, сколько денег осенью потратить надо? Уголь купить, дров заготовить, газовыми баллонами запастись, фонарь аккумуляторный, свечки...

— А они зачем? — совершенно искренно удивилась я.

— Так электричество с сентября отключать начнут. Дожди пойдут, ветер задует, вот гнилые столбы и повалятся, провода пообрывает. Ну что? Приедете? Если да, то с вас задаток, — хищно заявила Ирина.

— Ну... — промямлила я.

— Все Прюково сдано, — предупредила хозяйка, — и осень люди тут проводят, и зиму, детей на каникулы вывозят или с младенцами живут. А то чем им в Москве дышать? Я одна пустая стою, и то потому, что жиличку прошлогоднюю ждала, а она возьми да откажись. С мужем развелась, теперь денег на дачу нет.

Я прикусила нижнюю губу, думая, как лучше перейти к разговору об Алексее. Может, Ирине купить бутылку? Похоже, она любительница заложить за воротник.

— Я бы Катьку и без денег пустила, — вдруг продолжила Ира, — да сама нуждаюсь. Если дачников нет, то туго придется. Муж у меня пропал, пенсия маленькая, на нее ничего не купить. Но я жалостливая. Вон в прошлом году народ по тысяче долларов за лето платил, а я с Катьки всего пятьсот взяла. Правда, она с огородом мне помогла, руки у бабы золотые, чего ни воткнет в землю, начинает колоситься. Столько всего выросло, потом я на базаре хорошо продала. Ни у кого в Прюкове помидоры не удаются, и теплиц понаставили, а все равно пшик, Катька же «бычье сердце» развела. Талант. Но только в этом году у нее даже двадцати баксов нет.

— Тысяча долларов за... за... — стала вдруг заикаться я.

— Что, дорого?

— Да уж не дешево! Условий-то особых нет!

— Условия у тебя в городе, — хмыкнула Ирина, — вода из крана всякая и сортир под рукой. Зато тут воздух, за ним и едут. Что ж касаемо цены, то Прюково рядом с Москвой, автобус ходит и станция в двух шагах, удобно на работу ездить. Если приплатишь чуток, пригляжу за дитем. Своих мне, правда, господь не послал, но хитрость не велика, суп ребятам налью. Кстати, в Малькове или Пронькине уже по две тысячи просят, даже за осень. Ну? Так как?

— А у вас пьющих в семье нет? Простите, конечно, если оскорбила... — деловито осведомилась я.

— Никакой тут обиды нет, — мирно ответила Ирина. — Кому охота за свои кровные нервничать? Нет, сама я в рот не беру, а больше в избе никого.

Я с сомнением покосилась на Кононову, та неожиданно улыбнулась:

— Небось бабы тебе про меня невесть что натрепали: ходит, качается, иногда в овраг падает.

Верно, случается такое, только это от болезни, у меня сердце барахлит, иногда колотиться перестает или, наоборот, частит, вот и шлепаюсь оземь, голова сильно кружится. Я у врача на учете, мне инвалидность дали. Думаю, все мои болячки от того приключились, что отец меня в детстве все время бил чем ни попадя. Оттого я и согласилась за Алексея замуж выйти, мама присоветовала, думала, дочке лучше будет. А чего получилось? Совсем плохо.

— Похоже, у вас тяжелая жизнь, — вздохнула я.

Ирина сложила руки на коленях.

— Да нет, как у всех. Уж извини, надо бы чаю гостье предложить, но заварка кончилась.

— Здесь есть магазин? — оживилась я.

— На станции, — кивнула Ирина.

— Вы не уйдете?

Ирина засмеялась.

— Так некуда.

— Сейчас вернусь, — пообещала я и ринулась к машине.

Через полчаса я принесла сумку, набитую продуктами. Ирина всплеснула руками.

— Ну, прямо Новый год!

— Надо же нам познакомиться, — приветливо закивала я, ставя на стол бутылку водки. — Ведь целую осень бок о бок жить станем.

Ирина слегка нахмурилась.

— Ты чего, никак закладываешь? Тогда не пущу! Хватит, пожила с алкоголиками...

— Нет, нет, это для знакомства.

— Сказано, не пью.

— Я тоже.

— Зачем тогда пузырь?

— Ну... так положено.

Кононова решительно сунула водку назад в пакет.

— На, забирай, а за колбасу с сыром спасибо.

— Крепко, видно, вас муженек достал, — сказала я, — даже смотреть на выпивку не можете.

Ирина налила в чашки кипяток и, тыча ложкой в чайный пакетик, тихо призналась:

— Да нет, муж мой как раз не пил. Это моя семья такая была, сплошь бухальщики. Алешка просто ничего делать не хотел, целыми днями спал.

— Зачем же в жены к нему пошли? — удивилась я.

Ира отложила ложку.

— Выбора не было, Олег до смерти забить мог. Знаешь, как я с родителями жила?

— Нет, конечно, — вздохнула я. — Тяжело было с ними, да?

Хозяйка отхлебнула чай.

— Да ничего особенного, в Прюкове половина таких. Могу рассказать, если не спешишь.

Я закивала. Хозяйка, очевидно, соскучившись по общению, завела историю.

...Ира с раннего детства боялась отца. Едва в глотку Олега попадала капля спиртного, как мужчина становился неуправляемым. Доставалось всем: и маме, и бабушке, и младшему брату Косте. Отец имел на редкость тяжелую руку, одного шлепка хватало, чтобы Ира теряла сознание. С младенчества девочка при виде Олега забивалась в самый дальний угол немаленькой родительской квартиры, но тот хотел дубасить именно дочь и не успокаивался, пока не находил ребенка. Костя получал от отца колотушек намного меньше.

Из-за постоянного стресса Ира росла вроде как дурочкой, в школе ее считали откровенной идиоткой, лишь учительница по домоводству, маленькая, пухлая Тамара Федоровна, изредка зазывала Ведерникову в свой кабинет, угощала печеньем и, гладя по голове, утешала:

— Ничего, Ирочка, про меня тоже говорили: под забором умрет. А вот видишь, хорошо все устроилось. Главное — удачно выйти замуж. За богатством не гонись, ищи работящего, лучше всего деревенского парня, на земле от голода не умрешь, все свое.

Еще Иру иногда жалела мама. Люба покупала дочке карамельки и тайком совала их девочке, нервно предупреждая:

— Съешь быстро и никому ни слова: ни отцу, ни брату.

— А почему Костьке про сладкое говорить нельзя? — один раз поинтересовалась наивная второклассница.

Люба вздрогнула и шепотом ответила:

— Он хуже Олега. Хоть маленький, а зверь.

Слова мамы крепко запали в сердце Иры, и девочка с той поры стала бояться еще и младшего брата.

Иногда Ирине снился кошмар. Она идет по цветущему саду, впереди, у яблони, стоит симпатичный русоволосый парень в ярко-красной рубашке. Девочка понимает, что он замечательный, и кидается к юноше, но тут на дорожке возникает Олег и с дикими воплями начинает лупить дочь.

Ира вырывается из рук отца, несется к блондину, но тут откуда ни возьмись появляется Костя с горящими от ярости глазами. Он протягивает к сестре руки, Ира ловко уворачивается, но конечности Константина удлиняются, удлиняются, удлиняются, на пальцах появляются когти, кожа стремительно обрастает шерстью...

На этом месте Ира, как правило, просыпалась, а потом долго сидела на кровати, прижимая руки к груди, где бешено колотилось сердце.

Глава 17

Справедливости ради стоит отметить, что Костя никогда не конфликтовал с сестрой. Когда брату исполнилось четырнадцать, он даже начал делать Ире подарки: то шоколадку принесет, то губную помаду. Но Ирина все равно боялась Константина. Один раз девушка стала свидетелем драки между отцом и братом. Олег привычно, походя, отпустил Косте затрещину, а подросток вдруг ловко сбил отца с ног, сел на него сверху и, пару раз стукнув папеньку лбом о паркет, заявил:

— Еще раз ко мне прикоснешься, шею сверну или ночью придушу!

К огромному удивлению Иры, Олег молча стерпел заявление сына. С тех пор он Костю не бил, зато Ире стало доставаться еще больше. Брат, притаскивавший изредка презенты, защищать сестру не собирался.

Хорошо Ире было лишь в деревне, в Прюкове, куда увозила детей на лето бабушка. Олег оставался в Москве, и девочка наслаждалась покоем.

Накануне восемнадцатилетия Ирины, в июне

месяце, Люба тяжело заболела. Ей спешно сделали операцию, но неудачно, стало понятно, что до осени женщине не дожить. Из клиники ее мгновенно выписали, медики не хотели портить статистику. Чтобы легче дышалось, Люба впервые в жизни тоже уехала на лето в Прюково.

А вскоре она сказала дочери:

— Выходи замуж за Алексея.

— За кого? — удивилась Ира.

— За сына хозяев, — прошептала мама. — Он тебе подходит, свекрови нет, а свекор, похоже, не жилец. Останетесь сами по себе, на земле, с домом. Что тебе в Москве делать? Умру, Олег совсем распояшется, ты же ему не родная кровь, нагуляла я тебя. Давай, пока я жива, свадьбу затеем...

— Надо же и у него согласия спросить, — растерялась Ира, — вдруг у парня невеста есть?

— Нету никакой невесты, я знаю, — вздохнула Люба. — Ему хозяйка в дом нужна, ты подойдешь. Подумай денек и соглашайся, это твой шанс.

Обескураженная Ира вышла в сад, начинавшийся прямо возле избы, и вздрогнула — у буйно цветущего куста калины стоял Алексей, белокурый, одетый в красную рубаху. Он словно явился из сна девушки, того самого, который всегда заканчивался кошмаром. Но сейчас ей улыбалось ясное утро, ни Олега, ни брата, превращавшегося в том сне в оборотня, и в помине не было. Ира вспомнила тут же преподавательницу по домоводству, Тамару Федоровну, ее речи о крестьянском счастье и поверила: вот он, суженый, теперь жизнь потечет иначе.

Особо долго молодые не женихались, через неделю отнесли заявление в ЗАГС, а потом сыграли тихую свадьбу. Успели отгулять до смерти родителей — Люба умерла на двенадцатый день после бракосочетания дочери, а отец Алексея скончался в ноябре.

Началась деревенская жизнь. Иру не пугали бытовые трудности, она безропотно таскала ведра из колодца, сажала огород и колола дрова. Правда, у нее, горожанки, плохо рос даже укроп, что уж там говорить о каких-нибудь огурцах. Но девушка храбро сражалась со всеми трудностями, из колеи ее выбивало лишь одно обстоятельство: редкостная лень мужа.

Алексей не желал ничего делать, и все работы по дому выполняла Ира. Она научилась ловко управляться с молотком, дрелью и не путала гвоздь с шурупом. Жена пыталась отремонтировать избу, а муж лежал на раскладушке в саду или на огороде и наблюдал за облаками. Вечером он приходил в дом, выпивал кружку молока, съедал кашу и мечтательно говорил:

— Эх, кабы мне денег... Вот бы зажил! Говорят, в нашем лесу клад зарыт. Отыскать бы его... Там несметные тысячи спрятаны!

Ира отворачивалась к плите. Первое время она еще пыталась воспитать супруга, но потом поняла: зряшное это дело.

Через пару лет лежания в огороде Алексей неожиданно нашел себе работу — стал пасти местное стадо. Ходил за коровами с длинным кнутом на плече и по-прежнему мечтал отрыть тщательно спрятанные чужие деньги.

Ира чувствовала себя хуже и хуже — у нее тупо

ныла грудь, хозяйство начало приходить в упадок. Корову продали, козу и кроликов тоже, даже кур кормить хозяйке стало трудно. А Алексей по вечерам твердил об одном и том же:

— Эх, говорят, у реки сундук схован...

В принципе Кононова можно было считать идеальным спутником жизни: он не пил, не курил, не ругал жену, довольствовался малым, не требовал мяса в супе... Вот только ничего не хотел делать, существовал, как кот. Впрочем, сравнение не совсем верное, женщины Алексея тоже не интересовали. Пастух лишь мечтал, изредка удивляя супругу заявлениями:

— Представляешь, Ира, вот найду я ожерелье с брильянтами... Что делать станем?

— И откуда оно тут возьмется? — пыталась спустить мечтателя с небес на землю супруга.

— А потеряет кто...

— Некому здесь драгоценности расшвыривать.

— Ну... дачники.

— Сюда лишь нищета едет! — обрывала мужа Ира.

Алексей обиженно замолкал, потом бубнил:

— Вот ты какая... скучная...

— Да уж такая, — качала головой Ирина. — Некогда мне веселиться, надо картошку окучивать, иначе зимой животы от голода сведет.

Кононов вздыхал и замолкал, но спустя некоторое время вновь заводил свое:

— А представь себе, Ира, вот иду я по лесу, глядь, бумажник, а в нем миллион долларов. И что делать станем?

Ира старалась не слышать протяжный, неторопливо-напевный голос мужа, она убегала во двор, твердя про себя:

— Ну, не идиот ли? Разве миллион в кошельке поместится? И кто его обронит? Такие деньжищи крепко держать станут.

Но в целом жизнь текла ровно. Голодная, бедная, почти нищая, в тяжелой работе, но без особых зигзагов. Ира знала, что по весне надо постараться, несмотря на плохое самочувствие, посеять огород и заманить к себе дачников, а зимой можно вообще не выходить на двор. Но чтобы не было скучно, следует изредка кататься в Москву, где на помойках пачками валяются прочитанные людьми газеты и журналы. Набрав рюкзак прессы, Ира возвращалась в Прюково и укладывалась на печь.

И в эти минуты ее охватывало настоящее счастье. В избе относительно тепло, в подполе банки, на плите картошка, в руках журнал с красивыми картинками... Жаль, кота ласкового, мурлыкающего, рядом нет. Нельзя было кота заводить, его зимой надо кормить, а это лишний расход. Но, впрочем, в качестве домашнего животного — бесполезного, типа хомяка — выступал Алексей, который с раскладушки в летнем огороде зимой перебирался на кровать. Муж читать не любил, он самозабвенно мечтал.

Привычный распорядок рухнул внезапно.

Однажды в избе — Ирина была дома одна — появился незнакомый, очень хорошо одетый и пахнущий дорогим одеколоном мужчина.

— Ну, привет, — сказал он, входя в кухню. — Грязно-то у тебя как... И убого...

— Здрассти, — пролепетала Ира, не понимая, что за птицу такую занесло к ним в Прюково.

На потенциального дачника гость совсем не походил, такие люди не снимают для семьи сараи. Хотя, может, это представитель стройконторы? Кое-кто из прюковцев продал свои земельные наделы, и на месте избенок вознеслись замки...

— Ты чего, меня не узнала? — усмехнулся незнакомец.

— Нет, — вжалась в стену Ира.

— Я Костя.

— Кто? — шарахнулась в сторону Кононова.

— Константин Ведерников, твой младший брат. Или совсем про родную семью забыла? — очень ласково осведомился Костя.

— Ну... помню... конечно, — забубнила Ира, — только мы с вами давно не встречались... да... много лет!

— Может, я присяду? — спросил брат, показывая на табуретку.

— Ясное дело, — спохватилась Ира, — устраивайтесь. Чаю могу дать, только заварки у нас нет, но из смородинового листа еще душистее выходит.

Константин зацокал языком.

— Бедно живешь.

— Уж как выходит.

— Муж-то жив?

— Что ему сделается...

— И где бродит?

— Небось в огороде спит.

— Зови сюда, — распорядился нежданный гость, — я вам подарков привез.

Ира кинулась в глубь участка. Когда они с Алексеем вернулись в дом, на столе было разложено угощенье, а на стульях развешана новая одежда: пара платьев и куртка для женщины, спортивный костюм, кроссовки и джинсы для мужчины.

— Может, с размером не угадал, вы примерьте, — велел Костя, — коли мало, съездим да поменяем.

Удивительным образом обновки «сели», словно влитые. Костя довольно крякнул и завел рассказ. Ира слушала брата с изумлением. Если честно, она давным-давно забыла о существовании Константина, а он, оказывается, постоянно вспоминал о старшей сестре.

После смерти Олега и бабки Костя, оставшись один, не пропал — более того, со временем ухитрился поднять свой бизнес. Конечно, олигархом Ведерников не стал, покупка яхты или футбольного клуба ему не по карману, но он вполне нормально зарабатывает на жизнь, хватает на многое. Семьи у Кости нет, жены не завел, детей тоже. Довольно длительное время Костя увлекался зарабатыванием наличных, теперь же, когда бизнес катится по ровным рельсам, он затосковал по родным людям и вспомнил про Иру.

— Вот, — завершил брат рассказ, — совесть заела. Мы же одна кровь.

— Вроде я от другого отца, — пробормотала Ирина, — поэтому Олег меня и лупил.

— Ерунда, — отмахнулся Костя, — пили родители, вот им дурь и виделась. Вижу, ты нуждаешься.

— Да нет, нормально, — пожала плечами Ира.

— Может, еще клад найдем, — влез в разговор Алексей.

Костя глянул на зятя и кивнул.

— Случается такое. Ладно, покантуюсь у вас недельку, не прогоните? Отдохнуть хочется, детство вспомнить. Ирка, а сарай еще жив? Ну, тот, где мы как-то сено подожгли?

Сестра засмеялась.

— Стоит покосюха.

— И колодец фурычит?

— Ясное дело, воду из него берем.

— А яблоня, кривая? — с жаром продолжал расспрашивать Константин.

— Срубили, жук завелся.

— Эх, жалко-то! — чуть не заплакал вновь обретенный брат. А затем скомандовал: — Ну-ка, покажи мне участок...

За семь дней, проведенных в Прюкове, Константин развел бешеную деятельность. Он носился по селу, словно торнадо, приволок кучу стройматериалов и трех молдаван, которые наклеили на стены обои и залатали текущую крышу.

— На будущий год ремонт сделаем, капитальный, — пообещал Костя, — а пока займемся тобой. Плохо выглядишь, вся серая, с синяками под глазами, устаешь быстро. Болит чего?

Ира приложила руку к груди.

— Тут ноет, прям сил нет!

Костя сунул сестру в свою машину и отвез в клинику. Там моментально поставили нехороший диагноз: у Ирины рак молочной железы. Не успела женщина испугаться, как Костя уложил ее на операцию.

Все события заняли от силы дней десять. По счастью, болезнь была в самом начале, Ира отделалась сравнительно легко, видно, господь решил воздать женщине за тяжелое детство и безрадостную юность, послав ей в нужный момент брата.

Константин привез сестру домой и накупил ей много дорогих лекарств, в частности новое средство под названием Фемара. О нем много говорили в больнице, его хвалили и врачи, и больные. Костя не пожалел денег, взял сразу несколько упаковок и велел сестре:

— Пей регулярно, тогда точно жива останешься!

Ира быстро встала на ноги. То ли ей помогла чудодейственная Фемара, то ли болезнь прогнала забота брата.

Ирина только удивлялась: жила она, словно под наркозом, а появился Костя, и закипели события: ремонт, болезнь, выздоровление... Через некоторое время брат сказал сестре:

— Похоже, тебе лучше.

— Совсем хорошо, — закивала Ирина.

— Нет, еще не очень, лекарства принимай, — заботливо продолжил Костя. — Но главное — надо бы тебе в город перебраться. В Прюкове жить тяжело: ни воды, ни газа, ни сортира теплого...

— В Москве, конечно, лучше, — улыбнулась Ира, — но где там жить?

Костя потер затылок.

— Родительскую квартиру я продал, — сказал он, — с вырученных денег бизнес и начал. Но ведь и тебе часть хором причиталась.

— Нет, — помотала головой Ира, — я же в Прюкове давно прописана.

— По закону так, но по совести иначе выходит, — отрезал Костя. — Подло я поступил, получается, сестру ограбил. Извини, дураком был, не подумал ни о ком, хотел свое дело завести. Надо тебе в Москве квартиру купить.

— Ой, — испугалась Ира, — такие деньги! Не возьму.

— У меня их и нет, — грустно протянул Костя. — Но я ж хорошо понимаю: тебе после операции нельзя ведра таскать, а Алексей не помощник. Ведь так?

Ира быстро сказала:

— Он хороший! Не пьет... только никчемушный.

Костя забегал по комнате.

— Есть идея! Только придется тебе Алешку со мной отпустить, на год примерно. Впрочем, может, меньше или больше, точно не скажу.

— Зачем? — поразилась Ира.

— Деньги на квартиру зарабатывать.

Кононова тихо засмеялась.

— Да он же ничего не умеет.

— И не надо.

— Кто ж за безделье тысячи отвалит?

Костя прищурился.

— Места знать надо. Он все клад отрыть мечтает, так вот... будет ему сундук с золотом. У меня приятель есть, богатый страшно, мы вместе бизнесом заниматься начинали, меня притормозило, а Ванька в гору попер. Такими делами ворочает... Только, сама знаешь, в нашей стране особо не высунешься, мигом по шапке дадут и кровные отнимут.

Ирина слушала брата, забыв дышать и моргать, а Костя выплескивал информацию.

Богатый Иван исхитрился, перевел свой капитал в Америку и живет теперь там, не тужит, совсем богатым стал, миллионером. Ване потребовался помощник, такой человек, которому как себе доверять можно. Да где найти подобного? Основная масса людей рассуждает просто: быть у воды и не напиться? Вот и начинает народ из чужого кармана в свой денежки перекладывать, едва случай подвернется.

Поломал Ваня голову и вспомнил про Костю, позвонил старому приятелю и предложил тому работу с такой зарплатой, что Ведерников мигом начал сворачивать свои дела.

— Короче говоря, — резюмировал он, — в Нью-Йорк качу.

— Понятно, — протянула Ира. — А Лешка-то при чем?

— И его с собой возьму.

— Зачем?

Костя заулыбался.

— Алеха, конечно, лентяй, но человек честный.

— Да, чужого он не возьмет, — кивнула Ира.

— Не пьет.

— Верно.

— Не курит.

— Точно.

— По бабам не шляется, лежит, в небо глядит.

— Ага, — кивнула Ира.

— Ивану нужен сторож, — засмеялся брат, — не пьющий, не курящий, не вор, не гуляка, чтобы целыми днями у бассейна лежал. Главное, участок не покидать никогда. Служба как раз для Лешки. Чужих Ванька брать не хочет, Алексея с дорогой душой примет как моего зятя. Оклад ему положен пять тысяч долларов.

— В год? — разинула рот Ира, которая даже представить себе подобную прорву денег могла с трудом.

Костя с жалостью глянул на сестру.

— Дурочка, — ласково пропел он, — в месяц! Не падай в обморок, это для Америки гроши.

Глава 18

И вновь Костя развил бешеную деятельность. Алексей по-прежнему лежал на раскладушке, а Ведерников носился со всякими документами. В конце концов Константин показал сестре паспорт и красивую бумажку, переливающуюся всеми цветами радуги, — визу в США.

— Вот, — деловито сообщил он, — тут и билет, и чемодан с вещами. Завтра улетаем.

— Уже? — испугалась Ира.

Костя обнял сестру за плечи.

— Не пугайся, умножь двенадцать месяцев на пять тысяч долларов. Вот она, твоя квартира в Москве.

Ирина не нашла слов, а Костя бегал из дома к своей машине, притаскивая всякую всячину.

— Ты в Москву не катайся, — раздавал он указания сестре, — еще, не дай бог, болезнь вернется. Я оформил подписку, газеты тебе на дом приносить станут, а еще я книги привез, с картинками. Любовных романов прихватил и детективов. Читай, сколько и что хочешь! Куда ящики с тушенкой поставить? В подпол? Тут еще чаю запас, мешок сахара, макароны, молоко сухое...

Кононова притомилась смотреть за скачущим Костей, а тот без устали тараторил:

— Чуть самое основное не забыл! Тут тебе лекарство, витамины всякие, а главное — Фемара. Купил сразу несколько упаковок, пей, не забывай. А в город не мотайся! Ясно? Через год мы вернемся, денег на квартиру привезем. Ну, бывай здорова!

Быстро поцеловав сестру, брат сел за руль, Алексея он впихнул на заднее сиденье. Апатичный Кононов никаких чувств не выражал, ему, похоже, было до лампочки все происходящее. Леша особо не волновался, Нью-Йорк так Нью-Йорк, лишь бы не трогали, оставили спокойно лежать и мечтать о сундуках с кладом.

Ира осталась одна. Улеглась на кровать и включила телевизор — Костя купил сестре роскошный, с пультом управления, переключать каналы можно было лежа на постели. Вот уж теперь она заживет... Все есть, надрываться не надо, а будет еще лучше...

В тот же вечер, спустя пару часов после отъезда Кости и Леши, к Ире забежала соседка, Маша Калинина. Сквозь слезы, она рассказала, что была сегодня у врача и узнала ужасную правду: у нее рак.

— Тебе же операцию сделали, — рыдала Маша, — расскажи мне, это как? Больно? Да?

Ира старательно успокоила женщину:

— Не бойся, ничего не почувствуешь, заснешь, и все.

— А потом, потом?

— Ну, таблетки пить станешь, уколы делать.

— Я умру... — стонала Маша.

— Да нет, — попыталась приободрить Калинину Ира, — почти все живы остаются. Знаешь, как мне врач сказал: «Если вам операцию делать берутся, то на успех надеются, безнадежных на стол не укладывают. Но даже и у них шанс есть!»

— Но кто-то умирает, — гнула свое Маша.

— Мне же повезло, — возразила Ира. — Чем ты хуже?

— Скажи, может, пьешь чего, — продолжала допытываться Маша, — травы какие.

Ира подошла к буфету и вынула Фемару.

— Вот, хорошее лекарство. Дорогое, правда, но ведь речь о жизни идет, тут никаких денег не жаль. Впрочем, мне оно даром досталось, брат купил.

Маша повертела в руках коробочку, потом швырнула ее на стол и зарыдала еще пуще.

— Мне такого никто не принесет, кругом одни пьяницы. Вот в жизни как несправедливо: кто богатый, тому и счастье.

— Окстись, — разозлилась Ира, — где ты у меня достаток видишь!

Калинина, давясь слезами, ушла. На следующее утро она зашла к Ире и сказала:

— Ты извини, вчера мне крышу снесло, наговорила тебе гадостей.

— Ерунда, — отмахнулась Ира, — сама, когда про болячку узнала, психовала.

— Пошли, кофе угощу, — заулыбалась Маша.

Ира воспользовалась приглашением. Калинина нарезала торт, побаловала соседку вкусным напитком, и домой Кононова вернулась в отличном настроении. Вечером, перед сном, она полезла в буфет за Фемарой, хотела принять таблетку и обомлела: ящик зиял пустотой. Исчезла не только начатая упаковка, но и запас. Ира пощупала дрожащими пальцами дно, потом изучила содержимое всего буфета, постояла в недоумении и побежала к Калининой.

— Забыла чего? — спросила ее, зевая, Маша.

— Ты украла у меня Фемару, — прошептала Ира, — верни.

Калинина распахнула слишком честные глаза.

— Я? У тебя? Лекарство? Когда?

— Сегодня.

— Да мы же вместе кофе пили! — уперла руки в бока Маша. — Похоже, у тебя с головой-то тю-тю!

Ира заплакала и ушла. Она очень хорошо понимала, как сладилось дело. Калинина никогда раньше не угощала соседку тортом. С чего бы вдруг такое радушие? Значит, пока наивная Ира наслаждалась бисквитом, муж или старший сын Машки влезли через всегда открытое окно кухни в дом Кононовой и вытащили из буфета медикаменты.

Ночь Ира провела без сна, она очень боялась, что болезнь, отпугнутая лекарством, вернется вновь, поэтому утром поехала в Москву, хотя Костя категорически приказал сестре не покидать Прюково. Он сказал Ире абсолютно правильные слова о плохой экологии столицы и нервном стрессе, который неминуемо испытывает тихая женщина, редко выезжающая за пределы своей деревеньки, допустим, в том же метро. Шум, гам, толчея, духота... Народ несется, пихается, ругается... Здоровому человеку и то не по себе станет!

Костя оставил Ире денег, вполне приличную сумму, чтобы та жила скромно, конечно, но не впроголодь. Ирина человек экономный и, конечно, растянула бы деньги до самого возвращения брата и мужа, но сейчас она решила сама купить себе Фемару. Оставленных Костей денег как раз хватало на несколько упаковок. Бог с ним, с мясом и колбасой, проживет без них, как раньше жила, лекарство нужнее.

Ира плохо знала Москву, поэтому в поисках аптеки слегка заплутала. Для начала она, обратившись в разные места, выяснила, что столь необходимый ей препарат продается именно в аптеках, а не в ларьках, киосках или машинах, украшенных зеленым крестом. Наконец нашла нужную точку и встала в очередь, перед ней было три женщины и мужчина, который в тот момент, когда Ира пристроилась в хвост, уже расплачивался с провизором. Лица его Кононова не видела, лишь спину, обтянутую дешевой синей курткой с ярко-белой надписью «Йес». Ира отвернулась к витрине и стала от скуки разглядывать выставленные препараты, ей не было дела до посторонних людей.

Очень скоро она оказалась перед прилавком и попросила:

— Дайте мне Фемару.

— Только что последнюю упаковку продала, — с сожалением ответила девушка в белом халатике. — Мужчина взял, в синей куртке.

Ира выскочила из аптеки и увидела в самом конце малолюдной улицы того самого дядьку, белая надпись «Йес» просто била в глаза. Долго не раздумывая, Кононова кинулась за мужиком, а тот спокойно шагал вперед, не замечая преследовательницу. В тот момент, когда Ирина почти поравнялась с незнакомцем, тот вновь нырнул в аптеку. Кононова было ринулась за ним, но притормозила у широкой витрины. Ей вдруг стала ясна глупость ее поведения. Ну что она скажет незнакомцу? «Перепродайте мне Фемару, я не москвичка, сегодня должна уехать, сил нет по столице ходить, а вы еще купите»? Так, что ли? И что ответит ей мужик? Хорошо, если просто пошлет!

В полной растерянности Ира смотрела сквозь стекло внутрь аптеки. Очередь там продвигалась очень быстро, мужчина в приметной куртке стоял спиной к улице. Потом он о чем-то поговорил с провизором, повернулся и двинулся к двери. Ира чуть не упала — это был Костя! От неожиданности она бросилась за угол и принялась наблюдать за ним.

Но уже через секунду Ира сообразила: нет, это не Константин. Брат носил длинные светло-русые волосы, а незнакомец был коротко острижен, на макушке у него дыбился ежик из темно-каштановых «иголок», да и не надел бы обеспеченный Костя этакую жуткую куртенку, такие мятые брюки и рыжие, явно дешевые ботинки на толстенной подошве. И потом, Костя раскатывал на дорогой иномарке, а не шлепал пешком по лужам.

Следовало признать: ей встретился на жизненном пути двойник Ведерникова. Такое иногда случается.

Постояв за углом, Ира пришла в себя и отправилась в торговый зал.

— Дайте мне Фемару, — попросила она провизора.

— Сейчас этого препарата нет, — ответила та.

— А где можно найти? — поскучнела Ира.

— Ну... не знаю, поспрашивайте в других аптеках.

— Вот беда! — расстроилась Кононова. — Я не москвичка, на один день приехала из деревни, специально за Фемарой! И никак не могу найти лекарство.

— Да уж, бывает так, — вздохнула провизор, — одному ни к чему, другая ищет. Вам бы минут на пять пораньше прийти...

— Почему? — удивилась Ира.

— Сюда только что мужчина заходил, думал Фемару сдать, она ему не понадобилась. Но ведь лекарства не диван, назад не примут. Вы бы могли у него упаковку забрать, но я уже позвонила одной больной, та скоро приедет за лекарством.

— Не повезло, — бормотнула Ира.

— Ладно, погодите, — велела фармацевт, — сейчас попробую помочь.

Женщина исчезла в глубине аптеки, Ира осталась в торговом зале и задумалась в полном изумлении. Это что же получается? Мужик в синей куртке купил только что Фемару в одной аптеке, дошел до другой и решил... продать ее? Почему? Вернее, зачем? Впрочем, может, мужик таким образом хотел заработать? Идиотское предположение, но ничего более умного Ирине в голову не пришло. Искать другое она не стала, из подсобки вышла фармацевт, протянула бумажку и сказала:

— Езжайте в аптеку вот по этому адресу. Я договорилась, вам оставили Фемару.

Ира поблагодарила отзывчивую женщину и пошла к автобусной остановке.

Домой она вернулась ночью, но не успела отпереть избу, как в ноги ей бросилась зареванная Маша Калинина.

— Ирка! — кричала соседка. — Прости меня, если можешь, прости! Вот твои лекарства! Совсем я ума лишилась! Меня господь теперь накажет!

Кононова обняла Машу.

— Забудь, всякое случается. Если хочешь, купи у меня Фемару, я за ней сегодня в Москву сгоняла, все деньги потратила.

— Конечно... — засуетилась Маша. — И деньги за билет верну...

— Не надо, — отмахнулась Ира, — я еще по Москве побродила. Ох и шумно там! Прав Костя, незачем в столицу шастать. Газеты мне теперь на дом принесут. У нас в Прюкове лучше.

Больше Ира в город не ездила. Никаких сведений от мужа и брата не имела, писем они родственнице не посылали, а звонить ей было некуда, телефона у Кононовой не имелось.

У Иры сначала закончились оставленные деньги, потом съелись продукты и лекарства, лишь телевизор по-прежнему без устали показывал программы. Время бежало, а Алексей с заработанными тысячами так и не появлялся. В конце концов Ира решилась и поехала вновь в Москву, в свою родительскую квартиру. Жилплощадь оказалась крепко запертой, Ира потопталась у двери, потом, решив, что она в своем праздничном платье выглядит достойно, пошла в домоуправление и сказала одной из сидевших там теток:

— Я когда-то жила в этом доме, но, когда вышла замуж, перебралась в иное место, а брат тут остался. Потом он уехал в Америку и пропал. Уж больше года прошло, ни слуху ни духу от него. Не знаете, где искать?

Домоуправша водрузила на нос круглые очки и недовольно ответила:

— Вот уж кретинский вопрос! Коммунальные услуги у него оплачены, долга по электричеству нет, потому как он свет не жжет. Зачем мне его искать?

— Не пишет он, — растерянно сообщила Ира.

Сидевшая за другим столом абсолютно седая, похожая на белую мышь старушка оторвалась от калькулятора и уставилась на посетительницу, а домоуправша, поправив необъятный бюст, рявкнула:

— Вы мешаете нам работать! Ответственным делом занимаемся, квартплату перерассчитываем. Куда ваш брат делся, понятия не имеем. Может, специально уехал, от родственников удрал. Теперь свобода, делай что хочу. Ясно?

Ира кивнула, вышла во двор и села на лавочку. Следовало уезжать назад в Прюково.

— Деточка, — послышался подтреснутый голосок, — ты меня не помнишь?

К Ире неслышным шагом подошла та самая седая старушка.

— Я Элла Семеновна, из третьей квартиры, — продолжила бабушка. — Вся жизнь моя тут прошла, тебя девочкой помню.

— Здравствуйте, — вежливо кивнула Ира.

— Ты ведь у нас не прописана...

— Верно.

— Квартира Костина, ничего с этим поделать

нельзя, — продолжила Элла Семеновна. — Никак не отсудишь, ни один адвокат не поможет.

— Я просто брата искала, — безнадежно ответила Ира.

— Зачем? — насторожилась бабуся.

Ира повторила рассказ про Нью-Йорк и завершила его фразой:

— Вот и волнуюсь теперь, вдруг случилось чего.

Элла Семеновна села на скамеечку.

— Езжай назад, не ищи Костю.

— Но почему?

Старушка замялась, но потом решилась на откровенный разговор.

— Он нехороший человек, вор.

— Да что вы такое говорите! — всплеснула руками Ира. — Брат бизнесмен, машину имеет, получает хорошие деньги!

Элла Семеновна потерла виски пальцами.

— Я всю жизнь в домоуправлении сижу, — мягко сказала она, — от нас ничего не скроешь, с документами работаем. Костя в тюрьме сидел, потом исчез. Жилплощадь у него в собственность оформлена, а где уж сам обретается, то мне неведомо. Однако счета он оплачивает регулярно, сразу за год сумму вносит и не спорит, если квартплата возрастает и доплатить надо. Самого его давно не вижу, но квитанции из почтового ящика кто-то вынимает.

Ира разинула рот от такой информации. Элла Семеновна повздыхала и ушла, а Кононова побрела к вокзалу, ощущая легкое головокружение. Вдруг у Иры что-то щелкнуло в голове, и она вспомнила, как брат говорил, что родительскую квартиру

продал, а с выручки за нее занялся бизнесом. Но
Элла Семеновна сейчас сообщила иное: жилплощадь оформлена в собственность самого Константина. Следовательно, никто хоромы на торги
не выставлял! Откуда тогда деньги на бизнес? И зачем Костя соврал? Было от чего закружиться голове.

Ира вернулась в Прюково. Никаких попыток
отыскать мужа и брата она больше не предприни-
мала. Отсутствие Алексея не пугало — толку от мужа и раньше не имелось, одна докука, о нем Ира с
легким сердцем забыла, а вот о Косте нет-нет да
вспоминала, уж больно заботливым и хорошим был
брат. Правда, короткое время...

— Вот тебе вся моя жизнь, — спокойно завершила рассказ Ира. — Тайн от людей не имею, рак
у меня вроде прошел, только сердце щемит и голова кружится. Наши думают, выпиваю я втихую,
ну да пусть их! Ты не сомневайся, избу помою, порядок наведу и спорить с тобой не стану. Коли
сдала комнаты, они твои, делай, что хочешь, — занавески вешай, мебель привози... Так как?

Мне очень не хотелось обманывать просто-
душную, нуждающуюся в деньгах Иру, поэтому
быстро ответила:

— Уж не сердись, все у тебя хорошо, но мне не
подходит.

— Хозяин — барин, — пожала плечами Кононова. — Только дешевле не найдешь, я знаю точно.

— Все-таки еще похожу.

— Пожалуйста. Ступай тогда в Ладыкино, это

по тропинке влево. Село большое, вдруг и есть свободный дом.

— А Волкина?

— Там давно никто не живет.

— Вообще?

— Пусто, даже электричество отключено. Может, конечно, бомжи какие и устроились... — задумчиво протянула Ира.

— Моя знакомая несколько лет назад снимала там дом у женщин, которых зовут Полина и Вера, очень довольна осталась. Кстати! Только что до меня дошло, — старательно изобразила я замешательство, — они же родственницы твоего мужа.

— Кого? — с неподдельным изумлением вскинулась Ира.

— Алексея Кононова. Вроде одна ему двоюродная сестра, а вторая тетка.

— Ты ошибаешься, — твердо ответила Ира, — у Алешки не было никакой родни. Вообще! Мне мама поэтому и посоветовала за него замуж идти.

Глава 19

Я уехала в Москву с гудящей от боли головой. Значит, Алексей Кононов не просто был знаком с Костей Ведерниковым, он уехал с ним в Америку! Впрочем, факт отбытия двух мужчин за океан казался мне более чем сомнительным. Американцы придирчиво изучают биографии всех, кто пытается попасть в США. Одна из наших с Катей знакомых, Олеся Рагозина, собралась в турпоездку. Хотелось ей вживую увидеть Голливуд, ну, мечта у человека имелась такая. Думаете, Олеська просто сбегала в турагентство и сдала документы? Как бы не так! Ей пришлось мотаться на какие-то собеседования, отвечать на вопросы, заполнять кучу дурацких анкет, оставлять отпечатки пальцев. При этом учтите, что Олеся ехала одна, оставив в Москве мужа, двух детей и маму. Рагозина переводчик, не раз выезжала за рубеж, свободно владеет английским, и даже мухе, летающей по американскому посольству, было понятно: Леська не собирается оставаться в стране, насквозь пропитанной демократией, ей просто охота поглазеть на фабрику звезд и проехать в автобусе мимо домов Тома Круза, Шарон Стоун и прочих актеров. И тем не менее несчастную Олеську разве что только в рентген не засунули, изучили со всех сторон.

А Константин Ведерников, человек судимый, ухитрился, получается, за пару недель добиться визы для себя и нигде не работающего зятя-деревенщины? Причем ехали они не на неделю и даже не на месяц, а на год или больше! Работать! И Кононова не вызвали ни разу в посольство? И еще другой момент. Он ведь постоянно лежал на раскладушке! Как Алексей получил загранпаспорт, не выбираясь из койки, не стоя в очереди в ОВИР? Масса вопросов возникает, и на них есть лишь один более или менее нормальный ответ: Кононов никуда не уезжал. Он отправился с Ведерниковым в Москву, поселился в непонятно откуда взявшейся комнате, в коммуналке, а потом, растеряв свою болезненную апатию, вдруг начал ухаживать за Алисой, женился на ней, погиб в автокатастрофе, а потом ожил и снова разбился на машине — в шикарном «Мерседесе», причем имея при себе документы на имя Ведерникова.

Стараясь особо не шевелить гудящей головой, я осторожно крутила рулем и продолжала размышлять. Ленивый, апатичный, никчемушный Алексей трансформировался в активного, бойкого, старательно делавшего ремонт мужчину? Зачем был разыгран спектакль? Думаю, его поставил Ведерников, но что за выгоду он получил? И откуда появилась комната в коммуналке? Была ли она на самом деле? Алиса ни разу не приходила в гости к жениху. Вот Полину и Веру видела, но теперь выясняется, что у Алексея вообще не имелось родственников. Ну не чушь ли!

Абсолютно не понимая, что теперь следует предпринять, я ехала к Модестову. Сейчас-то уж я объясню этому виртуальному боженьке, что не следует доводить детей до депрессии...

Естественно, на дороге образовалась пробка, я застыла в скопище машин и вновь унеслась мыслями в Прюково. Разговаривая с Ирой, я сумела осторожно подобраться к нужной мне теме и сказала ей:

— Ты же можешь сходить в милицию, написать заявление о пропаже мужа, указать приметы, ну вроде: на щеке родинка, нету одного зуба или еще что там у него особенного...

Ира усмехнулась.

— Ерунда, никто его искать не станет. Да и зубы у Лешки на зависть крепкие, все на месте.

— Может, шрам есть?

— Нет.

— Скажем, такой длинный, вокруг запястья?

Ирина пожала плечами.

— Не было у Леши особых примет.

— А у Кости?

— Что? — не сразу поняла Ирина.

— Ну, его тоже можно по отметинам поискать. Шрамы, родинки...

Ира поправила постоянно сползающий платок.

— Откуда ж мне знать, что у него на теле есть?

— Вы близкие родственники.

— В бане вместе не парились.

— Может, детские отметины. Ну, допустим, упал с велосипеда, ободрал сильно лицо. Или проволокой ему кто руку скрутил, играли в фашистов, вот и остался шрам, — упорно гнула я свое.

— Ничего такого не помню, — тихо прошептала Ира, — мы ведь не слишком дружили, хоть и в одной семье росли.

Я почувствовала себя побежденной и замолчала. Хорошо хоть твердо выяснила одно: у Алексея Кононова, когда он «уезжал в Америку», никаких особых меток не имелось, а Алексей Кононов, женившийся на Алисе, обладал шрамом — странным, похожим на след от наручников. Следовательно, можно было сделать лишь два вывода. Кононов получил некую травму уже после расставания с Ириной, либо он — не он, а кто-то забрал себе паспорт Алексея и под его именем познакомился с Алисой. Но тогда снова дождем сыплются вопросы. Зачем? Куда подевался настоящий Алексей? Отчего он не вернулся в Прюково? Где находится сейчас? Кого похоронила Алиса? За каким чертом Кононову (или прикинувшемуся им незнакомцу) понадобилось морочить голову простой, небогатой аптекарше? Ладно бы у Алисы имелись миллионы на счету и драгоценности в банке. Но у моей клиентки ничего особого нет, кроме самой обычной квартиры, которую Алексей же и отремонтировал.

Может, главное действующее лицо пьесы — маньяк-альтруист? Человек, с особой настойчивостью делающий людям добро помимо их желания? Сумасшедшая волшебная палочка? Живет кто-то в обшарпанных стенах и не хочет колготиться с ремонтом, так вот ему чистые, сверкающие хоромы...

Пробка рассосалась, и вскоре впереди замаячил дом Модестова. Я припарковалась у подъезда, поднялась на нужный этаж, пнула дверь и, чихнув от запаха кошачьей мочи, крикнула:

— Эй, Алик, ты тут?

Дурацкий вопрос. Модестов всегда на месте, он способен год не выходить на улицу.

— Кто там? — проорал хозяин дома в ответ.

— Лампа.

— Пожрать принесла?

— Нет.

— Так сходи и Гаву корма прихвати.

— Вчера приволокла ему мешок! — возмутилась я.

— Ничего не знаю, еды нет, — возвестил Алик. — Проверь на кухне. Гав целый день орет!

Не снимая ботинок, я вошла в то помещение, где нормальные люди готовят себе пищу. Нормальные, но не Модестов. У Алика и тут стояли два компьютера, занимая весь кухонный стол. А около плиты сегодня горой высились коробки с дисками.

Распахнула холодильник — пусто. Алик слопал

все, что я приволокла вчера. Хотя, если говорить честно, сумки были не слишком уж туго набиты.

На полу валялся пустой красный глянцевый пакет с изображением кошачьей морды. Я осмотрела его и пошла в комнату. Алик, как всегда, таращился в монитор, сбоку стояла миска, доверху наполненная хрустиками «с нежным паштетом внутри, от которых ваша киска придет в восторг».

— Слышь, — протянул Алик, не поворачивая головы, — дай попить, а? Сушняк замучил. Прямо пустыня Сахара внутри! И с чего меня колбасит?

— Ясное дело, с чего, — ты опять слопал сухой корм Гава.

— Не занудничай, принеси воды.

— У тебя есть ноги, сходи на кухню. Нижними конечностями следует хоть изредка пользоваться, а то атрофируются.

— Не могу отойти.

— Оторвись на секунду.

— Нет, у нас война, — очумело забубнил Алик. — Во как прут! Одно не пойму, ну откуда у них световые клинки? Где натырили? Может, у вюстеров купили? А те откуда приволокли? Ладно, лазерные бластеры и молекулярные гранаты, но мечи! Ваще, прям... Воды! Быстрей!

Я подошла к монитору и нажала на маленькую, расположенную сбоку кнопочку. Экран мгновенно погас.

— С лестницы упала? — взвизгнул Алик и резко повернулся к другому монитору. — Говорю же, Гардор нас прессует. По-черному, такого еще не было! Глянь, это ж андроиды! Ну... с ума сойти... Надо живо что-то скумекать. Так, созываем совет, трубим большой сбор... Воды, скорей воды, принесите своему полководцу боржоми! Эй, ты, как тебя, Нинон, поторопись! Чего застыла? Великий Али...

Я схватила приятеля за плечи и сильно встряхнула. Алик, не ожидавший нападения, клацнул зубами, потом вдруг вполне обычным голосом осведомился:

— Ты кто?

— Лампа.

— А! Действительно. Привет. Пожрать принесла?

— Нет.

— Так сходи! И Гаву пакет корма прихвати, у него хавка закончилась.

С этими словами Алик запустил не слишком чистые пальцы в мисочку с «хрустиками», запихал себе в рот полную жменьку коричневых катышков и прошепелявил:

— Ну и гадость теперь выпускают! Разве это овсяное печенье?

— Нет, конечно, — усмехнулась я.

— А Нинон сказала, что купила печенье, — обиженно прогудел Алик.

— Ты, похоже, его съел, вон стоит пустая тарелочка с крошками.

— Принеси еще! — велел бог компьютерного розлива и вновь уткнулся в монитор, где по зеленому фону носилось огромное количество маленьких фигурок.

Я капитулировала и пошла в супермаркет. Алик не станет со мной беседовать, пока не получит то, что хочет.

Слава богу, теперь покупка харчей дело недолгое, мне хватило на все про все пятнадцати минут.

Вернувшись в квартиру, я решила задобрить Алика и спросила:

— Макароны будешь?

— Угу.

— С сосисками?

— Конечно.

— И с соусом, томатным?

Доселе тихо скользивший у моих ног Гав взвыл и кинулся на кухню. Похоже, этот кот хорошо понимает человеческую речь. Впрочем, и его хозяин, услыхав про горячий ужин, оторвался от компьютера и вполне нормальным голосом попросил:

— Ты бы поскорей поворачивалась, а то сейчас умру.

Спагетти отварить недолго, сосиски еще быстрей, и очень скоро я, стоя у плиты, закричала:

— Иди, готово.

Честно говоря, ожидала в ответ вопля из комнаты: «Неси жрачку сюда!» — но Алик совершенно неожиданно заявился на кухню и пристроился у стола, почти целиком заставленного компьютерами.

Я умостила перед ним тарелку, Модестов схватил вилку и в ускоренном темпе начал впихивать в себя ужин. При этом он стонал на разные лады, словно сильно проголодавшаяся собака.

— О-о-о-о... а-а-а... э-э-э...

— Вкусно? — улыбнулась я.

— Угу.

— Очень?

— Ага.

— И что мешает тебе хоть раз в день питаться по-человечески?

Алик бросил вилку в пустую тарелку, откинулся на спинку стула и сонно пробормотал:

— Еду варить надо.

— Можно купить готовую, — не сдавалась я. — Сейчас полно всяких полуфабрикатов, салаты разные. Конечно, они не особо вкусные, но ведь лучше их слопать, чем кошачий корм.

— Мяу, — нервно вздрогнул Гав, укоризненно глянув на хозяина, — мяу.

— В конце концов, — мирно бубнила я, — не слишком затруднительно заказать на дом пиццу.

— У меня от нее уже изжога, — пожаловался Алик. — Наверное, жениться надо.

Я окинула взглядом одетого в мятые тряпки, похоже, год не мывшегося Модестова и вздохнула. Кто же согласится с таким в ЗАГС идти? Но вслух произнесла совсем иную фразу:

— Супругу придется содержать — одевать, обувать, кормить.

— Сама себе на жизнь заработает, — сыто икнул Алик. — Налей чаю, а... Впрочем, деньги у меня есть, не проблема.

Я наполнила кружку, поставила ее перед начинающим дремать Модестовым и продолжила:

— А если ребенок родится, тогда как?

Алик распахнул смежившиеся веки.

— Такого не надо!

— Но женщины в основном хотят детей.

Модестов крякнул, потом решительно ответил:

— Ну... пусть приходит сюда, приберет, постирает, поесть приготовит, а потом к маме отправляется. И ребенок пусть у бабки живет, там орет!

Я улыбнулась.

— Тебе нужна не жена, а домработница.

— Ой, беда! — затряс давно не мытой головой Великий Али. — Уже нанимал! Прикинь, она «клаву»[1] мокрой тряпкой тереть стала. Я в туалет отошел, прихожу — мама родная, какая жуть происходит! Чуть не убил дуру.

Я покосилась на Алика. Надо же, он, оказывается, все-таки ходит в туалет, до сих пор думала, что царь Алиленда держит около рабочего кресла горшок, чтобы от монитора не отрываться. Может, предложить ему купить биосортир и водрузить у компьютера? Впрочем, сейчас не стоит дразнить Модестова, моей целью является не объяснение Алику общепринятых норм жизни, а воскрешение Клифа. Момент для подобного разговора образовался как раз самый подходящий — наш боженька плотно покушал и мирно попыхивал сигареткой. А еще он покинул на время компьютер. Я совершенно не разбираюсь во всяких играх, но предположила, что на данном этапе Алиленд все же разгромил Гардор, иначе бы Великий Али сейчас, словно ополоумевший, стучал по клавишам. Итак, начнем.

— Понимаю, — кивнула я, — домработница на самом деле поступила ужасно.

— Кошмар! — оживился Алик.

— Тебе нужен помощник.

— Зачем? — насторожился боженька.

---

[1] «Клава» — клавиатура компьютера.

— Приятный мальчик, школьник, который хорошо разбирается в компьютерах. Он не станет тереть мокрой тряпкой работающий агрегат, сумеет заменить тебя на то время, когда тебе нужно будет отойти по делам.

— Еще чего! — окрысился Алик. — Заменить меня? Взять на себя управление Алилендом? Ты, похоже, на голову упала. Это мой город, мои подчиненные, я их властелин! Я! Я! Я!

Видя, что Алик по непонятной причине начал впадать в агрессию, я решила заехать с другой стороны. А сначала надо слегка успокоить разнервничавшегося господина.

— Ты помнишь всех граждан Алиленда по именам?

Модестов схватил кружку с чаем.

— Ну, когда город только заселялся, знал всех, потом пипл разросся, теперь общаюсь лишь с членами Совета и некоторыми особо отличившимися людьми, лично вручаю ордена, медали, научные звания.

— Научные звания? — вытаращила я глаза.

— Ну да, — кивнул Алик. — У нас есть профессора, академики, а еще писатели, артисты, им дают премии за книги и спектакли.

Щеки Модестова порозовели, глаза начали блестеть.

— Знаешь, — быстро продолжила я, — а твой город очень популярен.

— Мы сильны! — закричал Алик. — Лучшие люди стекаются к нам, а всякая шваль оседает в Гардоре!

— Но кое-кто из твоих жителей перестает пра-

вильно оценивать действительность, считает Алиленд настоящим.

— Он и есть настоящий.

— Алик, очнись, город существует лишь на просторах Интернета!

— Ты чего ко мне привязалась? — начал злиться Модестов, потом встал и пошагал в комнату.

Я побежала за ним.

— Аличек, постой! Понимаешь, кое-кто из алилендовцев слишком серьезно воспринял игру. Вот
у моей близкой приятельницы есть сын, замечательный мальчик, радость мамы.

— Какое мне до него дело? — бормотнул Модестов, хватая «мышку».

— Он жил в твоем городе, хотел жениться, но
потом его прогнали. Может, по-вашему, за дело,
однако ребенок совсем ополоумел, говорит о самоубийстве. Думаю, ты даже не слышал имени
провинившегося гражданина, но подумай: паренек способен умереть по-настоящему!

— За пустяк из Алиленда не вытурят, я добр, —
на полном серьезе заявил Модестов. — Жесток, но
справедлив. Только людей следует держать в стро-
гости, иначе начнется анархия. Я очень хорошо
понял эту истину и сумел сделать так, что приказы
господина выполняются мгновенно. Я — бог.

Последнее высказывание настолько обозлило
меня, что я не выдержала и ехидно заявила:

— Можно подумать! И что, все, прямо-таки
все распоряжения боженьки исполняются?

— Да.

— У вас вроде демократия?

— Верно.

— И тем не менее приказ хозяина не обсуждают?

— Нет.

— Право, это не вяжется со свободным обществом, — ввязалась я в ненужный спор.

— У нас тоталитарная монархическая демократическая республика, — на полном серьезе ответил Модестов. — Городом управляет Совет мудрых, он принимает законы, а я осуществляю общее руководство. Не нравится Конституция — отменяю.

Вот тут я расхохоталась в голос. Потом попыталась справиться с собой и произнесла:

— Значит, ты диктатор.

— Нет, добрый бог. Ласковый, демократичный правитель, — обиделся Алик.

— Но так не бывает. Хорошо, государь мил и заботлив, в городе царит счастье, но тогда не все твои приказы люди исполнят мгновенно. Кое на какие требования ответят «нет».

Модестов снисходительно глянул на меня, потом ткнул пальцем в экран.

— Смотри, сейчас убедишься в абсолютности моей власти и торжестве демократии.

Глава 20

Я уставилась на экран.

— Каждый из жителей Алиленда, — спокойно вещал Алик, — после того как прошел испытательный срок и получил гражданство, обретает личный секретный код. Его нельзя сообщать никому. Заветные цифры известны лишь трем людям: самому человеку, Саймону и мне. Если начальник

ФСБ или я захотим пообщаться с алилендовцем, то...

— У него на мониторе загорится окно! — вспомнила я слова Кирюши.

— Верно, — кивнул Алик, — врубаешься. Значит, так! Ну, кого возьмем? Э... допустим, Хела, владельца колбасной. Я, естественно, никогда до сегодняшнего дня с ним не связывался, Великий Али практически недосягаем для простых людей. Чем дальше государь от народа, тем более он любим. Итак, внимание!

Грязные пальцы Модестова застучали обгрызенными ногтями по клавиатуре. Я уставилась на экран и стала читать текст.

— Хел, приветствую тебя.

— Великий Али!!!

— Я.

— Чем могу служить?

— Немедленно продай свой бизнес, дом и переезжай в общежитие для переселенцев на Садовой. Вещи оставь.

— Слушаюсь, мой повелитель.

Алик удовлетворенно хмыкнул.

— Видела? Я набрал секретный код, у парня загорелось «божье окно», и все! Хел даже не спросил, по какой причине следует лишиться нажитого.

— И он выполнит приказ?

— Стопудово. Наверняка уже бежит на Садовую. За непослушание Великому Али — смерть.

— Хороша демократия! — подскочила я. — А если с ним связался не ты?

— А кто?

— Ну... самозванец.

Алик засмеялся.

— Это невозможно.

— Почему?

— Только что же говорил про секретный код.

— А вдруг цифры стали известны посторонним?

— Исключено, — решительно ответил Модестов, — они лишь у меня, у Саймона и у самого гражданина. Коды хранят пуще глаза. Пойми, тот, кто знает их, владеет Алилендом. Я, например, не держу список в компьютере, он лежит в ином месте.

— Но Хела ты сейчас мигом нашел! Не отходя от монитора!

Алик улыбнулся.

— У нас война, Гардор прет, сейчас список на столе.

— Не боишься, что его украдут?

— Кто? — напрягся Модестов. — Я ж не отхожу от стола ни на секунду, а на ночь прячу.

— Значит, Хел уезжает?

— Ага.

— Немедленно останови его.

— Зачем?

— Жестоко просто так сдергивать человека с места.

Модестов усмехнулся.

— Ничего, ему полезно, засиделся в своей колбасной.

— Ты ведешь себя отвратительно.

— Я бог, — снова заявил Алик и выпрямился.

На секунду у меня закружилась голова. Похоже, Модестов заболел психически. Может, у него от безвылазного сидения у компьютера мозг съехал набок?

— Ты не имеешь права губить людей! — заорала я. — Немедленно верни Клифа!

Лицо Алика покрылось потом, он приподнялся над креслом.

— Кого?

Понимая, что совершила трагическую ошибку, я примолкла, но Модестов, покраснев, взвизгнул:

— Немедленно говори, откуда знаешь мерзавца?

— Клиф... э... сын моей знакомой, он хороший мальчик...

— Предатель.

— Его подставили!

— Сволочь!!!

— Нет, Ханон обманул ребенка.

— Негодяй!!!

— Пожалуйста, не кричи, — взмолилась я.

Алик обвалился назад.

— Клиф способствовал тому, что был украден шар жизни, из-за него пошла война. Гардор обрел силу, мой народ гибнет! Клифа убили! Его имя предано позору!

— Приди в себя, это игра.

— Нет! Меня нельзя победить! Нет! Нет! Смерть Клифу!

Я испугалась и понеслась в кухню за водой, Алик опустошил полный стакан, потом обвел глазами комнату и упал головой на стол.

Вот тут мне стало совсем плохо от страха, и я схватилась за телефон.

«Скорая помощь» прибыла на удивление быстро, почти мгновенно — и десяти минут не прошло после звонка диспетчеру, как в квартирку, громыхая железными ящиками, вошли два мужика.

Модестова перенесли на кровать.

— Что с ним? — суетилась я. — Что?

— Вы пока на кухне подождите, — устало сказал тот, что постарше.

Пришлось идти в указанном направлении и готовить медикам бутерброды. Через четверть часа я всунулась в комнату. Врач писал что-то на листе бумаги, его помощник закрывал ящик.

— Он жив? — вылетело из меня.

— Ясное дело, да, — мрачно отозвался медик.

— Хотите чаю? — повеселела я.

— Времени нет.

— Сергей Петрович, — взмолился фельдшер, — может, все-таки попьем чайку? Быстренько...

— Ладно, Петяша, — неожиданно легко согласился доктор.

Все перебрались в кухню, я налила врачам полные чашки, придвинула бутерброды и спросила:

— Так что все-таки с Аликом?

— Сейчас много таких, — вздохнул суровый Сергей Петрович. — Сидят у компьютеров... стрелялки, бродилки, Интернет... Не едят, не спят, не отдыхают, не гуляют, лишь в монитор пялятся. А человек должен двигаться, шевелиться, иначе кранты. Сейчас даже инфарктников быстро на ноги ставят. В смысле, ходить заставляют.

— И после операции физкультуру делать велят, — встрял Петяша, набивая рот сыром. — А ваш просто ополоумел.

— Он скоро придет в себя, не волнуйтесь, — сообщил Сергей Петрович, быстро допивая чай, — ему уже хорошо, просто дремлет. Хотите совет? Выбросьте компы. Парня переломает, словно нарка, а потом он нормальным станет. А то так и умереть может. Пошли, Петяша, хорош жрать.

Закрыв за медиками дверь, я бросилась к Модестову. Алик сидел на кровати.

— Че со мной было? — тихо спросил он.

— Ты в обморок упал.

— Врешь.

— Правда.

— Почему?

— Перенервничал. К тому же не гуляешь, плохо питаешься... — стала я загибать пальцы.

Модестов вскочил на ноги и кинулся к столу.

— Господи, коды! Слава богу, на месте. Ты не трогала список? Отвечай! Признавайся!

— Не сходи с ума! Иди, ляг.

— У нас война! Гардор прет! У них теперь есть супероружие!!!

Я постояла некоторое время в растерянности, глядя, как Алик дергается у монитора, потом, сообразив, что Модестов после обморока напрочь забыл про нашу беседу о Клифе, решила предпринять еще одну попытку устроить судьбу Кирюши.

— Не жалеешь ты себя...

— На войне, как на войне! Победим и расслабимся.

— Тебе хоть кто-то помогает?

— Нинон приходит.

— Она кто?

— Нинон? Это Нинон.

— Замечательно. Она твоя любимая?

Алик растерянно взлохматил волосы.

— Нинон? Ее прислал Саймон.

— Женщина — гражданка Алиленда?

— Да.

— И ты с ней общаешься в реале?

— Ага.

— Насколько поняла, у вас такое не заведено.

Модестов пожал плечами.

— Я ни с кем не тусуюсь, я бог, обо мне никто не знает!

— А как же Нинон?

— В прошлом году меня свалил грипп, — разоткровенничался Модестов. — Я чуть не подох, еле до компа добрел и Саймону отбил: «Рули сам, мне плохо».

Я, кивая, слушала его рассказ. Собственно, он был коротким: начальник ФСБ забеспокоился и прислал к Алику Нинон, тихую, скромную, безвозрастную тетку, которая купила недужному боженьке лекарства и сварила суп. С тех пор Нинон регулярно появляется у Алика. В Алиленде она самая последняя спица в колеснице, живет в скромной квартирке, ничего не добилась, собственного бизнеса не имеет, ходит по богатым домам, служит поломойкой. В реальной жизни Нинон зовет Модестова его настоящим именем — Олегом Михайловичем и попросту не знает, что Великий Али и тот, кому она иногда приносит продукты, одно и то же лицо.

— Если Нинон живет в Алиленде, — задумчиво заговорила я, — то, войдя к тебе в комнату, она вполне может сообразить, что к чему. Глянет на компы...

Алик хмыкнул.

— После той дуры, которая «клаву» тряпкой протерла, я никого в комнату не впускаю. Нинон лишь на кухне шерудит и еще ванную моет, сюда ей вход запрещен. Намертво! Я для нее Олег Михайлович, веб-дизайнер, и точка. Да она ничем и не интересуется, придет тихая, молчком суп сделает, и ку-ку.

— И сколько ты ей платишь?

— Плачу? — растерянно отозвался Алик. — В смысле деньгами?

— А чем еще? Конфетными фантиками? Если тетка ходит по чужим людям мыть полы, то навряд ли она особо обеспечена, — заметила я.

Модестов запустил лапу в сальные волосы и ничего не ответил, на его лице отразилось некое недоумение.

— Кстати, — напомнила я, — сколько раз к тебе наведывалась и всегда слышала от тебя одну фразу: «Купи пожрать».

— Тебе трудно? — пошел в атаку Модестов. — Весь день ни фига не делаешь, супермаркет рядом, а у меня отчего-то жратва мигом заканчивается. Ну, не оставлять же город без присмотра...

— Во-первых, я работаю; во-вторых, продукты действительно имеют обыкновение быстро заканчиваться, никому еще не удалось закупить их на год; в-третьих, харчи стоят денег. Ты в курсе, что в Москве нет бесплатной раздачи хлеба с маслом?

Вот тут Модестов возмутился окончательно:

— Не считай меня идиотом! Кстати, у нас в Алиленде практически изжита инфляция и малоимущим раздают некий необходимый набор, типа потребительской корзины. Но я не кретин и знаю, что в вашей Москве чумовые цены.

«В вашей Москве»! Интересная фраза для человека, который родился, вырос и живет в столице. Данное заявление — лишнее доказательство того, что Алик окончательно переселился в Интернет и перепутал виртуальный мир с реальным.

— Модестов! — рявкнула я. — Ты ни разу не предложил мне, девушке небогатой, оплатить принесенные мною продукты. Между прочим, сегодня их имелось на пятьсот рублей.

— Да? — поразился Алик.

— Но хоть Нинон-то ты, надеюсь, вручаешь купюры?

Боженька попытался снова взлохматить сальные пряди.

— Э... э... но она же не просит...

— То есть?

— Ну... придет и говорит: «Я вам суп сварю, овощной, и котлеты пожарю». Я кивну, она на кухне кастрюлями погремит и крикнет: «Все на плите, что могла помыла, до свидания».

— Ты свинья.

— Почему?

— По какой причине Нинон к тебе ходит?

— Я бог, — пожал плечами Модестов, — любая с радостью побежит.

И как бы вы отреагировали на подобное заявление, а?

— Ты же минуту назад говорил, что Нинон не в курсе, у кого наводит порядок, — напомнила я. — Женщина — тут твоя божеская сущность не работает! Она служит поденщицей, живет в реальной жизни на деньги, полученные от хозяев. Наверное, она не слишком образованна и изворотлива, если и в Алиленде приобрела всего-навсего тот же статус. Но твоей Нинон надо есть, пить и одеваться. Вполне вероятно, что она имеет ребенка.

— Да ну! — воскликнул Алик. — Мне и в голову подобное не приходило!

Я обозлилась. Те люди, которые работают в сфере обслуживания: шоферы, охранники, горничные, личные повара, репетиторы, — иногда сталкиваются с малоприятными хозяевами, норовящими обмануть служащих. Пообещают те большую зарплату, а потом дают лишь половину, мило присюсюкивая:

— Ах, прости, сейчас с деньгами форсмажор, в следующем месяце должок верну, тебе даже лучше будет, получишь сразу большую сумму, купишь телевизор...

Мой совет: если вы услышали подобную фразу от хозяина — моментально увольняйтесь. Да, потеряете значительную часть обещанной зарплаты, но будет лучше, если поймете: вас обманывают. На следующий месяц повторится тот же разговор, долг увеличится вдвое, потом втрое, вчетверо... И чем больше он станет расти, тем обиднее человеку будет покидать босса-лгуна. Поймите, именно на чужой порядочности он и строит свои планы. В конце концов, проработав почти год за копейки, вы все же смените место службы, уйдете сами или, того хуже, будете выгнаны за некую оплошность.

У Катюши была пациентка, весьма обеспеченная дама. После операции, когда хирург сидела ночью у ее постели, бизнесвумен спросила:

— У вас есть домработница?

— Нет, — улыбнулась Катюша, — сами справляемся.

Дама вскинула аккуратно выщипанные брови.

— Вам нравится лично возиться в грязи?

— Не очень, — созналась подруга. — Только хорошая прислуга дорого стоит, она нам не по карману.

Бизнес-вумен прищурилась.

— Хотите, научу, как заполучить поломойку за сто баксов?

— Давайте, — оживилась Катя.

— Главное — не обращайтесь в агентство. Напишите объявление в бесплатную газету, что-нибудь типа: «В приличную семью требуется женщина для ведения хозяйства, оплата достойная, интим исключен».

— Навряд ли сто баксов можно считать достойной оплатой, — вздохнула Катюня.

— Это так, для приманки, слушайте дальше, — стала раскрывать тайны мадам. — К вам начнут ломиться дуры, и вы говорите им, что оклад тысяча долларов.

— Господи! — подскочила Катюша. — Я и сама столько не всегда имею.

— Дайте договорить! Естественно, вы никогда не станете отстегивать подобную сумму. А дурам говорите так: зарплата — штука, но сначала испытательный срок шестьдесят дней, и за это время всего по сто баксов.

— Кто же согласится!

— Все! — хмыкнула дама. — У меня обломов не случается. Два месяца баба старается, получает оговоренную сумму, а потом вы ее турнете, мол, не подошла. И нанимаете следующую на тех же условиях.

— Но по какой причине я ее выгоню? — изумилась Катя.

— Эка проблема! Плохо погладила, под кроватью пыль оставила, кран в ванной не почистила. Идеальных людей нет. Главное, поорать как следует, чтобы работница поняла: она лентяйка, от того и вон идти велено.

— А если все замечательно? — растерянно поинтересовалась Катюша.

— Так не бывает!

— Но вдруг!

— Тогда суньте ей незаметно в сумочку свою кофту, кольцо или что-нибудь из косметики, велите при выходе раскрыть торбу, торжественно выньте «пропажу» и гоните воровку в шею. Кстати, в таком случае и сто долларов можете не отдавать. Наглым воровкам зарплата не положена!

— Но это подло! — взвилась Катюша.

Брови дамы изогнулись домиком.

— О чем вы, милочка? Гадко со стороны прислуги выманивать у хозяев большие оклады, а я просто экономлю свои деньги.

Но я, кажется, немного отвлеклась от нашего боженьки.

Наверное, Нинон никогда не сталкивалась с подобными личностями, как та бизнес-вумен, и сейчас она терпеливо ждет, пока у Модестова проснется совесть.

— Ты просто мерзавец! — рявкнула я.

Алик заморгал.

— Ну... не пришло в голову про деньги, действительно глупо вышло. Слышь, Лампа, а сколько надо?

— Понятия не имею! Мне неизвестно количество принесенных ею продуктов. Ты вел список?

Модестов вдруг выключил монитор, потом без слов встал и ушел в коридор. Я села на диван, где дыбилось горой одеяло в грязно-сером полотняном мешке, по всей видимости, когда-то называвшемся пододеяльником. Из ванной донесся плеск воды — похоже, Алик наконец-то, впервые за долгое время, решил умыться.

Глава 21

Прошло минут пятнадцать, прежде чем Модестов появился в комнате — во вполне приличном виде, даже в чистой рубашке.

— Знаешь, — тихо сказал он, — иногда мне кажется, что нас двое.

— Верно подмечено, — кивнула я, — нас и впрямь тут сейчас. Давай посчитаем: раз, два, Алик и Лампа.

— Не о том речь, — даже не улыбнулся Модестов. — Я имею в виду, что меня двое, Аликов. Не находишь?

— Нет, — хмыкнула я.

— Двое, — упорно тянул Алик, — один я, второй он. Чаще теперь он, но иногда и я! Ясно?

— Может, тебе поехать отдохнуть? — осторожно перебила я вконец ополоумевшего Модестова.

— Он не я. Он — бог, может все, а я маленький неудачник, и он меня подмял. Совсем. Он меня ненавидит!

Мне стало не по себе. Кажется, у Алика прямо

на моих глазах развивалось психиатрическое заболевание.

— Он жесток, он меня уничтожит, я слаб, но иногда просыпаюсь! Вот, на, держи!

— Это что?

— Телефон Нинон. Позвони ей или съезди, спроси, сколько ей должен Олег Михайлович за жрачку, то есть за продукты и прочее. Там и адрес есть внизу видишь?

— Почему сам не хочешь?

— Не могу, — затрясся Алик. — Он меня сейчас отпустил, но скоро схватит и к компу усадит. Я пока я, но ненадолго, скоро им стану, уже подкрадывается...

Лицо Модестова начало покрываться потом.

— Хорошо, — быстро сказала я, — выполню твою просьбу, но ты в обмен исполнишь мою.

— Какую? — спросил Модестов и сел к компьютеру.

— Пришлю тебе мальчика, хорошего парнишку, его зовут Кирюша, это мой... э... племянник. Ему надо научиться владеть компьютером. Сумеешь помочь?

— Ага, — рассеянно кивнул Алик, уходя в Интернет.

— Приведу его завтра.

— Угу.

— Или в пятницу.

— Да.

— Оставлю с тобой.

— Да, да! О-о-о...

— Что? — осеклась я. — Голова болит?

— Гардор заслал к нам лазутчика! — лихорадочно воскликнул Модестов. — Так, так...

— Мне тоже звать тетку именем Нинон? — попыталась я вернуть Алика назад.

— Точно.

— А она не удивляется, что тебе известна ее интернетовская кличка?

Бог отвел от монитора почти полностью затуманенный взор, встряхнул головой, на секунду вновь стал Аликом и буркнул:

— Она Нина Ивановна, там на листке все ее координаты. Когда она пришла, сказала: «Лучше зовите меня Нинон». Отстань! О-о-о! Он идет к Мелу! Думают, Великий Али спит! Ошиблись! Да! Попутали!

Я сунула клочок бумаги в сумочку и ушла.

По пути домой я прокручивала в голове разные мысли. Конечно, я знаю Алика не очень давно, всего пару лет, но в момент нашей первой встречи он был вполне милым человеком, нормальной наружности и приятным в обращении. Никаких забабахов, сальных волос и речей о своей исключительности. Просто обычный мужчина, увлеченный неким проектом. И вот во что это вылилось!

Алику явно нужна помощь специалиста, а я не знаю никого из его родственников или друзей. Да есть ли они у него? Почему разрешили Модестову опуститься почти до уровня бомжа? Отчего не побеспокоились о судьбе парня? Наверное, Алик одинок, отсюда и увлечение Интернетом. Но Модестова нельзя сейчас надолго оставить в подобном состоянии. И как поступить? Что делать?

Я потрясла головой, желая прогнать назойливые вопросы, но в мозг моментально полезли другие. Почему Кононов обманул жену? Зачем женился на Алисе?

Подавив усилием воли разбушевавшуюся умственную деятельность, я припарковала «Жигули» в родном дворе и пошла к дому.

Значит, так! Нельзя решать все проблемы одновременно, скопом, надо выложить их в ровный ряд и брать по одной. Лишь в этом случае я сумею справиться со всеми задачами. Что у нас первое? Кирюша!

Мальчик встретил меня в прихожей.

— Ты не забыла? — нервно воскликнул он.

— Нет, — ответила я, — все уладила.

— Вау! Могу вернуться в Алиленд?

— Погоди пока.

Кирюша сразу поскучнел.

— Так и знал! Наболтала зря.

— Вовсе нет, послушай внимательно, — велела я.

Через час напряженных разговоров Кирик перестал ахать и вполне спокойно спросил:

— Значит, Великий Али псих?

— Похоже, да.

— И мне можно будет увидеть его в реале?

— Абсолютно верно.

— Придется прикинуться селедкой, изобразить, что вижу комп впервые?

— Да, я же объяснила: Алик не подпустит к себе никого, кто хоть чуть-чуть похож даже на пользователя, иначе заподозрит в нем шпиона. В особенности сейчас, когда идет война с Гардором и когда он держит коды под рукой.

Кирюша вздрогнул.

— Лампа, ты хоть понимаешь, что сейчас сказала?

— Вполне.

— Думаю, нет. Тот, у кого на руках личные коды участников игры, владеет Алилендом. Это огромная тайна!

— Вот и... — начала я, но мою речь прервал звонок в дверь.

— Сережка ключи потерял, — хихикнул мальчик.

— Пойду открою, — вздохнула я, — потом договорим.

Звонок прозвенел еще раз.

— Иду-иду! — закричала я и, подскочив к двери, распахнула створку, забыв произнести сакраментальное «кто там?».

Вместо ожидаемого Сережки на пороге возник незнакомый дядька в потертых джинсах и мятой ветровке. За руку он держал маленькую девочку в белых гольфах и розовом платье, щедро украшенном спереди коричневыми пятнами. Очевидно, папа угостил дочку шоколадным мороженым, большая часть которого попала не в рот ребенку, а осела на его одежде.

— Здрассти, — заулыбался дядька. — Олька, что надо сказать?

— Здравствуйте, — тоненьким голосочком прозвенела девочка, — мы к вам пришли.

Мне стало дурно. О нет, только не люди, приехавшие в гости! У нас иногда останавливаются пятиюродные племянники пятой жены седьмого мужа девятой свекрови близкой знакомой Катюши из города N-ска. Чаще всего они появляются именно так — сваливаются на голову неожиданно, безо всякого предупреждения, входят в квартиру и ласково говорят:

— Добрый день, пустите переночевать разок, опоздали на поезд, на гостиницу денег нет. Впрочем, если оказались некстати, то уйдем, ляжем с детьми спать на картонке у мусорного бачка.

Ясное дело, хорошее воспитание велит, навесив на лицо слишком ласковую улыбку, воскликнуть:

— Мы вам так рады! Входите, пожалуйста!

Далее события всегда развиваются абсолютно одинаково. Билеты на поезд, отходящий в N-ск, на завтра в кассах отсутствуют, уехать можно лишь через месяц, «родственнички» спокойно живут у нас, иногда к ним приезжают приятели, тоже случайно застрявшие в Москве.

Интересно, что потом, наконец-то избавившись от гостей, Катюня никак не может вспомнить ни имени, ни фамилии той самой близкой приятельницы из N-ска, чьи «племяннички» третировали нас. Но еще интереснее иное: сама родня ошибается и именует подружку Кати то Липой, то Аленой, то Алиной, то Александрой.

Понимаете теперь, отчего я сейчас не испытала радости при виде затрапезного папашки и его дочки?

— Мы к вам пришли, — повторил папенька вслед за Оленькой.

«Навеки поселиться», — мигом продолжилась у меня в голове известная фраза.

Мозг моментально отреагировал на стресс, выбросил в кровь необходимые вещества, моя спина покрылась потом, а уши загорелись огнем. Но делать нечего.

— Очень, очень рада! — воскликнула я, пытаясь растянуть рот в улыбке. — У нас на ужин сосиски. Вы их любите?

— Я такую дрянь не ем, — отрезал гость.

Из моей груди вырвался тяжелый вздох. Похоже, мужчина — малоприятный тип, еще не спел песню о родственных связях, пропаже документов, денег и билетов, даже не успел сообщить, что прибыл всего на пару часов, а уже начал капризничать. Нехорошо нарушать установленный порядок! Сначала стон о бедах, а уж потом уточнение меню!

— Пройтить можно? — почти агрессивно спросил мужик. — Или в дверях держать станете?

Поведение наглого гостя вывело меня из себя.

— С какой стати мне вас впускать? Вы кто?

— Я Олечка, — пискнула девочка, — а это мой папа, его Ильей зовут.

— Во народ! — начал возмущаться Илья. — Фиг ли объявление давать!

— Какое объявление?

— По Интернету! Это у вас домашнее животное есть?

— Кусик, — подсказала Оля.

— Ой, — обрадовалась я, — так вы за Кусиком?

— Ну!

— Откуда же узнали, что он у нас?

Илья постучал себя указательным пальцем по лбу.

— Ау, войдите! Объяву кто в Интернете давал?

— Кирюша! — крикнула я.

— Чего? — высунулся в коридор мальчик.

— Ты сообщил в Интернете про Кусика?

— Да, — кивнул Кирик и исчез.

— Господи, — засуетилась я, — скорей, входите. Кусик вас ждет!

— Ну-ну... — не проявил особого энтузиазма Илья.

А Олечка начала подпрыгивать на месте и восклицать:

— Ой, Кусик, Кусик, Кусик!

Так прыгая и распевая, девочка дошла со мной до кухни и там испытала новый прилив радости.

— Ой, папа! Какие собачки! Ой! Ой!

Наши мопсихи моментально пошли к ребенку.

Рамик и Рейчел, правда, не сдвинулись с места, они просто забили хвостами.

— Не бойся, они не кусаются, — быстро сказала я, но Олечка, совершенно не испугавшись, плюхнулась на пол.

Муля, Ада, Феня и Капа принялись облизывать девочку. Со стороны могло показаться, что мопсихи с первого взгляда полюбили милого ребенка, но я-то хорошо видела, что наглых собак больше всего интересует перемазанное мороженым платье. Мопсихи обожают сладкое, им его не дают — мы бережем собачьи печень и желудок, а тут пришла девочка вся в шоколаде, в прямом смысле этого слова. Такой подарок судьба преподносит не часто, следует ловить удачу за хвост.

Олечка стала обнимать мопсих, те, сопя, хлопали языками, девочка смеялась, ей, похоже, очень понравилась забава. Впрочем, если она живет с

Кусиком, то совсем не удивительна ее реакция — дети, имеющие дома собак, с первого взгляда способны отличить мирное животное от агрессивного.

— Мы возьмем Кусика, — приступил к разговору Илья, — если отдадите...

— Конечно, — перебила я гостя, — берите.

— Бесплатно, — докончил начатую фразу Илья.

— Да, да, мне не надо денег.

— Ладно, — протянул Илья, — а то некоторые аж по сто рублей просят.

Меня слегка удивила странная фраза папаши. Он что, постоянно теряет Кусика, а потом находит?

— Он здоров? — продолжил допрос папенька.

— С виду да, — осторожно ответила я, — ест, пьет, спит спокойно. У него просто замечательный характер, интеллигентный, спокойный, милый, неконфликтный.

— И откуда он у вас? — совсем помрачнел Илья.

Я вздохнула. Наверное, неприятно жить с таким дядечкой в качестве родственника. Вообще говоря, ему следовало для начала сказать «спасибо» незнакомой женщине, которая пригрела его собаку. Правда, я случайно притащила домой Кусика, приняв его за Рейчел, но ведь Илье-то об этом неизвестно! Очень противный тип! Может, не отдавать ему Кусика? Хотя я не имею никакого права держать у себя пса, если нашелся его истинный владелец. Да уж, иногда собака интеллигентнее хозяина!

— А свидетельство о здоровье у него есть? — продолжил Илья.

— Нет! — рыкнула я. — И откуда бы ему взяться?

— От ветеринара, — спокойно поехал дальше

Илья. — Меня интересует сертификат об отсутствии бешенства и прочих болячек.

Я разинула рот, потом закрыла его, затем снова открыла, а Илья, не заметив моего невысказанного возмущения, продолжал бубнить:

— Может, он с глистами или блохами.

— Да я его только что нашла! — появился у меня наконец-то голос.

— Где? — изумился Илья.

— Возле ларька. Он у входа сидел, — бестолково принялась объяснять я. — Думала, он Рейчел, дала ему глазированный сырок, и Кусик спокойно пошел за мной. Мы бы его оставили, пес очень милый, только сами видите, у нас и так целый зоопарк дома. Конечно, не найдись хозяин, Кусик жил бы у нас.

— Ну, ладно, — оборвал меня Илья, — покажите товар.

Возмущенная до глубины души, я заорала:

— Кусик!

— Чего кричите? — недовольно осведомился Илья.

— Зову Кусика.

— И что? Он придет? — изумился мужчина.

— Естественно, — пожала я плечами. — Кусик, эй, Куся, поторопись!

— Может, сходите, принесете? — предложил Илья. — У меня от вашего ору голову скрутило, больно голос визгливый!

— Куда сходить? — оторопела я. — Кого принести?

— Кусика вашего!

— Вообще-то он ваш!

— Это еще посмотрим, — угрожающе заявил Илья. — Может, и не возьмем! Свидетельства о здоровье нет... на улице сидел... Чума!

Вот тут я растерялась окончательно. Но отреагировать на заявление хама не успела — в кухню, с достоинством неся большое, чемоданообразное рыжее тело, вошел Кусик. Он повернул вбок свою треугольную морду с крутым лбом и шумно вздохнул:

— Ф-ф-ф!

— Иди к хозяину, — приободрила я пса. — Или не узнал папу?

Но Кусик не сдвинулся с места. Илья вжался в диван.

— Это кто?

— Кусик.

— Мамочки! А почему он такой большой?

— Право, не знаю, наверное, его хорошо кормили в детстве, — предположила я, страшно удивленная поведением и Ильи, и Кусика. Потеряйся у нас Рейчел, Рамик или кто-нибудь из мопсов, мы бы, обретя друг друга вновь, кинулись обниматься, забыв обо всем.

— Невероятно, — прошептал Илья, — ужасно! Вы уверены, что он котеночек?

Я схватилась за край стола.

— Кто?

— Ваш Кусик.

— Котеночек?!

— Да.

— Вот он? С ума сошли? Не узнаете своего Кусика?

— Моего? — заорал Илья. — Он уже мой?

— А чей же?

— Ваш!!! — завопил мужик. — Такого не хочу брать!

У меня закружилась голова.

— Значит, вы отказываетесь от Кусика?

— Да, — затопал ногами Илья, — да, да! Не нужен! Обалдеть! Монстр! Его не прокормить! Ох и ни фига себе котенок! Олька, пошли!

Девочка, спокойно игравшая с мопсами и до сих пор не обращавшая никакого внимания на вопли папеньки, заныла:

— Еще немножко, чуть-чуть...

— Нет, уходим! — окончательно пошел вразнос родитель. — Котик, блин!

— Почему вы все время обзываете Кусика кошкой? — наконец-то сообразила спросить я. — Он стаффордширский терьер, собака!

— А в объяве что написали, а? — завизжал Илья.

— Кирюша! — заорала и я. — Ну-ка, беги сюда живо!

Глава 22

Мальчик влетел на кухню.

— Опять пароварка взорвалась? — спросил он.

— Нет, — сердито ответила я. — Давай-ка, процитируй объявление, которое дал в Интернете про Кусика!

Кирюша почесал шею.

— Дословно?

— Да.

— Не помню.

— Пойди распечатай, принеси сюда и озвучь, — велела я.

Кирюша кивнул и убежал. Возникла тишина, прерываемая лишь сопением мопсов и тихим смехом Олечки.

— Нашел! — возвестил Кирюша, вбегая назад.

— Читай.

— «Милый Кусик, ласковый, словно котик, ищет своего хозяина. Особые приметы: рыжий, умеет подавать лапу, не скандалист», — затараторил Кирюша. — Ну, и адрес внизу.

— Во, — ожил Илья, — было, что котик. Наврали! Если он кот, то я астраханский слон.

— В Астрахани не живут элефанты, — машинально отреагировала я.

— Вы все тут идиоты, — подытожил Илья. Потом, выхватив из стаи мопсов свою Олечку, потащил девочку к двери.

Я молча шла за ними. Платье ребенка стало чистым — Муля, Феня, Ада и Капа постарались на славу, сработали лучше прачечной и химчистки, уничтожили все пятна от шоколада.

— Кто это был? — вытаращил глаза Кирюша, когда за разгневанным мужиком захлопнулась дверь.

Я вздохнула.

— Илья, решивший, что мы хотим отдать котенка Кусика. Пожалуйста, перепиши объявление, четко сообщи в нем: Кусик, собака, стаффордширский терьер, по возрасту, судя по внешнему виду и состоянию зубов, молодой. Здоровье отменное, характер золотой. Кобель. Никаких сравнений с котом или хомяком, иначе в следующий раз кто-нибудь явится сюда за грызуном.

Кирюша засмеялся и забубнил.

— Идет мужик по Птичьему рынку, ведет за собой здоровущего медведя, килограммов на двести весом. «Слышь, парень, — говорят ему люди, — ты с ума сошел! Топтыгина на Птичке не пристроить, веди его в цирк или зоопарк». А мужчина тихо так отвечает: «Не, ребята, я просто ищу того продавца, который полгода назад мне ЭТО за хомячка продал».

Я села на пуфик.

— Скажите пожалуйста, какие идиоты встречаются! Каким образом дядька принял медвежонка за хомячонка? Размер-то совсем не тот...

Кирюша согнулся от смеха.

— Лампа, это анекдот!

— Извини, — сердито ответила я, — мне анекдотов и в собственной жизни хватает. Иди и дай новое объявление. Сразу напиши: Кусик — кобель. Кобель! Не кот!

— Кто ж знал, что идиот откликнется, — пожал плечами Кирюша и убежал.

Утром я развила бешеную деятельность. Для начала позвонила Нинон, послушала длинные гудки и бросила трубку. Наверное, женщина ушла на работу, соединюсь с ней вечером. То-то обрадуется, когда узнает, что Олег Михайлович решил отдать деньги!

Ладно, отложим это дело, мне важнее заняться иной проблемой — разгадкой истории Алисы Кононовой, для чего она и наняла детектива Романову.

Итак, у Алексея Кононова не имелось никакого шрама. Муж провизорши, по паспорту Алексей

Кононов, постоянно, не снимая даже ночью, носил часы на широком кожаном ремешке, под которым скрывался шрам-«наручник». Следует сделать единственный, сам собой напрашивающийся вывод: супруг Алисы не хотел, чтобы кто-нибудь увидел отметину на его запястье. Но почему? Что постыдного в старом шраме? И еще нюанс: у Кононова, мужа Иры, шрама не имелось. Ее Алексей якобы уехал в Америку и пропал бесследно. А у Кононова, мужа Алисы, отметина есть. Следовательно: Кононов не Кононов. Кто-то забрал лентяя Лешу из деревни, поселил его в тихом месте и, воспользовавшись документами пофигиста, пошел в ЗАГС с Алисой. Зачем? Ладно, на этот вопрос отвечу позднее, сначала надо разобраться с другим: кто он, лже-Кононов?

Я схватила телефон и принялась набирать номер Вовки Костина. Приятель поклялся мне помогать, вот пускай теперь выполняет свои обещания, в конце концов это он пристроил меня на работу в детективное агентство, которым руководит Юра Лисица. Я же не знала, что хозяин неуправляемый бабник, не предполагала, что дела мне придется раскручивать в одиночестве. Хотя, если посмотреть на проблему с иной стороны, то очень даже хорошо, что Юрка отпустил вожжи, иначе бы он сейчас раздавал своей сотруднице Лампе приказы, скорей всего глупые. А так я сама великолепно понимаю, в чем тут дело.

Думаю, Ведерников выманил зятя из деревни, поселил его в тихом месте, а потом женился на Алисе, использовав паспорт лентяя. Некоторое время Константин вел счастливую жизнь семейного человека, но потом она ему надоела, и Кононов «погиб» в автокатастрофе. Думаю, в той «четверке» и в самом деле находился Алексей, Ведерников же преспокойно зажил дальше. Ясное дело, со всех сторон начинают сыпаться вопросы, самый основной из которых звучит так: за каким чертом вообще был затеян спектакль? Что поимел Ведерников в результате столь масштабной операции? А он подготовился с размахом, сделал все, чтобы Алиса не засомневалась в случайности встречи. Вот только судьба над ним слегка подшутила. Она любит поиграть с человеком в кошки-мышки. Ира, его собственная сестра, видела, как он купил Фемару в одной аптеке, а потом отправился сдавать дорогой лекарственный препарат в другую точку. И конечно же, она не ошиблась: в аптеке был именно Костя, уже одетый и причесанный, как Кононов.

А может, провидение хотело остановить Ведерникова, не дать тому совершить задуманное, вот и столкнуло брата с сестрой? Ире следовало бы окликнуть его, но она испуганно спряталась, решив, что просто повстречала двойника Кости. А может, он ничего плохого и не хотел. Ну, купил Фемару, а потом понял, что она уже не нужна. Но логично было бы вернуться в ту же аптеку, где брал препарат, и попытаться сдать его там. Хоть какой-то шанс был, что провизор пожалеет дурака и, нарушив закон, возьмет лекарство назад. Но мужчина пошел к Алисе.

Не случаен, видимо, и выбор лекарства. Константин же помогал сестре и знал — Фемара стоит не две копейки, более того, препарат адресный, его не берут просто так. Фемару пьют курсами, это не «скоропомощное» средство. Есть еще один нюанс. В аптеках работают люди, имеющие, как правило, отношение к медицине. Провизор обязан разбираться в медикаментах, он, как и врач, придерживается заповеди «не навреди», к тому же большинство фармацевтов увлеченные, любящие свою благородную профессию люди.

И третье. Случаются ситуации, когда больной, для которого заботливые родственники сделали запас дорогих средств, умирает. Многие просто выбрасывают лекарства. Но есть и другая категория граждан, они идут к лечащему врачу или в аптеку, показывают нераспечатанные упаковки и говорят:

— Нет ли у вас знакомых, которым это нужно?

Некоторые пытаются выручить за препараты хоть часть потраченных денег, а другие хотят совершить благородный поступок, отдают упаковки бесплатно.

Фемара предназначена для онкологических больных, она хорошо помогает несчастным женщинам, но, увы, не все способны купить ее. Константин был уверен, что Алиса знает, кому она нужна. В глазах провизорши Ведерников предстал благородным человеком, на этой ноте и начался их роман.

Но зачем Константин закрутил его? Пока нет ответа. Зато есть простое рассуждение. Надо побеседовать с кем-то, кто хорошо знал Костю, и, если человек скажет: «Да, у него на запястье имелась отметина», — придется признать: я права, муж Алисы Алексей Кононов — это Константин.

— Алло, — пробубнил Вовка, — чего надо?

— Ой, как мило, — вздохнула я, — вежливо и интеллигентно. А вдруг по ту сторону трубки твое начальство?

— У меня стоит определитель, — хмыкнул Костин. — Говори живей.

— На днях в ДТП на Валовой улице погиб некий Константин Ведерников, — телеграфным стилем стала я излагать проблему. — Мне нужно знать о нем несколько вещей: а) где работал, место, адрес, должность; б) имена его ближайших родственников и их координаты.

— Зачем?

— Мы с Лисицей расследуем одну загадку.

— Хорошо, пусть Юрка сам позвонит, ему отвечу. У тебя нет должного диплома, чтобы самостоятельно сидеть в деле, — рявкнул Вовка и отсоединился.

На секунду я обомлела, потом, прикусив нижнюю губу, стала набирать номер мобильного Лисицы. Ну, Костин, погоди! На войне как на войне! Я-то сегодня хотела выкроить время и сварить любимое блюдо майора, суп под названием «сборная мясная солянка», даже вынула из холодильника кусок грудинки. По счастью, он не успел разморозиться, вот я и засуну его назад. Вовка дал мне понять, что я не полноценный детектив, а всего лишь помощник бабника Лисицы. Мол, Лампа не имеет права самостоятельно вести расследование, ее судьба носить за Юрой тапочки, желательно в зубах, стоя на четвереньках! Ну да, у меня и в самом деле нет диплома юрфака или где там учат на Шерлоков Холмсов. Но, с другой стороны, я не заканчивала и кулинарный техникум. Вовка нелоги-чен! Если без должного образования нельзя бегать за преступниками, то, не имея соответствующего аттестата, никак нельзя стоять и у плиты. Поэтому сегодня Костин получит на ужин не восхититель-но ароматную, наполненную мясной нарезкой и сдобренную каперсами и лимоном солянку, а не-что похожее на разведенный водой крем от блох, этакую серую массу из пакетика, на котором гордо напечатано: «Грибной быстрорастворимый суп-крем». Приятного аппетита, родной! Как аукнет-ся, так и откликнется!

— Алле, — пропел тоненький девичий голо-сок, — вам кого?

Я нажала на красную кнопку отбоя. Мобиль-ная связь с каждым днем делается все гаже, меня соединило не с Лисицей. Попробую еще раз.

— Алле, вам кого? — просипел тот же дискант.

— Юру, — на всякий случай ответила я.

— Он занят, — мгновенно отреагировала девица.

Ну надо же! До сих пор Юрасик не допускал своих невест до мобильного. Похоже, новая пас-сия на особом положении.

— И где он находится?

— А тебе какое дело? Работает!

Меня охватило возмущение. Работает? Как бы не так! Расследовать дело, помочь клиентке, кото-рую, кстати, нашел вовсе не Лисица, пытаюсь я, а хозяин детективного агентства развлекается с оче-редной дамой сердца.

— Немедленно позови Юру!

— Еще чего!

— Отнеси ему трубку в ванную!

— А откуда ты знаешь, что он под душем? — удивилась нахалка.

— Я являюсь его женой и в курсе привычек мужа, — мило сообщила я. — Деточка, поторопись!

В ухо понеслись разнообразные звуки: сначала шлепки, потом шум воды, глухие удары и визг.

— Мерзавец! У тебя баба есть!

Голос Лисицы бубнил нечто невразумительное, но очередная невеста разошлась не на шутку. Я спокойно дожидалась завершения концерта.

— Алло, — раздался наконец в трубке голос начальника, — это кто идиотничает?

— Позвони Костину, прямо сейчас!

— Лампа, ты?

— Кто ж еще!

— Зачем прикинулась моей женой? — завопил Лисица. — Теперь у меня тут скандал!

— А с какой стати девица тебя подзывать не хотела? И вообще, мы работаем или как?

Несколько секунд Лисица выкрикивал нечленораздельные фразы, пытаясь одновременно усовестить меня и успокоить свою очередную обоже. Потом раздался оглушительный треск, затем наступила тишина, а вскоре Юра, уже совсем спокойно, спросил:

— Ну и чего?

Я быстро продиктовала ему список вопросов.

— Ладно, сейчас все сделаю, — немного нервно сказал мой начальник. — Только больше меня не трогай, я сейчас не в форме, занимайся делом сама. Помнишь, рассказывал тебе о Вике и ее маме, той, что со скамейки упала? Мы помирились, готовимся к свадьбе и...

— Можешь дальше не распространяться, — вздохнула я, — позвони Вовке, больше к тебе не обращусь.

— Тогда жди! — бойко воскликнул Юрка и отсоединился.

Я положила трубку на диван и уставилась на нее. Сколько же мне ждать придется?

Интересно, каким образом мужчины, рабы своего тела, ухитряются исполнять служебные обязанности, а? Все парни, с которыми меня сталкивала жизнь, прежде чем приступить к работе, желали перед тем, как впрячься в дело, покурить, потом им хотелось выпить чаю, сходить в туалет, опять подымить и отправиться на обед. После сытной еды, ясное дело, следовала сигаретка, затем нападал сон. Если же мужчина находил в себе силы начать трудиться, то появление любого существа женского пола в юбке выше колен заставляло его вертеть головой туда-сюда, не отрывая взгляда от сего существа, а когда юбка исчезала из виду, требовалось расслабиться и попить кофейку.

У меня есть знакомая, Аська Резинкова — доктор наук, профессор, автор кипы монографий. Свои семипудовые книжки Ася пишет впопыхах, диссертации она тоже защитила как-то между прочим, потому что трое детей и муж требовали постоянной заботы. Впрочем, сыновья Резинковой уже выросли и вылетели из гнезда, а вот супруг Вася остался. Василий считает себя писателем — много лет тому назад он наваял небольшую книжонку, но с тех пор никак не может засесть за новую. Васе постоянно мешают объективные причины. Сначала плакали дети, какое уж тут вдохновение! Потом отпрыски стали уходить на целый день в садик, и Василий завел иные речи: у него нет рабочего места. Резинкова, кропавшая свои монографии в кухне, на подоконнике, поднатужилась и обменяла двухкомнатную квартирку на большую площадь. Вася получил кабинет, но теперь у него оказался маленький стол, на нем не умещались бумага и ручки. Аська защитила докторскую и приобрела супругу супермебель. Теперь на столешнице мог совершить посадку вертолет, но Вася снова остался недоволен. Во-первых, он преподает в институте русскую литературу и не имеет времени на создание труда жизни, а во-вторых... рабочее кресло неудобно!

Несколько лет я наблюдала за развитием событий. Теперь-то Василию созданы все условия: есть стол, стул, библиотека, белая бумага, шикарная ручка, чай, кофе... даже необходимость ходить ежедневно в присутствие отпала. И что бы вы думали, он сел ваять великий роман?

Примерно месяц назад я была у Аськи и, не утерпев, ехидно спросила:

— Васенька, как продвигается твоя рукопись?

— Скоро сяду, — закивал «писатель». — Столько замыслов в голове, хоровод мыслей, идей... Я уже созрел.

Он созрел! У меня создалось впечатление, что Вася давно перезрел, сгнил и шлепнулся с ветки под названием «литература» в болото лени, но высказывать вслух сие предположение я не стала...

Пока я так размышляла, прошло полчаса, не меньше. Наконец телефон ожил.

— Записывай, — недовольно забухтел Лиси-

ца, — Ведерников Константин Олегович, судимый, адрес по прописке...

— Не надо. Место работы?

— Фирма «Моно», она зарегистрирована по
адресу... Эй, ты записываешь?

— Угу, — промычала я, прижимая плечом
трубку к уху, — очень аккуратно. Теперь скажи,
кто у него в родственниках.

— Никого.

— Как это?

— Ну... просто. Родители давно умерли, жены
нет.

— Он проживает один?

— Не знаю. Вовка сообщил лишь официаль-
ные данные.

— Но у Ведерникова имеется сестра.

— Про нее ничего нет, — сердито сообщил
Юра. — Это все! Больше трепаться попусту не могу, надо Вику успокоить. Мне твоя шуточка про
жену еще отольется...

Я сунула трубку в кресло и пошла в прихожую.
Ладно, съездим в это «Моно», поглядим, чем занимается предприятие. Да уж, хорошо работает
наша милиция! Компьютерная программа Модестова сообщила про Ирину, а у Вовки сведений о
ней нет. Я могла и не обращаться к Костину, ничего нового все равно не узнала.

Глава 23

Фирма «Моно» находилась в таком же огромном, набитом конторами здании, как и наше детективное агентство. Побродив по этажам, я нашла
дверь с нужной табличкой и без стука распахнула

ее. Перед глазами открылась небольшая комнатенка, обставленная со спартанской простотой: серый шкаф, стол и стул, на котором сидела пухленькая девушка в круглых, совершенно идиотских очках. Оправа съехала на самый кончик крохотного, похожего на пуговицу, носа.

Услыхав скрип дверных петель, девчонка оторвала взор от компьютера и очень вежливо произнесла:

— Здравствуйте, что хотите?

Я старательно изобразила растерянность.

— Вот... посоветовали... ваше агентство...

Пришлось замолчать, не закончив фразы. Для того чтобы продолжить разговор, следовало хоть минимально представлять, чем занимается контора, а на двери, на табличке, просто стояло: «Моно». Ей-богу, очень глупо! Если хотите иметь клиентов, рекламируйте как следует свою фирму! И что мне теперь делать? Молчать невозможно, хорошо хоть тут нет толпы клиентов и никто не пихает в спину со словами: «Эй, поторопись, люди ждут». Впрочем, нет, не так уж и хорошо. Если бы здесь имелись другие посетители, я послушала бы их разговоры с очкастенькой девицей и мигом разобралась в обстоятельствах. А так... Что говорить-то? Молчание затягивалось.

— Чем могу помочь? — вновь ласково спросила девушка.

Я закашлялась, потом тихо сказала:

— Понимаете, у меня существует некая проблема, которую очень надо решить...

Очкастенькая улыбнулась.

— Если вам к стоматологу, то он в следующей комнате.

Ну надо же, это «Моно» — просто близнец детективного агентства Лисицы. Правда, наш, так сказать, «офис» находится около интим-магазина, но суть дела не меняется. Народ идет к тем, кто торгует секс-игрушками, а к нам не спешит никто. Кажется, контора Ведерникова находится в похожей ситуации.

— Да вы не бойтесь! — приободрила меня девушка. — Многим кажется, если врач работает не в поликлинике, а сам по себе, то он ничего не умеет. Игорь Соломонович великолепный специалист, он еще с советских времен частной практикой занимается. Золотые руки, совсем не больно и дешевле, чем у других. Хотите, провожу? Небось коленки трясутся... Сама такая. Как слышу, что Игорь Соломонович бормашину включает, так меня и крючит всю!

Я улыбнулась, девушка выглядела очень мило.

— Нет-нет, мне к вам, в «Моно».

Собеседница откровенно обрадовалась:

— Да? А у вас кто? Мальчик или девочка?

— Э... э... мальчик, — на всякий случай ответила я, — Кирилл. Правда, девочка тоже есть, Лизавета.

— Но мы будем заниматься мальчиком? Или обоими сразу? Они близнецы?

— Нет, — окончательно упала я в реку недоумения.

— Ага, — кивнула очкастенькая, — хорошо. А ваш мальчик уже школьник?

— Да, да.

— Ну тогда... может, нечто в пиратском духе, типа карнавала? Костюмы организуем, могу показать фотографии, — затараторила девушка, быстро протягивая руку к шкафу.

Передо мной очутился большой альбом, я машинально начала переворачивать страницы и через некоторое время поняла: «Моно» — агентство, устраивающее праздники, в основном дни рождения детей. Испытывая огромную радость, я воскликнула:

— Как вас зовут?

— Таня.

— А я Евлампия, можно просто Лампа.

— Красивое имя, — вежливо ответила Танечка.

— Пиратская вечеринка — это отлично, только я хотела устроить своим детям веселую встречу Нового года.

— Но сейчас август, — напомнила Таня.

— Конечно, однако ведь не зря поговорка гласит, что готовить сани следует летом. А что, нельзя так рано оформить заказ?

Танечка выдвинула верхний ящик стола, добыла оттуда бланк и сказала:

— В принципе мы можем и сейчас обговорить детали. Только раз речь идет о декабре, предоплату не возьму, а значит, не сумею гарантировать вам исполнение заказа. Думаю, будет лучше, если отправитесь в иную фирму.

— Странно, — протянула я, — первый раз вижу, чтобы люди переадресовывали клиентов к конкурентам.

Танечка горестно вздохнула.

— Если вы хотите своего мальчика через неделю порадовать, мигом оформлю договор, но уже даже на октябрь боюсь брать на себя обязательства.

— Почему?

Танюша поскучнела окончательно.

— Наш хозяин, Константин Олегович Ведерников, на днях умер, и я, честно говоря, не очень понимаю, как все будет дальше. Что станет с сотрудниками? Хотя на окладе тут лишь я, остальные по договорам, в основном артисты с биржи, они у нас всякие роли на праздниках играют, есть и дрессировщики с животными — детям нравится, когда домой обезьянку или собачку приводят. Но теперь Костя погиб в автокатастрофе, и дальше что?

— Разве вам нельзя по-прежнему работать? Ведь никто не увольняет!

— Ага, — кивнула Таня, — кому меня выгонять? Хозяин в морге, «Моно» на него оформлено, получается, фирма без головы осталась.

— Ну... наследники, наверное, не пожелают терять процветающее предприятие, — подхватила я нить беседы.

Танечка спрятала бланк в стол.

— Скажете тоже — процветающее! Так, выживаем потихоньку. Сейчас большая конкуренция. Знаете, что другие агентства устраивают? На слонах катают, на настоящих! Или на курортах вечеринки мутят, в обнимку с морскими животными. Нам такое не под силу. Вот я ходила в «Веселье», хотела узнать, чего они такого интересного понавыдумывали. Так у людей вообще «стоп-сигнала» нет, весь вопрос упирается в деньги, которые клиент готов заплатить. Если он особо не стеснен, то и звезд шоу-бизнеса позовут, и Эйфелеву башню из Парижа притащат. Знаете, что мне предложили в качестве сценария свадьбы?

Из Танечки потоком полился рассказ, и я решила дать ей выговориться, а лишь потом начать задавать интересующие меня вопросы.

...Танюша, желавшая разведать секреты конкурентов, представилась секретарем некоего весьма обеспеченного лица, мечтающего о нестандартной процедуре бракосочетания. Ей моментально начали выдавать креативные проекты. Самым запоминающимся оказалось предложение снять на неделю один из замков Луары (это во Франции, если кто не знает) и устроить там целую феерию. На участников церемонии, изображающих средневековых придворных, нападет вражеская армия, похитит наследницу-принцессу, упрячет невесть куда, а прекрасный королевич ее найдет и вернет папе. Засим сама свадьба, салют, пир и торт. Впрочем, были варианты и поскромней — допустим, выстроить дворец изо льда в районе Северного полюса и устроить бракосочетание в чертогах Снежной королевы. Все проблемы — от доставки гостей на самолете к месту действия до покупки бумажных салфеток на стол — брало на себя агентство, заказчик лишь платил деньги и составлял список гостей.

— Такое нам никогда не сделать, — констатировала сейчас Танечка. — Но мы все же имеем небольшое количество заказчиков, по зернышку клюем. Пиратскую вечеринку или бал у Барби организуем легко, костюмы дадим и пару актеров, в качестве массовиков-затейников. Только теперь, когда Кости нет, я в растерянности пребываю... «Моно»-то — его собственность!

— Надо же, какая неприятность! — воскликнула я. — Вам нужна консультация адвоката.

Танечка усмехнулась.

— Да нет, тут все ясно, пора искать новое место работы.

— Ведерников молодой был? — сочувственно спросила я.

— Да уж не старый.

— Отчего же он погиб?

— Так говорила же — автокатастрофа произошла, — напомнила Танечка. — Врезался в стену дома, подробностей не знаю. То ли машина сломалась, то ли у него опять припадок случился.

— Припадок? — насторожилась я. — Ваш хозяин болел?

Танечка усмехнулась.

— Ну, недугом такое не назовешь. Просто на него иногда по непонятной причине злоба налетала. Я первое время даже пугалась. Представляете, только-только нанялась на работу...

И полился новый плавный рассказ Тани.

...Девушка очень обрадовалась, обнаружив в Интернете, на одном из сайтов, объявление: «Вновь созданному агентству по устройству праздников требуется администратор-секретарь. Работа без выходных, размер оклада зависит от итогов собеседования». Наверняка многих людей, ищущих работу, отталкивала фраза об отсутствии выходных, но Танечка как раз и нуждалась в тотальной занятости. Она развелась с мужем, но, не имея личной жилплощади, была вынуждена находиться на, так сказать, вражеской территории. Таня не москвичка, муж прописал жену у себя, и теперь свекровь с пеной у рта орала: «Убирайся вон в свой Задрипанск, откуда приехала!» Но поскольку с супругом Таня прожила не один год, то суд встал на сторону молодой женщины и вынес решение: одна из комнат огромной квартиры отныне принадлежит ей.

Что приходилось терпеть — не передать словами. Вопли бывшей свекрови насчет Задрипанска — это просто цветочки. К слову сказать, Танин экс-муж особой агрессии не проявлял, да и некогда ему было свары устраивать, а вот его маменька шла в атаку, используя все известные методы коммунальной борьбы: она подсыпала соль в суп бывшей невестки, скидывала на пол только что постиранное ею бельишко, отвечала на телефонные звонки короткой фразой: «Татьяна здесь более не живет, ее положили в клинику лечиться от сифилиса». Последней фишкой, примененной ласковой маменькой, был замок, врезанный в дверь санузла. Вернувшись однажды домой, Таня не сумела помыть руки. Она подергала-подергала створку и спросила у свекрови:

— Что случилось?

— Нечего нашей сантехникой пользоваться! — прозвучало в ответ. — Тебе по суду отрезали лишь комнату, про унитаз и раковину в решении ни слова нет. Кстати, о кухонной плите там тоже ничего не сказано. Я еще и кухню закрою.

Таня возмутилась и понеслась к участковому, но милиционер особого рвения не проявил. Замок порушил бывший муж, приехавший со службы. Просто выломал его, и все. А еще, обозлившись на маменьку, заорал:

— С ума сошла! Ты Таньку всю жизнь ненавидела, мне в уши гадости про нее свистела, и я верил тебе. Дураком был! А сейчас понял: Таня нормальная баба!

Результатом скандала стало резкое потепление отношений между бывшими супругами. Таня и Сергей вновь решили узаконить отношения, и тут мамочка окончательно пошла вразнос. Разменять квартиру и разъехаться семья не могла — свекровь являлась собственницей квадратных метров. Тогда Сережа решил заработать им с Таней на личные апартаменты. Мужчина трудится в сфере нефтяного бизнеса, он инженер по буровым установкам, вот и нанялся в Норвегию, на одну из морских платформ, туда, где качают нефть.

— Потерпи, — велел он Тане, — вернусь через год с полным кошельком, хватит и на жилье, и на мебель. Постарайся меньше бывать дома, только ночевать приходи.

Теперь понимаете, отчего Танюша столь обрадовалась, обнаружив не совсем обычное объявление? До этого она сидела на рецепшен в одном из салонов красоты, два дня улыбалась клиентам, три занималась домашним хозяйством. Но находиться около ополоумевшей свекрови после отъезда Сергея в Норвегию оказалось совершенно невозможно, и Танечка нанялась в «Моно».

Первый месяц она была счастлива. Оклад, правда, оказался ниже, чем в салоне, зато клиентов (то есть непосредственно работы) не в пример меньше. Хозяин выглядел мило, да он практически и не появлялся в офисе. Заезжал утром, ходил по кабинету, потом бросал:

— Ладно, ты жди людей, а я отправился по делам, — и отбывал в неизвестном направлении до следующего дня.

Скоро Таня поняла, что у Константина действительно есть какие-то «свои» дела, потому что Ведерников частенько запирался в соседнем кабинете, на двери которого не висела табличка «Моно», и не выходил оттуда часами. Чем занимался хозяин в своем кабинете, подчиненная не знала, дверь всегда была заперта изнутри. Таня уходила в восемь, хозяин оставался, но сам он с клиентами не общался, это было делом Танечки. Именно она оформляла заказы, брала предоплату, вызывала актеров и двух тихих теток портних, которые мгновенно, за копеечную цену, мастерили из дешевого материала костюмы либо подгоняли по размеру уже имевшиеся.

Однажды Танюша как всегда явилась на службу, села, вынула детектив и погрузилась в чтение.

— Балбесничаешь? — раздалось у нее над головой.

Девушка вздрогнула и уронила книгу. Константин вошел в комнату совершенно неслышно и теперь стоял рядом с ее столом.

— Ни хрена не делаешь? — повысил он тон.

Танюша заморгала и не нашлась, что ответить. До сих пор Костя мирно говорил ей:

«Сиди тут хочешь с книжкой, хочешь вяжи, только не уходи: чтобы клиентов не упустить», — а сейчас стоит весь красный от злости и стучит кулаком по столу.

— Вот оно как! — взвизгнул Константин, потом выдрал из руки Тани томик в бумажной обложке, вмиг разодрал его в клочки и принялся материться.

Девушка обомлела настолько, что продолжала сидеть, разинув рот, даже после того, как начальство выбежало вон, сбросив по дороге на пол телефон.

Через некоторое время Таня пришла в себя, собрала остатки несчастного, ни в чем не повинного аппарата и в некой растерянности села в кресло. Она не очень понимала, как следует поступить, что ей теперь делать. Увольняться? Но почему взбесилось начальство?

А когда подошло время обеда, в комнату вплыл шикарный букет роз. Следом показался Костя, державший в другой руке пластиковый пакет.

— Вот, — тихо сказал он, — извини.

Танечка машинально взяла подарки и заглянула в сумку: там лежало штук десять криминальных романов и дорогая коробка конфет.

— Понимаешь, — почти робко произнес Костя, — со мной такое случается. Бесит все по непонятной причине и прямо в голову бьет. Справиться с собой в такой момент я совершенно не способен. К любой малости прицеплюсь, и понеслось! Потом так же быстро отхожу, и стыдно делается. Пожалуйста, не уходи с работы.

— И не собиралась, — пожала плечами Таня. — Просто понять не могу, какую оплошность совершила.

— Да ты и не виновата вовсе! — замотал головой Костя. Потом со стоном опустился на стул и схватился за виски, спросил: — У нас есть какие-нибудь таблетки от головной боли? Глянь в шкафу, после такого припадка мне словно молотком череп дробят.

Танечка моментально нашла лекарство, подала его со стаканом воды Косте и, отбросив церемонное «вы», спросила:

— А ты врачу показывался? Может, там... в мозгах... ну, ерунда какая-нибудь, и вылечить ее можно... только лекарство прописать должны...

Константин поднял глаза.

— Нет, это не опухоль, иначе б давно помер, ерунда такая у меня с детства. Понимаешь, отец пил горькую, каждый день, а как нажрется, с кулаками на сестру, мать и бабку кидался. Я пацаненком не понимал, отчего он такой бешеный, своих жалел. А лет в восемь я решил их защитить.

...Папенька начал гонять мать мальчика, а Костя схватил чайник и долбанул отца по спине. По счастью, в эмалированной емкости был не кипяток, просто горячая вода, но Олег дико закричал, схватил сына, швырнул его на пол, занес руку... и больше Костя ничего не помнил.

Очнулся он в больнице. Рядом на табуретке скорчилась заплаканная мама. Увидав, что мальчик пришел в себя, Люба, боязливо оглядываясь на дверь, рассказала школьнику совершенно не подходящую для его детского разума историю. Костя слушал, ощущая, как у него болит все: руки, ноги, ребра, голова...

Глава 24

Оказывается, Люба в юности согрешила. Принесла, как говорят, в подоле невесть от кого ребеночка. Люба очень хорошо понимала: теперь на личной жизни можно поставить крест — кому нужна жена, обремененная спиногрызом? Но ее мама развела бешеную активность и буквально за руку привела к дочери Олега, деревенского парня, не так давно отсидевшего небольшой срок за хулиганку. Олег приехал в Москву и устроился на вредное для здоровья предприятие, туда, куда не хотели идти москвичи. Жил в общежитии и мечтал жениться на столичной девушке.

Предложенный матерью вариант показался Любе вполне приемлемым, быстро сыграли свадьбу. Потом на свет появился Костя. И началось...

— Милый, — шептала теперь, в больнице, Люба, обнимая сына, — папа тебя убить может, ты зря за меня заступился. И за Иру не надо. Она приблудыш, замуж выдадим и забудем. Ты, сыночек, лучше молчи, терпи. Вот сейчас тетя придет из милиции, станет спрашивать всякое, так ты ответь ей: во дворе подрался, с незнакомым мужчиной. Понял? Иначе папку посадят, а как мы без него?

По лицу Любы текли слезы. Она с такой мольбой смотрела на сына, что восьмилетний ребенок с недетской серьезностью кивнул и сказал:

— Хорошо, не бойся.

После больницы у Кости почти полгода беспрестанно болела голова, и он периодически стал впадать в ярость. Лет в четырнадцать припадки стали очень частыми, но потом пошли на убыль, и теперь Костя вскипает редко. Однако в подобный момент ему лучше не попадать под руку.

— Вот я и подумала, как про катастрофу узнала, — завершила рассказ Танечка, — может, ехал он по дороге, а тут позвонил кто-то, сказанул чего, и понесло Костю, потерял от злости управление и въехал «мерсом» в стену.

— Дорогая машина, — машинально отметила я. — Откуда у него такая? Неужели «Моно» столько прибыли приносит?

Таня скривилась.

— О боже! Конечно, нет, у нас денег кот наплакал.

— Так откуда взялась шикарная тачка?

Девушка глубоко вздохнула.

— Вообще-то, он мне ничего не рассказывал. Когда я на работу устроилась, Костя на старой иномарке катался. А потом, раз — и «мерс» появился. Может, в кредит купил или любовница подарила?

— У него были богатые дамы сердца? — напряглась я.

Таня хихикнула.

— Ну, Константин-то, ясное дело, со мной не откровенничал. Но один раз сюда женщина явилась... Явно пыталась незаметной выглядеть, волосы шляпкой прикрыла, одежду очень простенькую нацепила. Только меня не обмануть: туфли за тысячу баксов у нее были, а еще очки на носу, темные, — очень модные, дорогущие. Так вот, вошла эта женщина в кабинет и сдавленным шепотом поинтересовалась, здесь ли Ведерников Константин Олегович, его ли эта фирма. Я ответила, что хозяин временно отсутствует, но если она хочет устроить праздник, я могу принять у нее заказ. Дама заколебалась и вдруг чихнула, очки упали на пол. Тут-то я ее и узнала! — торжествующе воскликнула Таня. — Понимаете, люблю всякие сплетни читать, газетные и журнальные фото разглядывать. И тогда сразу подумала: вот оно, значит, как, явно дамочка с Костей в связи. Ясное дело, сама замужем, а к Косте бегает. Иначе с чего бы ей шифроваться? Ее фотки часто в прессе появляются, думаю, она ему «мерс» и подарила. Богатая очень! Вы, наверное, слышали об актере Ладожском? Он в театре играл и в кино снимался. Так вот к Косте его дочь приходила, Надежда. Я ее четко опознала!

— Матвей Ладожский? — поразилась я. — Разве он жив? Очень хорошо помню, как меня мама водила в детстве на спектакль «Вишневый сад». Ладожский там блистал, только он уже в ту пору стариком был.

— Ну, ребенку и тридцатилетний пенсионером покажется, — резонно возразила Таня. — Впрочем, вы правы, Ладожский умер, но, наверное, хорошее наследство оставил, если дочурка до сих пор ослепляет. Эх, не повезло мне! Не у тех родителей я родилась... Ну чем я ее хуже? Хотя, может, оно и к лучшему, что самой пробиваться приходится.

— Скажите, Таня, у Ведерникова был шрам? Такой длинный, похожий на браслет, охватывающий запястье? — задала я главный вопрос дня.

Секретарша с изумлением глянула на меня.

— А почему вы интересуетесь?

— Да вот, слушаю сейчас вас, — лихо начала я

врать, — и удивляюсь. Со мной в институте учился парень, Константин Ведерников, симпатичный такой, но бешеный. Тоже в ярость впадал, мог вдруг начать драться, как бы ни с того ни с сего. Вот и думаю, не один ли это человек, тот мой сокурсник и ваш хозяин? Уж больно похож. Но у моего знакомого имелся такой шрам на руке, особая примета. Потому и спросила.

Таня слегка растерялась.

— Не знаю, не видела.

— Но как же так? Вы же вместе работали. Неужели не обращали внимания на его руки?

— Нет, не обращала. И потом, Костя же при мне не раздевался, он рубашки носил всегда с длинными рукавами, пуловеры, пиджаки. Между нами говоря, большим франтом был, думаю, много денег на одежду тратил. Все шикарное, с иголочки у него было! Где средства брал? «Моно» ведь почти не приносило прибыли.

После разговора с Таней я спустилась вниз, села в свои «Жигули» и принялась в задумчивости постукивать пальцами по рулю. Ладожская Надежда Матвеевна... Дочь или, вероятнее всего, внучка актера. Хотя если внучка, тогда она не Матвеевна. Да и фамилия у нее может быть другая. Где найти ее адрес? Впрочем, в мире нет неразрешимых задач. Сейчас я...

В боковое окно требовательно постучала чья-то слишком уверенная рука. Я повернула голову и увидела гаишника в полной красе: форма, фуражка, бело-черный жезл.

— Сержант Кровопийцев, — спокойно представился парень.

Я прикусила нижнюю губу. Замечательная фамилия, в особенности она подходит сотруднику дорожной инспекции.

— Почему стоим? — невозмутимо продолжил Кровопийцев.

— Думаю о жизни, — совершенно честно призналась я. — А что, нельзя?

— Размышлять следует в специально отведенных для этой цели местах, — посуровел страж дороги, — а не под знаком «Остановка запрещена».

— Тут есть такой? — изумилась я.

Из груди сержанта вырвался тяжелый вздох.

— Налево глянем! Вон он висит.

— Ой, и правда! Не заметила.

— Ваши права.

— Может, не надо? — заныла я, нехотя вытаскивая документы. — Случайно вышло, на секундочку пристроилась...

— Врать нехорошо, — назидательно заметил Кровопийцев. — Мы тут уже с полчаса патрулируем, хорошо ваши «Жигули» приметили. Багажник откроем!

Пришлось вылезать из машины. Спустя короткое время выяснилось, что я — сплошное нарушение правил. Знака аварийной остановки в «Жигулях» нет, огнетушитель давно потерял годность, а в аптечке лишь пара пожелтевших от старости таблеток анальгина. Еще у моей машины отсутствовала запаска. Кстати, по вполне объяснимой причине — отдала ее в шиномонтаж.

— По доверенности ездим? — прищурился Кровопийцев.

— Ага, — кивнула я.

— Кто же хозяин автомобиля?

— Сестра, — быстро ответила я, — Екатерина Романова.

— Может, и так, — протянул Кровопийцев, — а может, и иначе.

— Вы о чем?

— Срок бумаги давно вышел.

Я застонала. Верно! Следовало продлить разрешение, и я уже думала об этом. Но потом забыла.

— Пройдемте в патрульный автомобиль.

— Ой, отпустите...

— Еще чего! — рявкнул сержант. — Злостное нарушение влечет за собой справедливое наказание. Лишение прав.

— Ну, пожалуйста! — чуть не зарыдала я, хватаясь за сумочку. — Миленький, любименький, симпатичненький, замечательный, очаровательный, самый лучший на свете гаишник Кровопусков, сколько...

— Я Кровопийцев, — мрачно поправил парень, — а вы, гражданка Романова, проследуйте в патрульный автомобиль без базара, иначе вынужден буду применить к вам меры административного воздействия на нарушителя, путем избрания соответствующих действий, предписанных должностной инструкцией старшего по смене данного патрульного автомобиля, находящегося при исполнении служебных обязанностей, возложенных на него как на сотрудника СП ДПС УГИБДД ГУВД.

Загадочно непонятная фраза, набор букв в конце ее, выпаленных без запинки, оказали на меня гипнотическое воздействие. Я медленно побрела за уверенно шагающим Кровопийцевым, проклиная свое неумение с первого раза запоминать чужие фамилии. Хотя если разобраться, то между Кровопийцевым и Кровопусковым особой разницы и нет.

В бело-голубой «десятке» обнаружился еще один мент.

— И чего? — спросил он.

— Лишение прав. Давай, Серега, оформляем, — сурово выронил Кровопийцев.

— Ой, ой, пожалейте! — заныла я. — Мне без колес никак. Работаю частным...

Конец предложения я предусмотрительно успела проглотить. Не надо сообщать парням в форме про детективное агентство. Еще неизвестно, как они отреагируют на сию информацию!

— ...преподавателем, — быстро соврал язык, — езжу по ученикам.

— А-а-а, — протянул Серега, — знаю, знаю. У меня сеструха в институт готовится, английский с французским изучать хочет, так второй год вся семья на девку работает. Приходят к ней такие, как вы, кто по пятьдесят баксов, а кто и по сто за урок берет. Оборзели совсем!

Я заморгала. Да уж, не слишком удачно у меня получилось сейчас прикинуться репетитором. Похоже, только обозлила и второго патрульного.

— Да ты что? — искренне удивился Кровопийцев, шурша какими-то бумажками. — У них такие цены?

— Не то слово! — покачал головой Серега. — Мать с отцом еле тянут, ну и я, конечно, помогаю. Только сам знаешь, от своей семьи отрываю, моя Ленка давно шубу просит, а все никак не получается купить. Вот если сеструха наконец поступит...

Кровопийцев разинул рот.

— А она что, за такие бабки еще и мимо пролететь может?

— Угу, — кивнул Серега, — теперь в институтах у профессоров крыши совсем поскидывало. Сначала они с абитуриентов деньги сосут, потом троек им наставят и заявляют: «Вы не прошли по конкурсу, желаете наши лекции слушать, идите на платное». Значит, вновь денежки отстегивай. Но не думай, что, став студентом, расслабиться можно. У них две сессии в год, и каждый экзамен денег стоит, иначе под зад коленкой дадут, и все раньше заплаченное псу под хвост. Усек? Я-то уж давно подозреваю, что моей Ленке шубы еще лет шесть не видать, только вру жене: «Погоди, вот попадет сеструха на первый курс, и получишь своего крашеного кролика».

— Сволочи, — резюмировал Кровопийцев.

— Вы меня не так поняли, — стала изворачиваться я.

— Гражданка Романова! — рявкнул Кровопийцев. — Права отбираем.

— На пять лет, — живо добавил Сергей.

— А может, и вообще навсегда, — добавил его коллега.

— Сплошное нарушение!

— Придется снова экзамены сдавать.

— Щас на комиссию повезем...

— На предмет проверки алкоголя в крови.

— Это целый день занимает.

— Да какой день... Неделю!

— И для новых прав справки придется собирать...

— Из диспансеров, медкомиссию проходить.

— Кстати, надо номерок по компьютеру пробить.

— Во, гляди, — засуетился Кровопийцев, тыча пальцем в ноутбук, — машинка-то краденая!

— Не может быть! — заорала я. — Катя ее честно купила!

— Где?

— На рынке, в Южном порту!

Менты хором засмеялись.

— Да там же одно ворье! — заявил Серега. — А у нас четко: «Жигули» в розыске.

— Сейчас поедем в милицию...

— Вас арестуют...

— Следствие пойдет.

— Да уж, не до ученичков станет, — ехидно отметил Серега, — перестанете честных людей грабить, баксы лопатой грести.

— Посадят лет на пять, за езду на спертой тачке.

— И не доказать ничего.

— Вау! На этой машине-то еще и человека сбили!

— Да ну? Точно! ДТП со смертельным исходом. Эй, Серега, где у нас наручники? Она особо опасная!

У меня потемнело в глазах.

— Милые, я ни при чем, получила машину от сестры, а та купила ее на рынке, бумаги оформляли в ГАИ, честь по чести. Отчего же Кате тогда не сказали про угон и наезд?

Серега почесал в затылке.

— Ну... встречаются оборотни в погонах.

— За деньги на все готовы.

— Любое дело замажут.

— Не дорого возьмут.

— И прав не лишат.

В патрульном автомобиле повисла тишина. У меня кружилась голова и шумело в ушах.

— Эй, Романова, — позвал Кровопийцев, — слышали?

— Что? — пролепетала я.

— Бывают среди нас добрые люди, которые понимают: случайно женщина в беду попала.

— Ну, не заметила знака, постояла часок...

— Ведь не так и страшно!

— А огнетушитель новый легко купить.

— Да, да.

— Вы меня отпускаете? — подскочила я.

— Ну... это будет зависеть...

— От ряда обстоятельств, — докончил Серега. — Вам с ними разобраться ничего не стоит.

И тут до меня дошло.

— Сколько?

— Тысяча баксов.

— С ума сошли! У меня машина столько не стоит!

— Серега, оформляем! Ишь, бедной прикидывается. Сколько с людей тянешь? Небось специально на металлоломе катаешься, чтобы народ не знал про заработки!

— Погоди, — остановил коллегу Сергей. — Может, у нее дети... или шубу она, как моя Ленка, хочет... Мы ж не звери. Восемьсот!

Я раскрыла сумочку, вытащила из потайного кармашка одну-единственную зеленую бумажку и промямлила:

— Хоть убейте, больше нет.

Сергей поджал губы.

— Соточка!

— Да уж... — хмыкнул Кровопийцев. — Похоже, она издевается. На ворованной машине, с просроченной доверенностью, нарушив правила...

— Еще там поройтесь! — велел Сергей. — Знаем мы вас, вечно нищими прикидываетесь!

Я вытряхнула содержимое сумочки себе на колени.

— Смотрите! Расческа, зеркало, конфетка, носовой платок, кошелек, а в нем пятьсот рублей. Сто долларов таскаю с собой на всякий случай, вдруг что случится: ногу сломаю, врачу заплатить, чтобы в хорошую больницу отвез.

— Эх, Серый, дураки мы с тобой, — с чувством произнес Кровопийцев, — надо было уроки не прогуливать и в институт медицинский поступать. Ща бы сидели в больнице, бабки на совок заметали!

— Хорош трендеть, оформляем.

— Да, пора!

— Составляй протокол!

— Ну, начали!

Снова повисла тишина.

— Эй, Романова, — ожил Серега, — чего молчишь? Мы уже бланк заполняем!

— Делайте, что хотите, — безнадежно ответила я, — есть лишь сто долларов.

Серега кашлянул.

— Ну ладно, повезло тебе.

— Давай сотяшку.

— Мы ж не сволочи.

— Лады, только доверенность... — начал было Кровопийцев и осекся.

Взгляд парня сфокусировался на лобовом стекле. Я невольно тоже глянула вперед.

Около моей, припаркованной возле запрещающего остановку знака машины замерла черная «Волга», и из нее медленно выбрались два парня, одетые в строгие костюмы. Не спеша, вразвалочку двинулись к нам.

— Подстава... — прошипел Кровопийцев.

— Блин, это из отдела внутренней безопасности... — обморочно протянул Серега.

Я, не понимая, что происходит, во все глаза смотрела на перепуганных донельзя гаишников.

Глава 25

Серега быстро сунул мне назад купюру.

— Бери... ха-ха... мы пошутили.

— Идиот, она с ними, подсадная утка!

— Все равно, ничего не брали! — взвизгнул Серега.

— Отпечатки ж остались. Помнишь, как Витьку арестовали? — воскликнул Кровопийцев. — Он тогда купюру на пол швырнул, и че? Она порошком же покрыта, вот и остались следы.

— Тогда я ее сожру, — зашипел Серега и выхватил у меня ассигнацию.

— Идиот, лампой на морду посветят, частички и загорятся!

— А че ж тогда делать? Че? Че? Че? — запаниковал Сергей.

Двое мужчин тем временем, навесив на лицо

самое хмурое выражение, приближались к патрульному автомобилю.

— Все, — обморочно прошептал Серега, — кирдык. Ленка с ума сойдет. Мать инфаркт заработает. Конец нам. Витьку-то посадили...

— Сжечь! — гаркнул Кровопийцев.

Дальнейшие действия гаишников начали напоминать празднование Нового года в доме сумасшедших. Не успела я охнуть, как Серега чиркнул зажигалкой и поднес язычок пламени к краю стодолларовой купюры.

— Не горит, — с отчаяньем констатировал он.

— Ща вспыхнет, — нервно ответил Кровопийцев.

И точно, бумага занялась.

— Ай! — вскрикнул Серега, роняя пепел на колени.

— Живо подбирай золу и жри, — велел Кровопийцев.

Серега мгновенно запихнул в рот серые хлопья, потом схватил бутылку с колой, сделал пару судорожных глотков, обмыл пальцы, протер мокрой рукой рот и с чувством сказал мне:

— Че? Обломалось? Не было денег!

Тут только до меня дошел смысл происходящего. Сейчас взяточникам в форме объявлена война. Очевидно, за Серегой и Кровопийцевым следила служба безопасности, это ее сотрудники сейчас стучат пальцем в окно, хотят поймать мздоимцев за руку. Меня сладкая парочка жадных гаишников приняла за подсадную утку, а мои сто долларов — за обработанную специальным порошком купюру. Даже если отбросить такую прочь, на руке остянутся следы. Пожалуй, Кровопийцев придумал правильный выход — надо сжечь деньги. Нет ассигнации — нет и взятки. Мало ли где гаишники измазали свои жадные лапы? Основная-то улика погибла в пламени...

Кровопийцев опустил стекло и с ласковой улыбкой спросил:

— Чего вам, парни? Мы тут вот с девушкой работу проводили... А вы ступайте, гражданка Романова, получили устное предупреждение и уезжайте. Впредь будьте внимательней.

Я мгновенно выскочила на мостовую. Пусть разбираются без меня.

Один из сотрудников службы безопасности кашлянул и вдруг, сохраняя на лице каменное выражение, просяще сказал:

— Слышь, командир, мы вообще-то из Рязани, заплутали тут у вас. Где здесь переулок Свободный?

Я застыла на месте. Кровопийцев тоже остался с раскрытым ртом. Серега опустил стекло, высунул наружу лицо, покрытое черно-коричневыми разводами валютного пепла, и ошарашенно спросил:

— Так вы не того? Не этого?

— Не чего? — удивился командированный.

— Не служба безопасности?

— Нет, — хором ответили «костюмы». — Мы ищем переулок Свободный, там у нашего хозяина дочь живет, посылку ей привезли от босса.

Кровопийцев застонал, а я побежала к «Жигулям», старательно пытаясь не захохотать во весь голос. Последнее, что услышала, садясь в машину, был негодующий вопль Сереги:

— Хрена ж ты, идиот, на номера не посмотрел! Вон же, сразу видно — машина из Рязани! Какая служба безопасности?!

Откатившись на небольшое расстояние от места сего происшествия, я припарковала «Жигули» на стоянке около магазина и зарыдала от смеха. Представляю, что скажет Вовка, когда сегодня расскажу ему о проделках гаишников. Вот уж права пословица: на воре шапка горит. Правда, сейчас сгорели мои сто долларов, но мне их отчего-то не жаль. Ей-богу, и больше заплатишь, чтобы посмотреть подобный спектакль. А как они испугались! Может, произошедшее отучит Серегу и Кровопийцева вытягивать из наивных автолюбителей мзду? Небось они специально поджидают женщин и начинают их пугать по полной программе. Хотя таких ментов не переделать. Сейчас эти двое с яростью накинутся на других владельцев машин, захотят компенсировать не только материальные потери, но и моральный урон.

Ладно, забудем о дурацкой истории и займемся делом.

Перво-наперво, надо отыскать адрес Ладожской. И кто может помочь? Звонить Костину больше не стану, хватит. Один раз он наорал на меня, потому что сидел на совещании, во второй пожелал разговаривать лишь с Лисицей. Более унижаться я не намерена. Вот сейчас покручу мозгами и точно обнаружу выход из положения. Итак...

Я взяла мобильный и принялась просматривать телефонную книжку. Не имей сто рублей, а имей сто друзей. В принципе верное наблюдение. А еще существует теория о том, что все люди на свете знакомы через одного. Ну, допустим, я имею телефон певицы Глюкозы, а вы можете позвонить мне, следовательно, госпожа Романова теоретически способна свести своего приятеля с артисткой.

Палец методично нажимал на кнопочку, «листая» справочник. Андреева Ольга. Нет, не пойдет. Ольгушка отличная кулинарка и способна испечь любой торт, но мне она сейчас не помощница. Боровикова Оксана. Тоже не то. Оксанка медсестра, чудесно делает уколы, но мне, слава богу, пока никто никаких лекарств не прописывал. Годовиков Леша, Дмитриев Дима, Еланская... О-о-о! Еланская Женя! Точно!

Я мгновенно набрала номер и услышала нежное сопрано:

— Слушаю вас.

— Можно Женю?

— Ее нет, вернется через месяц, — прозвенел голосок.

Я слегка удивилась. Всегда считала, что этот номер — ее мобильного. Ан нет, ошибалась.

— Кстати, если вы по поводу сериала «Страшные тайны», то кастинг закончен, — спокойно продолжила незнакомка, — сейчас собираются снимать другие проекты, обратитесь лучше к Ованесову.

— Спасибо, — вежливо ответила я, — но актрисой я не являюсь, меня зовут Евлампия Романова, хотела...

Звонкое сопрано закашлялось, потом, превратившись в меццо-сопрано, воскликнуло:

— Лампа, привет!

— Женька, ты?

— Ну, я.

— Господи, зачем спектакль устраиваешь, голос меняешь?

Еланская засмеялась.

— Кабы ты подбирала актеров в новый стосерийный сериал, еще не так бы шифроваться начала. Звонят без устали. Кто просит, кто орет, кто угрожает, кто рыдает... Страшное дело, мрак! На главную героиню сорок претенденток, и у каждой папа-мама-брат-любовник есть. Сяду вечером и думаю: и зачем мне такой большой геморрой за маленькую зарплату? Постой, а ты за кого просить собралась? Лизавета решила в актерки податься? Ой, беда, отговори девочку. Зачем ты ей это разрешила? Абсолютно безответственный поступок — бросать ребенка в шоу-бизнес. Театр и кино тоже шоу, и законы там еще покруче, вообще говоря...

— Женюрка, — перебила я некстати разбушевавшуюся Еланскую, — ты о Матвее Ладожском слышала?

— О ком? — осеклась подруга.

— Матвей Ладожский, — повторила я.

— Ладожский, Ладожский... вроде крутится в уме... Где он снимался? Какой-то сериал, про милицию, как его...

Из моей груди вырвался вздох. В последнее время большинство кинолент про ментов, и непонятно, какой имеет в виду Еланская.

— Матвей Ладожский — классик, он работал с великими режиссерами, — перебила я Женьку.

— О-о-о! Да! Конечно! Но он же умер...

— Ищу его дочь или, может, внучку.

— Надьку?

— Верно. Ты с ней знакома?

— Господи, кто ж не видел Надьку?

— Я.

— Ну, ты не из наших, — захихикала Женька. — А зачем она тебе?

Простота вопроса поставила в тупик.

— Поговорить надо, — ловко нашлась я.

— Ясненько, — пробубнила Женька, — только у меня адрес, телефон ее потеряла.

— Давай, — обрадовалась я.

— Она живет в Солнцеве.

— Вот странность! Думала, ей от Ладожского квартира в центре осталась. Кстати, кто он ей, дед?

— Нет, отец.

— Сколько же Наде лет?

— Фиг ее знает, за тридцать.

— Господи, сколько ж Ладожскому было, когда он дочь родил?

Женька стала шуршать бумажками.

— Восемьдесят.

— Ой!

— А жене двадцать.

— Ну и ну!

— Она была восьмой супругой Ладожского.

— О-о-о...

— Он ее бросить не успел, — зачастила Женька. — Вернее, официально парочка разбежалась, когда Надьке десять исполнилось, на почве ревности скандал случился. Неужели не слышала? О нем тогда вся Москва судачила, до сих пор наши помнят, какой тарарам стоял. Да уж, нынешним звездам такое не устроить. У Ладожского квартира на Тверской, в доме около Центрального телеграфа, так из окон шмотки летели, мебель. Всю улицу завалили!

— Чего же он хотел? — вздохнула я. — Женился на девочке, ясное дело, она старичку рога наставила.

Еланская хмыкнула.

— Да нет, все наоборот. Это Матвей любовницу завел, а Раиса его поймала. Прямо в кровати! Ну и устроила ему выволочку: мужнины пожитки по улице рассеяла, бабу голой по Тверской погнала. Народ чуть не умер при виде такого зрелища!

— Постой, — удивилась я, — если Ладожскому на момент рождения дочери исполнилось восемьдесят, то получается, что новую любовь он закрутил в... девяносто?

— Ага, — подтвердила Женька. — Говорю же, нынешние звезды слабоваты, куда им до великих стариков. Вот те жить умели! В общем, Раисе повезло, Матвей от нее к Верке ушел, но официально развод оформить не успел, умер. Все нажитое Райке отошло, и уж, поверь мне, наследство сладкое. Раиска потом замуж не выходила, пить начала, что с ней случилось, не знаю. А Надька в шоколаде: квартира на Тверской, дача в Снегирях, муж богатый... Везет бабе!

— Почему же тогда она в Солнцеве живет?

— Балда! Там воздух свежий. Какая в центре экология? Даже крысы подохли!

— А где работает Надя?

Еланская развеселилась окончательно:

— Ой, не могу! За фигом ей служить, с такими деньгами-то! Ты бы пошла ломаться при наличии миллионов?

— Дома сидеть скучно.

— Ты, Лампа, натуральный лапоть. Надька по тусовкам шарится, она светская львица.

— Кто?

Женя издала протяжный вздох.

— Бездельница с бабками. Только разве можно такое человеку в лицо сказать? Вот журналисты и придумали оборот «светская львица». Это особи, посещающие почти все мероприятия. Кстати, по наличию на тусовке подобных дамочек судят о пафосности сборища. Они ходят лишь на вечеринки хай-класса, а на какой-нибудь день рождения пиццерии не отправятся. Ясно?

— Угу, — ответила я.

— Злые языки говорят, что кое-кто из таких львов и львиц за свой визит денежки с устроителей берет, — разболталась Женька. — Про поэта Семкина точно знаю: ему конвертик предложи, припрет мигом. А где Семкин — там драка; где мордобой — там журналюги; где пресса — там фото; где снимки в «Желтухе» — там известность. Вот и зазывают Семкина на дни рождения. Кому, скажем, нужен генерал N? Сколько их, таких! А вот если Семкин приехал, да пристал с пьяных глаз к семипудовой жене героя праздника, схватил ее за всякие места, побил сына генерала, подрался с охраной... Вот тут читай про праздник в газете, пришла слава! Только, думаю, ты зря Надьку позвать решила, она бабки не берет. Хочешь телефон Семкина?

С огромным трудом избавившись от трещавшей без умолку Еланской, я завела мотор и порулила в сторону МКАД. Женька невыносима: сама наговорила подробностей о светских обычаях, тут же сделала выводы и решила, что я, невесть по какой причине, надумала устроить сборище с привлечением «львиц».

Дом, в котором обитала Ладожская, поразил красотой подъезда. Беломраморные ступени, позолоченные перила, ярко-красный ковер и шкафообразный охранник, немедленно спросивший:

— Вы к кому?

— К Надежде Ладожской, — улыбнулась я.

Тяжелый взгляд парня в форме прошелся по моей фигуре, потом секьюрити, слегка сменив тон, осведомился:

— Вас ждут?

— Да, — уверенно ответила я.

— Минуту, — вежливо, но решительно отреагировал парень, потом взялся за телефон и, навесив на лицо улыбку, прочирикал в трубку: — Надежда Матвеевна, извините за беспокойство, к вам женщина пришла. А-а, ща, поинтересуюсь. Вы модельер?

Последний вопрос был адресован мне.

— Да, — снова твердо ответила я.

— Она самая, — доложил он в трубку и снова повернулся ко мне: — Вирджиния Паоло?

Я закивала.

— Точно, — сообщил охранник абонентке, — впускаю.

Дверь Ладожская открыла не сразу, мне пришлось промаяться на лестничной клетке минут десять, прежде чем на пороге появилась безвозрастная женщина с очень приятным, милым, совершенно ненакрашенным лицом.

— Входите, — ласково пригласила она.

Я обрадовалась. Честно говоря, представляла себе Надежду иной — этакой барыней с надменным взглядом. Но тут милая женщина добавила:

— Хозяйка в будуаре.

И мне стало понятно: она горничная.

Будуар походил на меховую жилетку. Пол укрывали шкуры неизвестного, невинно убиенного животного, стены обтягивала бархатная ткань, окна прикрывали тяжелые драпировки, сделанные, похоже, из кошачьих шкур. А еще здесь удушающе пахло то ли специями, то ли благовониями, то ли на редкость вонючими духами.

У меня зачесалось в носу и запершило в горле.

— Вы явились на два часа раньше! — с негодованием воскликнула женщина, полулежавшая на диване.

— Извините, — пробормотала я, лихорадочно соображая, как побыстрей подобраться к основной для меня теме разговора.

Ладожская села и тряхнула светлыми кудрями. На вид ей было лет двадцать, не больше.

— Раз уж приперлись в неурочное время, — сердито заявила она, — то начинайте.

Я слегка растерялась. Надежда отвела в сторону пряди, прикрывавшие лицо, и сразу стало ясно: ей не меньше тридцати.

Потом женщина встала и, почти вплотную приблизившись ко мне, воскликнула:

— Чего молчите? Эскизы принесли? Выкладывайте.

Я невольно отметила, что лицо хозяйки покрывает густой слой косметики. Хм, похоже, Ладожской все тридцать пять.

— Вы пьяны? — обозлилась дама. — Или немая? Господи, кого мне Виктор прислал? Сказал, лучший модельер!

— Простите, я не портниха, ошибка вышла.

— А кто? — распахнула сильно намазанные ресницы дама.

— Евлампия Романова. Можно просто Лампа.

— Что?

— Меня так зовут.

— Боже, это чудовищно! — фыркнула Надежда. — Сейчас позову охрану. Вы воровка?

— Нет, что вы! Я арфистка и...

— Кто? Немедленно представьтесь по-человечески! По какой причине вломились в мою квартиру?

Я слегка растерялась и, чтобы вызвать к себе доверие, спросила напрямую:

— Знаете Константина Ведерникова?

Ладожская, кажется, вздрогнула, потом очень тихо переспросила:

— Кого?

Обрадовавшись, что хозяйка больше не собирается вопить и звать на помощь, я продолжила:

— Ведерников Константин Олегович, ездит на шикарном «Мерседесе»...

— Замолчите, — прошептала Надя, — немедленно захлопните рот. Артем еще не ушел, за ним шофер через пять минут приедет.

Я машинально притихла. Ладожская ланью метнулась к столу, выдвинула ящик, вытащила оттуда толстую пачку зеленых банкнот, перетянутую розовой резинкой, подошла ко мне, сунула в руку деньги и прошелестела:

— Сейчас Тема уедет, и вы уйдете. Навсегда, молча.

Глава 26

— Котя, — донеслось из коридора, — мне пора!

— Извини, милый, — откликнулась, теперь уже точно вздрогнув, Надя, — не могу выйти.

— Так сам загляну... — бодро отозвался мужчина.

Надя вздрогнула и беспомощно посмотрела в мою сторону. Не успела она отвести потерянный взор от «модельера», как дверь распахнулась и в комнату бодро вкатился шарообразный субъект, из-за малого роста, большого живота и совершенно лысой головы удивительно похожий на теннисный мячик.

— Надеюсь, не помешал? — бойко спросил он. — Очень хочется посмотреть. Котенька, ты сейчас станешь мерить синее, с розовой вставкой или желтое с кристаллами от Сваровски... А где платье? Покажите скорей, а то я на совещание опоздаю!

На лице Нади появилось выражение замешательства, я кашлянула и кинулась на выручку хозяйке. Честно говоря, мне было совершенно непонятно, по какой причине Ладожская повела себя более чем странным образом, но существует такая вещь, как женская солидарность. Мы, женщины, должны выручать друг друга! И потом, если этот престарелый круглый Тема сейчас сообразит, что я не дизайнерша с идиотским именем, он велит своей прислуге выставить посетительницу вон, и поговорить мне с Надеждой по душам вряд ли скоро удастся.

— Можете отказаться от моих услуг! — с пылом воскликнула я. — В конце концов, я даже пойду на то, чтобы лишиться клиента, но доброе имя дороже! Ни синее, ни желтое шить не стану. Вот, приехала заявить свое категорическое «нет».

— Котенька, — удивился Тема, глядя на меня с брезгливостью человека, наткнувшегося вечером у мойки на наглого, шагающего на водопой таракана. — Это кто такая?

— Модельер, — попыталась спокойно ответить Надя.

— Вирджиния... э... Вулф, — рявкнула я. — То есть Паоло. Вернее, мое имя полностью звучит так: Вирджиния Вулф-Паоло-Оболенская-Вяземская-Трубецкая. Я обладатель престижных, мировых премий... э... «Золотой сантиметр» и «Хрустальная игла»...

Тема разинул рот, а меня несло, словно бешеную собаку по дороге:

— Еще недавно получила «Алмазные ножницы» и «Мраморный ситец». Теперь понимаете, с кем имеете дело?

Мужчина обалдело кивнул.

— Так вот, — стала наступать на него я, — никаких синих и желтых одеяний! Вашей жене они не пойдут. Нет! Я вижу ее в огненно-красном! Разрез на спине, потом огромный бант, зеленый, с пряжкой, если хотите, от Сваровски. Но на мой взгляд, хрустальная поделка — пошлость. Надюша должна носить лишь брильянты, рубины и изумруды. Конечно, если ваши дела плохи, сойдет и Сваровски.

— Кто сказал, что мой бизнес зашатался? — напрягся Тема.

— Вы сами.

— Я?

— Ну да.

— Когда?

— Только что! Предложили украсить платье стекляшками.

— Так Сваровски же... — растерянно напомнил Тема.

— Фу, — скривилась я, — осколки окна, просто хорошо обработанные. Надя станет походить на люстру с висюльками. Право, смешно, и... дешево. Нужна только брильянтовая пряжка! Если у вас, конечно, хватит на нее денег...

— У меня?

— У кого же еще!

— Я не сумею купить Коте брюлики?

— Ну, не знаю, после предложения о создании платья, усыпанного разбитыми стаканами, сомневаюсь в вашей платежеспособности. Вот один владелец банка — естественно, я не назову вам его фамилию — заказал вчера для своей супруги белье: лифчик и стринги, расшитые изумрудами!

Выпалив последнее, я остановилась. Право, перегнула палку. Если бюстгалтер, украшенный ограненными камнями, еще худо-бедно представить себе можно, то стринги... Их же невозможно будет носить! Сами понимаете, в каком месте ощутите неудобство.

Но Артем не заметил откровенной глупости, выпавшей изо рта «модельерши».

— У меня не хватит лавэ? У меня? — взвыл он.

— Артем Михайлович, — послышался из коридора спокойный голос горничной, — шофер приехал, очень волнуется — в городе пробки, вы можете опоздать.

Хозяин перевел дух, потом подлетел к жене и, встав на цыпочки, попытался поцеловать ее в щеку. Надя привычно нагнулась, Артем чмокнул супругу, пошел к двери, потом обернулся и заявил:

— Ну ты, деревянная игла, железная швейная машинка! Имей в виду, у моей жены должно быть все лучшее, в брюликах! Ясно?

Я закивала:

— Конечно.

— Во, — ухмыльнулся Артем, — начинай!

С этими словами толстяк укатился в коридор.

— Серега, — загремел из прихожей его голос, — живо, опаздываю, хватит на кухне шариться! Все жрешь без остановки...

Стукнула входная дверь, повисла тишина. Бесшумным шагом Надя приблизилась к дивану и обвалилась на него.

— Спасибо, — прошептала она.

— Не за что, — так же тихо ответила я.

Внезапно хозяйка уткнула лицо в ладони, уронила голову на колени и затрясла плечами. Я испугалась: похоже, у Нади начиналась истерика.

Ноги принесли меня к дивану, я плюхнулась около светской львицы.

— Успокойся, не надо рыдать, ничего ужасного не случилось.

Надя подняла голову, и мне стало понятно: она умирает от смеха.

— Жаль, ты не видела себя со стороны, — прошептала она. — Вирджиния Вулф-Паоло-Оболенская-Вяземская-Трубецкая.

— Да уж, перестаралась! Просто сказала имя, а фамилия Вулф машинально вылетела, вот и захотела исправить положение, — улыбнулась я.

— Хорошо, мой идиот читать не умеет, — сдавленно продолжила Надя. — Премия «Мраморный ситец» — это тоже было круто!

— Ага.

— И со Сваровски ты его уела, прямо в больное место ткнула, — еле слышно бормотала Надя. — Теперь до вечера мучиться станет: он не самый крутой. Подожди-ка...

Быстро вскочив с дивана, Надежда подлетела к двери и крикнула:

— Галина!

— Я здесь, — отозвалась домработница.

— Немедленно езжай в Жуковку, в салон красоты, мне там крем оставили.

— Но я еще не успела еду приготовить!

— Ты со мной споришь?

— Ой, простите, Надежда Матвеевна, бегу!

— Рысью, прямо сейчас, раз... два... — захлопала в ладоши Надя.

— Да, да!

Снова стукнула дверь, Надежда подошла к столику, вытащила из коробки длинную сигарку, вставила ее в мундштук и зло произнесла:

— Шпионка, блин! Вечно подслушивает, подсматривает и Теме докладывает. Живу, словно в аквариуме, кругом стеклянные стенки. Теперь можем разговаривать. Ты кто?

— Евлампия Романова, можно Лампа.

— Супер. Спасибо, конечно, что не стала затевать беседу при Теме, — скривилась Надя. — Да, я тебе благодарна, только, думаю, речь не в благородстве твоей души, а в деньгах. Так?

Я вытащила засунутую в карман пачку долларов.

— Забери, это твое. Спрятала на время, чтобы Артем не увидел.

— Мало? Но больше дома не держу. И потом, Ведерников обещал, что «Мерседеса» хватит.

— Так все-таки это ты купила ему автомобиль!

Надя пожала плечами.

— Не придуривайся! А то бы он тебя сюда прислал втемную... Ты ему кто? На любовницу не похожа, слишком бедно выглядишь, джинсики дешевые, ботиночки ерундовые, сумка из дерьма. Следовательно, помощница. Вместе народ щиплете? И чего еще от меня надо? Сколько платить можно, а? Господи!..

В голосе светской львицы прозвучало такое отчаяние, что я вздрогнула и быстро сказала:

— Ведерников погиб.

— Как? — подпрыгнула Надя.

— В автокатастрофе.

— Не может быть!

— Правда.

— Когда?

— Еще недели не прошло.

— Точно?

— Стопроцентно.

— Он не оживет?

— Ты всерьез спрашиваешь? Ясное дело, нет.

Надя схватилась за горло, потом прошептала:

— А тебе он передал адресок дуры, которую можно доить? Ты, так сказать, преемница? Перед смертью сведениями поделился?

Я глубоко вздохнула, потом села в кресло, стоящее возле трехногого столика, и сказала:

— Слушай меня внимательно. Насколько я поняла, ситуация складывалась следующим образом: ты изменила мужу с Константином, осыпала любовника подарками, но потом охладела к нему и решила порвать. Ведерников оказался сволочью и начал шантажировать бывшую даму сердца. Так?

— Нет, — вдруг улыбнулась Надя, — похоже, ты не в курсе дела.

— Но он выдавливал из тебя деньги.

— Да.

— И вас связывали близкие отношения.

— Ну... да.

— Можешь ответить на один мой вопрос?

— Какой? — прищурилась Надя.

— У Константина имелся шрам? Тонкий рубец, охватывающий запястье, отметина, похожая на наручник.

— А зачем тебе эта информация? — удивилась Надежда. — Давай колись, чего вообще надо?

Я села поглубже в кресло и завела рассказ про Лисицу, наше агентство и провизора Алису.

Надя слушала меня молча, изредка зябко поводя плечами. Когда фонтан информации иссяк, она схватила новую сигарку с мундштуком и произнесла:

— Да уж! Интересное кино.

— Вы были любовниками!

— Кто сказал такое?

Я слегка растерялась:

— Ты же купила ему «мерс».

— Верно.

— Он выманил машину шантажом?

— И тут в точку.

— Но чем он пугал тебя, если не сообщением мужу о неверности супруги?

— В принципе все правильно, — протянула Надя. — Тема — идиот, он посчитает подобное поведение за адюльтер и удавит «котика», то бишь меня. Я попала в сложное положение, Костя знал об этом, я была слишком откровенна с ним... и вот результат. Правда, он пообещал, что, получив «мерс», заткнется. Но обманул. Вернее, не так. Ведерников молчал, но сильно мне нагадил — и с бизнесом, и с личной жизнью. А потом стал пугать Темой...

— Ты имеешь свое дело? — удивилась я. — Знаешь, люди считают Надежду Ладожскую светской львицей, дамой без особых забот.

Надя швырнула недокуренную коричневую сигарку в пепельницу.

— Очень трудно объяснить. Бизнес есть, но... его нет.

— Не понимаю!

— Я же сказала... трудно объяснить. Хотя из-за фирмы «Леди» и загорелся весь сыр-бор. В конечном счете я сама во всем виновата. Но он был столь мил и любезен, абсолютно свой! Кстати, с Костей бы трюк «Вирджиния Вулф» не прошел, он много читал. Я так хотела... а зря... Дура! Поняла потом ему цену, но поздно!

— Сделай одолжение, расскажи подробнее!

Надя сцепила пальцы, захрустела ими, забормотала:

— Рассказать... тебе... хотя... Я совсем одна!.. И мне очень плохо... прямо жутко... плакать все время хочется, от всего... Ладно, слушай.

Наденька Ладожская запомнила свое детство, с одной стороны, как яркий праздник, с другой — словно истинный кошмар.

У девочки имелся любящий папа, всегда приносивший дочери конфеты, цветы, игрушки, и мама, постоянно покупавшая Надюше красивую одежду. Ребенок ни в чем не знал отказа, любая прихоть Наденьки исполнялась мгновенно. Это была одна сторона медали, но существовала и иная.

Мама постоянно ругалась с папой. Стоило Матвею войти в дом, как Раиса кидалась осматривать и обнюхивать мужа. Каждый раз жена обнаруживала нечто, не слишком ей нравящееся, и разгорался скандал. Но какой! Крик, вой, битье посуды, разламывание мебели. Раиса могла схватить ножницы и изрезать пальто актера. Один раз она кинулась на Матвея, сжимая в побелевших от напряжения пальцах тесак для разделки мяса.

— Убью! — визжала мама. — Сяду в тюрьму, но и ты другой не достанешься!

Надюша от страха залезла в своей комнате под кровать. После этого случая у ребенка начался энурез, но на мать это никак не повлияло.

Домработницы в семье долго не задерживались, их Рая со скандалом выгоняла вон через месяц. Дольше всех продержалась в доме старушка Ниловна. Это она рассказала Наде, что мама хорошая, просто очень ревнивая, а папа — «кобель поганый, сто лет скоро исполнится, все по бабам носится, никак не успокоится, потаскун».

Потом Матвей умер. Раиса, прорыдавшая полгода, стала пить. Надю она окончательно забросила, совершенно дочкой не интересовалась. Вдова покупала бутылку коньяка, ехала на кладбище, садилась у могилы мужа и, выпив все до капли, засыпала прямо на земле. Домой ее приводили сотрудники погоста, получали деньги за услугу и отбывали прочь. Потом Рая перешла на водку, затем на бормотуху и спиртосодержащие настойки. Умерла она в тот год, когда Надя переползла на четвертый курс театрального института.

Смерть мамы не огорчила, а обрадовала дочь. Раиса давно превратилась для нее в обузу. Теперь же Надя осталась одна и могла спокойно жить, продавая собранный папой антиквариат.

Говорят, природа отдыхает на детях талантливых людей. В данном случае примета оказалась абсолютно точной. Наде не досталось ни крошки таланта отца, но девушка не унывала. Фарфоровые статуэтки и картины из коллекции Матвея Ладожского стоили хороших денег, и Надюша жила припеваючи, не задумываясь о работе.

Она была веселой, хорошенькой и по-глупому гостеприимной девушкой. Очень скоро вся Москва узнала — если вам охота порезвиться, но испытываете трудности со средствами, поезжайте к Надюше. Там всегда есть выпивка и закуска, звучит музыка и толчется много народа.

Праздник длился без перерывов. Надюша порхала, словно стрекоза из басни, особо не думая о предстоящей зиме, лето жизни казалось бесконечным. В стеклянных витринах теснился фарфор, о котором мечтали музеи, на стенах висели картины, достойные экспозиций Третьяковской галереи... Беспечная Надюша каталась по восемь раз в год на лучшие курорты. Но однажды, вернувшись после очередного отдыха, она обнаружила апартаменты обворованными.

Грабители вынесли все, не оставили даже постельного белья. Шкафы зияли пустотой, о картинах напоминали лишь невыгоревшие места на обоях. Список украденных ценностей составляли неделю. Надюша с трудом вспоминала то, чем обладала. Сколько было статуэток восемнадцатого века? А фиг их знает! Может, тридцать. Или двадцать пять. Какие полотна украшали столовую? Ну, спросили! Подлинники, не копии, это точно. Кто автор? Вроде Репин и Кустодиев. Хотя нет, эта мазня висела в спальне у Раисы, а в комнате для еды маячили натюрморты. Чьи? Вроде какие-то голландцы...

Оперативники только крякали, слушая, как Наденька размышляет, загибая музыкальные пальчики:

— Серебро от Фаберже... э... шкатулки вроде... их было... Ну да, верно, семь. Нет, пять. Или девять? Не помню! Полно барахла было!

Глупая девушка сначала не поняла, в какой ситуации она оказалась, но потом, постепенно, ее голова стала трезветь.

Глава 27

Вместе с пропажей ценностей из дома выдуло всех приятелей. Надюша вдруг, впервые в жизни, оказалась перед проблемой: где взять денег. Не на вечеринку, а элементарно на еду и метро, о такси, на котором она до сих пор передвигалась по столице, пришлось забыть сразу. Шкафы были пусты, стены тоже, продавать нечего. Как-то у Надюши не нашлось мелочи даже на батон хлеба.

Решив не унывать, Надя поехала к одной из своих лучших подруг, Светке, но та даже не впустила Ладожскую в квартиру. Высунулась на лестничную клетку и рявкнула:

— Чего явилась? Я тебя не звала!

— Но ты ко мне всегда приезжаешь без предупреждения, — растерялась Надя.

— Так одна живешь и гуляешь, как хочешь, а у меня родители. И вообще, завтра мне на работу!

— Ты где-то служишь? — искренне поразилась Надя.

— А как же, — кивнула Света, — не всем же, как тебе, везет, приходится зарабатывать.

Для Нади наступили тяжелые времена. Она научилась ловко ездить зайцем и... воровать в магазине продукты. Надюша снова начала бегать по вечеринкам, но уже не из желания развлечься, а экономя на ужине. Хотя, если честно, обедневшую Ладожскую звали в гости все реже и реже. Потом наступило время, когда о ней перестали вспоминать, телефон замолчал.

Вот тогда стало совсем плохо, Надя ощутила себя в тотальной изоляции. От тоски она попыталась устроиться на работу, но девушка со специальностью «театровед», нигде не служившая ни дня, никому не была нужна. В конце концов Наде пришла в голову гениальная идея. Ладно, у нее украли ценности, но квартира-то — большая, просто огромная, в двух шагах от Кремля — осталась! Ее можно сдать, себе снять жилье попроще, а на разницу жить спокойно. Сказано — сделано. Воспрянувшая духом бывшая прожигательница жизни отправилась в риелторское агентство, где ей моментально выделили парня по имени Миша, который и отправился осматривать хоромы.

Увы, ничего радостного агент не сообщил. Да, многокомнатные апартаменты на Тверской можно сдать за немалые тысячи арендной платы в месяц, но... Помещение требует евроремонта, смены допотопной сантехники на современную, замены старых рам, переборки паркета, покупки посудомоечной и стиральной машин... В общем, требовались такие вложения, которых Надя сделать не была способна.

Ладожскую охватила вселенская тоска. Но тут судьба решила сжалиться над избалованной девушкой — риелтор Миша влюбился в Надю и начал активно за ней ухаживать. От нечего делать Надя завела вялотекущий роман, Миша же воспринял отношения серьезно и начал строить планы.

— Мы поженимся! — воскликнул он.

Надя ничего не ответила, но Миша не потерял энтузиазма и отвез «невесту» к своей маме.

— Это дочь великого актера Ладожского, — объяснил он родительнице, а та, всплеснув руками, кинулась к холодильнику.

Через час общения с возможными будущими родственниками Надюше стало страшно. Мишины родители казались счастливой парой, они прожили вместе много лет. Мама убивалась на ниве домашнего хозяйства, папа зарабатывал на скромную жизнь. Семья имела дачку в шесть соток, «Жигули» и стандартную трешку, заставленную «стенками». На взгляд Нади, легче было застрелиться, чем прозябать подобным образом, но Миша, расчувствовавшись, обнял любимую и воскликнул:

— И мы будем так же счастливы, как мои родители.

У Нади по спине побежал от ужаса озноб, и она твердо решила, что лучше умереть.

После памятного визита в отношениях Миши и Нади возникла трещина. Ладожская не бросала кавалера лишь по одной причине: он старательно искал богатого съемщика на грязные хоромы и в конце концов свел любимую с предпринимателем Артемом Хованским, более чем обеспеченным мужчиной.

Надюша, несмотря на наступившую бедность, была по-прежнему хороша собой, Артем немолод, тотально лыс, но обеспечен. Очень скоро Миша был покинут, и Ладожская, поняв, что нельзя упускать единственный шанс вернуться к богатой жизни, мгновенно ответила «да» на предложение Хованского о женитьбе.

Кстати, Тема влюбился в Надюшу по-настоящему. Ему, малообразованному мужчине, сколотившему состояние на торговле подержанными автомобилями, бывшему слесарю, чье состояние зародилось в недрах крошечного сервиса, дочь великого актера казалась неземным существом. Надя знала такие слова, которых Тема никогда не слышал, и она была принята в том мире, куда Артем, заполучив деньги, тщетно пытался прорваться.

Надя снова оказалась в центре светской жизни. Она носилась по тусовкам, сидела на премьерах, ее хорошенькое личико и точеная фигурка замелькали на страницах светской хроники. Одна беда — без Артема Надя не имела права и шагу шагнуть. Пара везде появлялась вместе и заслужила в ехидном обществе прозвище: «Чудовище и Красавица».

Справедливости ради следует добавить, что Артем жене не мешал. Наоборот, он поощрял ее страсть к развлечениям, одевал, словно куклу, осыпал брильянтами и, войдя в очередной зал, где толкались плейбои и плейбабы, скромно ретировался к столу с закусками. Он не держал жену под руку, не тыкал ей пальцем под ребра, не шипел на ухо:

— Пойди улыбнись Ивану Ивановичу!

Нет, Тема восхищался супругой, позволял ей строить глазки окружающим, но никогда не отпускал одну.

Если работа не позволяла Артему посетить то или иное мероприятие, Надя сидела дома. А еще Хованский терпеть не мог принимать людей у себя дома — пара устраивала свои вечеринки в ресторанах и отелях.

Один раз Надя, разозленная тем, что муженек умотал в какой-то город по делам бизнеса, наплевала на приказ супруга коротать вечер у телеэкрана и отправилась тусить в одиночестве. Отрывалась она всю ночь по полной программе, домой заявилась в семь утра и... столкнулась с Темой.

— Милый! Ты уже вернулся! — залебезила жена.

— Да, — коротко ответил всегда словоохотливый супруг.

— Как съездил?

— Отлично.

— Устал? — стала проявлять лицемерную заботу Надя. — Бедненький ты мой...

— Угу, — вымолвил Тема.

— Давай скорей баиньки!

— Хорошо, — кивнул Тема, взял свою подушку и ушел в кабинет.

— Дорогой! — кинулась за ним Надя.

— Что?

— Ты рассердился?

— Нет.

— Тогда почему идешь спать на диван?

— Не хочу ложиться в спальне.

— Отчего?

— Не желаю.

— Милый, не злись! Фу, какой бука! — надула губки Надя.

Теме обычно очень нравилось, когда женушка изображала из себя маленькую девочку, но в тот раз он даже не улыбнулся.

— Дорогой, — не отставала от него Надя, — уж не ревнуешь ли ты? Право, глупо!

— Я просил тебя никуда не ходить одной? — медленно спросил муж.

— И что?

— Ты послушалась?

— Всего один раз в одиночестве прокатилась, — засюсюкала Надя, — на именины к Лизе. Она бы жутко обиделась, не приди я на фуршет.

— Ну-ну... — протянул Артем. — Кстати, все недосуг было рассказать... У меня супруга имелась до тебя, Лолой звали.

— Ты был женат? — изумилась Надя.

— Угу.

— Но почему мне не сообщил?

— Как-то времени не нашлось.

— Может, у тебя и дети есть? — обозлилась Надя.

— Нету! Впрочем, Лола умерла, — спокойно, без сожаления, ответил Артем.

— Господи! Что же с ней случилось? — полюбопытствовала Надя.

— У Сережки спроси, — ухмыльнулся Тема. — Скажи, я велел историю озвучить.

Надя возмутилась:

— Сам объясни! Вот еще, стану я с шофером диалоги вести.

Но Артем молча вошел в кабинет и запер за собой дверь. Пришлось Ладожской идти к водителю.

— Ничё не знаю, — уперся Сережа, служивший у Темы с незапамятных времен.

— Артем велел мне все рассказать! — взвизгнула хозяйка.

— Да?

— Говори! — рявкнула Надя.

— Ща, — пообещал водитель, — только позвоню.

Ладожская пришла в полнейшее негодование, но Сережа, сохраняя спартанское спокойствие, потыкал пальцем в сотовый и сказал:

— Это я. Тут Надежда Матвеевна... ага... да... Есть!

Потом сунул мобильный в карман и сказал:

— Спрашивайте.

— Что случилось с женой Артема?

— С Лолой?

— А были еще другие супруги?

— Не, только она.

— Тогда чего идиотничаешь? Ясное дело, с ней.

— Умерла.

— От чего?

— Несчастный случай.

— Какой?

— Под машину попала.

— Ой!

— Водителя не нашли, он скрылся с места происшествия, — очень спокойно повествовал Сергей. — Ночь стояла, дождь лил, вот Лола и не заметила грузовик. Ее потом в закрытом гробу хоронили.

— Ой-ой-ой, — испуганно воскликнула Надя и, неожиданно впервые ощутив жалость к мужу, продолжила: — Тема, наверное, очень переживал!

— Не, — скривился Сергей, — не шибко. Померла и померла, туда ей дорога. Вот я действительно заколебался, пока похороны организовал, гроб, цветы, поминки... Весь упарился, когда...

— Погоди-ка... — с невероятным изумлением остановила рассказчика Надя, — но о чем ты? Разве Тема не сам позаботился об ушедшей в иной мир супруге?

— Он в командировке был, — растянул губы в улыбке Сергей, — в Средней Азии, отделение фирмы открывал. Естественно, я позвонил, доложил о случившемся, а Артем Михайлович ответил: «Сережа, позаботься обо всем, мне отсюда не вылететь: песчаная буря бушует, аэропорт закрыт, железная дорога парализована». Вот и пришлось впрягаться, спасибо Галине, домработнице, — помогла.

Надя вздрогнула:

— И давно случилась беда?

— Ну... за полгода до того, как Артем Михайлович с вами познакомились!

Ладожская пришла в окончательное удивление:

— Как же так? Артем, значит, не горевал? И почему мне не сказал? Да и в квартире ничего о прежней владелице не напоминает. Я, когда сюда впервые вошла, сразу подумала, женской руки нет — ни хороших занавесок, ни безделушек...

— Так Артем Михайлович апартаменты поменяли, с Лолой они в другом доме жили.

— Понятно, — протянула Надя. — Значит, он все же расстроился, раз не захотел оставаться там, где ранее был счастлив.

Сергей кашлянул.

— Уж простите, Надежда Матвеевна, коли сейчас глупость скажу...

— Говори!

— Лола за Артема Михайловича по расчету вышла, — зачастил шофер, — прикидывалась влюбленной, да только врала. Она из бедной семьи, голь перекатная, белья не имела, пока за хозяином не оказалась. Другая бы благодарность испытывала, а Лола... Эх! Просил ведь ее Артем Михайлович, спокойно объяснял: «Милая, не бегай одна по гостям, я добрый человек, но очень ревнивый! Иногда такое кажется, сам себе удивляюсь. Лучше меня не нервировать. Освобожусь — вместе сходим к приятелям, но ты без мужа — никуда, сиди дома». Так нет! Только Артем Михайлович в командировку, Лола хвост вверх и шнырь на вечеринку. Ясное дело, хозяин мигом узнавал, где жена была. Вот и добегалась, сшиб ее грузовик. Так оно и случается, мужа слушаться надо. Коли он просит, не тряси хвостом.

По спине Нади тяжелыми лапами пошагал страх.

— Поняла, — прошептала она. — А что, Тема и правда ревнивый?

— Жуть, — понизил голос Сергей. — Но хозяин себя в руках держит. Другие кулаком жене в рыло тычут, а Артем Михайлович смолчит, только страдать станет, втихую. А мы с Галиной из-за него переживаем. Мы за-ради хозяина на все готовы!

— Ясно, — почти падая в обморок, кивнула Надя.

— Лола нам не нравилась, — закончил рассказ Сергей. — Наглая, лживая, нищая, вести себя не умела. Вот вы — совсем другое дело, из семьи такого человека! Ладожского вся Москва знает. Да что там столица, фамилия по стране гремит. Вы, Надежда Матвеевна, хорошая пара Артему Михайловичу, и он вас страсть как любит, прямо до смерти. Уж не обижайте мужа!

Надя сделала из всего этого правильные выводы и с тех пор боялась в одиночестве даже шаг сделать. Отправляясь за покупками, в салон красоты или на фитнес, Ладожская всегда брала с собой либо шофера, либо домработницу. Тема по достоинству оценил послушание жены и буквально осыпал супругу подарками.

Но некоторое время назад бизнесмен получил возможность открыть филиал своей фирмы в Америке и улетел за океан. Надя осталась дома... Можно сказать, что все неприятности, которые потом случились с Ладожской, лично подготовил Артем. Перед расставанием он вручил жене навороченный ноутбук и радостно сообщил:

— Вот, держи, намного интереснее телевизора! Тут игрушек полно — и стрелялки, и бродилки... Здорово увлекает!

Отличный бизнесмен, Тема плохо владел компьютером. Если честно, он не умел даже принимать и отсылать почту и пользоваться программой «Word». Да, собственно, и зачем ему было утруждаться? У Артема Михайловича для таких целей имелись специально обученные люди, секретарша просто клала боссу на стол распечатанные материалы. Об Интернете Тема имел лишь отдаленное понятие, знал, что существует некая система, в которой легко получить справку, но сам Всемирной паутиной не пользовался, а о таких вещах, как чат, «аська», сайты единомышленников или живой журнал, даже не слышал. Артем использовал комп как некую разновидность игровой приставки, ему нравилось убивать на экране противников, и он решил приобщить к интересному занятию Надю.

Проводив супруга, Надюша от полного безделья села около ноутбука и через пару недель методом тыка освоила умную машину. В отличие от мужа, жена моментально влезла в Интернет и поняла: для того чтобы развлекаться, вовсе не обязательно выходить из дома. Надя взяла себе имя «Ники» и стала бродить по чатам. Излазила буквально все уголки и в конце концов набрела на город Гардор.

И тут случилась невероятная вещь. Ленивая любительница тусовок, не заработавшая самостоятельно ни копейки, совершенно не приученная ни к какому труду, Надюша превратилась в цепкую, расчетливую, весьма успешную бизнесвумен.

Ники основала клуб, названный без особой выдумки «Леди». Казалось, затея с самого начала обречена на провал. Когда Надя начала подыскивать в Гардоре здание для своего проекта, ей мгновенно сказали:

— Тут полно развлекательных заведений, не

дури. Если уж решила взять в банке кредит, то лучше открой булочную. Хоть маленький бизнес, но постоянный.

Однако Ладожская лишь фыркнула. Делать батоны и плюшки совершенно не представлялось ей интересным, а вот попробовать себя в качестве главы клуба хотелось.

И что ж? Очень скоро «Леди» завоевала популярность. Надя использовала стандартные уловки, устраивала, например, тематические вечеринки, но... порой они напоминали детский день рождения, порой перешагивали грани приличия. А чего стоила хотя бы забава, когда всем гостям предписывалось явиться в клуб обнаженными... Вот уж гардоровцы повеселились! Кто-то моментально, при помощи фотошопа, превратил себя в помесь Дженнифер Лопес и Мадонны, кто-то позаимствовал тела у Брэда Питта и молодого Шварценеггера, а кто-то прислал фотки гоблинов, страшных старух и горбунов. В общем, оторвались.

У Нади оказалась буйная фантазия, и она ловко использовала местную прессу. В газетах Гардора то и дело мелькали сообщения типа: «Клуб «Леди» скоро закроют, мэр уже подписал документы» или: «В «Леди» случился праздник разврата, дочь министра внутренних дел обнаружена пьяной во дворе».

Ясное дело, что гардоровцы ломились в заведение, в котором можно было не только позабавиться, свести нужные знакомства, но и получить свою долю славы, прочитать о себе в газете.

Вернувшись из командировки, Тема оказался очень доволен.

— Наденька даже из дома не выглядывала, —

бодро отрапортовала хозяину Галина, — у компьютера сидит, «игрушками» увлеклась.

Если бы только Артем знал, к чему приведет общение жены с ноутбуком!

Глава 28

Заполучив личную жизнь, хоть и в виртуальной реальности, Надюша постаралась сделать все, дабы Тема никогда не догадался, чем занята его жена.

Надя уже знала, что ее супруг не «юзер», и теперь, овладев компьютером, ловко обводила муженька вокруг пальца. Она накупила всяких «игрушек», и если в ее комнату входил он или еще кто-то, моментально переключалась на какую-нибудь «бродилку». Никаких подозрений поведение Нади у супруга и прислуги не вызывало, никто, кроме Ладожской, не умел пользоваться Интернетом, и окружающие считали, что супруга Артема остепенилась, ей надоело веселье, скоро родит ребеночка и будет как все нормальные женщины.

Но у Нади уже имелись дети, целых двое, Маша и Данила, был у нее и любимый муж Лео, имелись большой дом, огромный бизнес, уважение сограждан. В Гардоре Ники вела очень счастливую жизнь. А вот в реальной действительности ситуация складывалась не столь радужно.

Лео отлично понимал Ники и как никто другой мог ее утешить, а Тема, хоть и проявлял дежурное внимание и иначе чем «котик» жену не величал, как человека свою спутницу жизни не воспринимал. Надюшу он держал за комнатную собачку, милую, симпатичную болонку. А Лео считал супругу личностью, советовался с ней по разным вопросам.

Спустя полгода Наде стало казаться, что Гардор — это наяву, а существование около Темы — сон. У женщины теперь начиналась натуральная истерика, если какие-то обязанности отрывали ее от монитора. Артем не замечал изменений в поведении жены, он часто катался в командировки и был очень доволен тем, что Надюша безвылазно сидит дома. А Лео без конца повторял:

— Милая, без тебя бы я умер и пропал в бизнесе, ты настоящий хозяин и моего дела.

Однажды ночью Надя села в кровати и не поняла, где находится. В своей спальне, но в какой? Это Гардор? Ах нет, Москва, потому что рядом сопит Тема, секс с которым теперь превратился в суровое испытание. А вот интимные отношения с Лео ей доставляли истинное наслаждение.

Тот, кто сейчас, прочитав последний абзац, покрутил пальцем у виска, не понимает, что в Интернете возможно все, включая и сексуальные удовольствия.

Неизвестно, чем бы закончилась ситуация, но внезапно Наде пришло письмо неприятного содержания: «Ты обожаешь Лео? Поостерегись, он мой. Не лезь в нашу любовь. Келли».

Надюша, естественно, не поверила сообщению, но потом в ее душе поднял голову червячок сомнений. Общались Ники и Лео лишь в понедельник, среду и пятницу. Еще на заре их взаимоотношений виртуальный супруг сказал, что может пользоваться компьютером лишь три раза в неделю, остальное время он проводит на работе. Кстати, особых подробностей о себе он «жене» не сообщил, Надя совершенно не имела понятия о том, чем занимается Лео в реальности. Не назвал «муж» и своего подлинного имени. А вот Ладожская, влюбившись, разболтала лишнее: рассказала, что является дочерью Матвея Ладожского. Правда, Надя тоже не была откровенной до конца, она не написала ни о Теме, ни о том, что фактически ведет жизнь бездельницы. Не упустив возможности прихвастнуть, она бойко наврала, что в реальности заправляет большим бизнесом, торгует драгоценностями.

Правда, потом, забыв о том, что представилась алмазной королевой, Надя сообщила:

— У меня пара ресторанов.

— Не понял, — мгновенно отреагировал Лео, — так камни или харчевни?

— Одно другому не помеха, — ловко вывернулась Надя и решила впредь быть более внимательной.

С тех пор в отношениях Ники и Лео случилось много всего, но график выхода мужчины в сеть не изменился.

И вот Надя решила проверить информацию из неожиданного письма. Она списалась с Келли, а та рассказала ей, что общается с Лео по вторникам, четвергам и субботам, только к ней он приходит под пином Леон. Келли заподозрила «мужа» в неверности и обратилась в детективное агентство. Естественно, виртуальное, как и весь Гардор. Сыщики сумели выследить парня, узнали про Ники... Дальше понятно? Келли не поскупилась, прислала Ники все подробности детективного расследования и детально описала свою жизнь с Леоном.

Пылая гневом, Ники отправила супругу письмо: «Отныне мы порываем все отношения, и я сделаю так, что тебе больше не будет места в Гардоре, мерзавец. Знаю все про Келли!»

Лео не задержался с ответом: «Лучше бы тебе не устраивать скандала, дура».

Переписка перетекла в перепалку, потом в драку, и Надя объявила Лео войну, любовь мигом трансформировалась в ненависть. Ники имела в Гардоре вес и сейчас нажимала на все кнопки, дабы уничтожить «мужа».

Самое интересное, что боевые действия захватили Ладожскую даже сильнее, чем «семейная» жизнь. В конце концов Ники почти уничтожила Лео, но тут случилась некая совсем реальная гадость.

Как-то раз, привычно усаживаясь у экрана, Надя услышала звонок мобильного. Машинально схватила трубку.

— Ну, привет, женушка, — донеслось оттуда.

— Это кто? — подскочила Надя.

— Лео, твой супруг, прошу не путать с Артемом, — хрипло засмеялся мужчина. — Думаю, он то не знает про жизнь втроем.

— Мерзавец! Как ты нашел меня? — оторопела Надя.

— Эка трудность! Надежда Матвеевна Ладожская, дочь великого актера... Разве таких много? — заерничал Лео. — Полагаю, твоему мужу, бывшему бандиту, следует пообщаться со своим, так сказать, дублирующим составом. Думаю, Тема все же не на первых ролях. Вот, понравится ему небось сие известие...

Призрак несчастной Лолы, погибшей под колесами грузовика, замаячил перед глазами перепуганной донельзя Нади.

— Ты не сделаешь такое! — воскликнула она.

— Нет, если договоримся, — хмыкнул Лео.

Надежде пришлось проявить массу изобрета-тельности для того, чтобы купировать ситуацию. Лео согласился молчать, но выдвинул условия. Во-первых, Надежда перестает его «мочить» в Гар-доре, во-вторых, она передает ему свой бизнес и линяет из города, в-третьих, платит живыми, ре-альными деньгами большую сумму.

Перепуганная Надя выпросила у шантажиста неделю отсрочки. Она обратилась в детективное агентство и попросила узнать, кому принадлежит телефон, с которого был сделан звонок. Константин Ведерников (а под именами Лео и Леон скрывался именно он), не сомневавшийся, что Ладожская после его угроз потеряет от ужаса голову, спокой-но воспользовался телефоном «Моно». Но Надя все же сохранила остатки самообладания и пред-приняла контрмеры. Узнав настоящее имя вирту-ального «супруга», она съездила в его агентство, поболтала с секретаршей и, дождавшись нового звонка шантажиста, заявила:

— Я знаю, кто ты! Ведерников Константин Олегович!

Но Костю было трудно взять на испуг.

— Да ну? — воскликнул он. — И откуда инфа?

Надя тут же все и выложила о своих изысканиях.

— Дура, — почти ласково ответил Ведерников, — готовь денежки, я никого не боюсь.

Ведерников блефовал, но потрясенная Надя, не зная этого, поверила ему и прекратила слабое сопротивление.

Опустив сейчас подробности, которые расска-зала мне Надя, упомяну лишь о том, что ей таки удалось миром уладить дело. Она теперь знала, что Лео на самом деле Ведерников Константин Олегович, малоприятный человек, занимающийся шантажом в Интернете. Ладожской было непонятно, она одна такая дура или у Ведерникова много подобных «клиенток»-идиоток. В принципе ведь человек может существовать в Интернете под множеством имен. Чем дольше Надя размышляла над ситуацией, тем яснее понимала: она стала жертвой мошенника. Ведерников, очевидно, умел находить в Интернете баб, лишенных внимания, несчастных в личной жизни. Что ж, наверное, особой трудности тут нет: если тетка проводит в Гардоре чуть ли не сутки напролет, то, скорей всего, ей просто нечем заняться в реальной жизни. А уж дальше дело техники — узнать у бабенок подробности их истинной биографии.

Надя с огромным трудом выползла из ситуации — ей все-таки пришлось откупаться от Ведерникова. Подлец затребовал большую сумму денег и совершенно не скрывал, что собирается потратить ее на шикарную машину.

И Надя, жена ревнивого (и, добавим в скобках, опасного) мужа, добыла необходимые средства. Как она лгала, как выкручивалась, сколько притворялась... Вот когда в ней ожили гены отца-актера!

В конце концов доллары оказались в ее руках, Ведерников получил желаемое и исчез из жизни виртуальной «жены». Тяжело пережившая стресс Надя отключила компьютер — с Гардором она покончила навсегда. Артему, удивленному тем, что жена больше не хочет играть в «бродилки» и «стрелялки», Ладожская спокойно ответила:

— С глазами беда. Слишком много времени у монитора просиживала, зрение упало. Унеси от греха из дома компьютер, а то снова засяду и вообще ослепну!

Испуганный Тема мгновенно уволок из квартиры не только ноутбук супруги, но и свои игрушки. Надю первую неделю ломало, словно наркомана — на женщину навалилась депрессия, у нее дрожали руки, к горлу постоянно подкатывали слезы, Надя орала на Галину, не могла спать ночами и постоянно думала, глядя на часы: «Сейчас семь вечера, в Гардоре народ идет развлекаться после работы. Интересно, что сталось с клубом «Леди»? Кто забрал дело? Оно же, по законам Гардора, до сих пор считается моим. Как поживает мой дом? Кто завладел имуществом? Или здание пустует? Я ведь никому не объяснила причин исчезновения, просто перестала выходить в сеть...»

Промаявшись семь дней, Надюша вдруг вспомнила, что иногда из Гардора таинственно исчезали уважаемые жители. Да, они без каких-либо разъяснений просто переставали выходить на связь. Отчего такое происходило? Может, кое-кто из женщин тоже становился жертвой Ведерникова?

Потом переживания начали терять остроту, и Ладожскую осенило: ей надо родить ребенка. А что, уже давно пора подарить Теме наследника, а то еще пара лет, и о беременности будет поздно думать. Надюша сообщила мужу, что более не намерена пить гормональные пилюли. Тема пришел в полный восторг, начал осыпать супругу подарками... и тут появилась я со словами про Константина Ведерникова. Ясное дело, Ладожская почти лишилась чувств от страха.

Надя замолчала, я поежилась.

— Дурацкая история! С чего было так пугаться и платить шантажисту?

Ладожская тряхнула головой:

— Начать сначала? Я изменила мужу!

— Но ведь не взаправду, в Интернете! Просто глупость!

Надя мрачно улыбнулась.

— Это тебе так кажется, а Артем бы меня мигом убил. И потом, мне казалось, что Интернет реальнее некуда. Ты сама ходишь по чатам?

— Нет.

— Тогда тебе меня не понять.

Я вспомнила рыдающего, абсолютно уверенного в том, что он умер, Кирюшу и вздохнула:

— Наверное. Никогда не предполагала, что виртуальная реальность столь опасна.

Надя кивнула:

— Да. Знаешь, многие актеры, востребованные, часто переходящие из роли в роль, знакомы с таким эффектом. Игра заполняет душу. Я очень хорошо помню, как менялся отец в зависимости от вечернего спектакля. Он мог быть мягко-наивно-интеллигентным, как король Лир, или злобно-ревнивым, словно Отелло. Один раз папа сказал: «Уж и не знаю, где я сам, и где мой герой, и есть ли я в действительности». С большинством гардеровцев происходит то же самое. Знаешь, когда у меня родится ребенок, я постараюсь оградить его от компьютера.

— Боюсь, тебе это не удастся.

— Во всяком случае, стану тщательно контролировать его досуг, — не сдалась Надя, — проверять, в каких углах сети он лазает. А то кое-кто из родителей искренне считает: сидит дитятко дома, уставилось в монитор, вот и хорошо. Не бегает с приятелями, не пьет, не курит, не колется. Ой, дорогие мои, немедленно сами научитесь владеть компом и пошарьте по адресам, пока ребенок в школе! И скажите спасибо, если обнаружите лишь порносайты! Знаешь, сколько всего подстерегает в сети неокрепшую душу? Господи, да там педофилов полно! Прикидываются милыми женщинами, начинают дружить с глупой девочкой, вызывают ту на встречу в реале и... бац! Ласковая тетенька на самом деле оказывается похотливым дяденькой. Как думаешь, Ведерников правда погиб?

Я вздрогнула и, решив во что бы то ни стало освоить компьютерную грамоту, чтобы проверить ноутбуки Кирюшки и Лизы, ответила:

— У человека, попавшего на шикарном «Мерседесе» в катастрофу, были документы на имя Ведерникова Константина Олеговича.

— Хорошо бы так... — пробормотала Надя. — Тогда мне повезло. Но все равно остается шанс, что эта крыса спряталась. И потом, может, у него имелся полный тезка?

— Скажи, у Ведерникова был шрам на запястье?

— Да, — кивнула Надя, — тонкий такой, опоясывающий основание кисти. Я его случайно увидела, в момент передачи денег. Я доллары — двенадцать пачек — сложила в сумку. Он схватил «заработанное», и в это мгновение, то ли от резкости движения, то ли еще по какой причине, с его запястья слетели часы, расстегнулся широкий браслет. Ругнувшись сквозь зубы, Константин быстро подобрал «будильник», но я машинально краем глаза заметила отметину.

От Надежды Ладожской я ушла с гудящей головой. Собственно говоря, дело можно было считать законченным. Алиса Кононова нанимала детектива Романову, чтобы выяснить: ее погибший муж Алексей Кононов и человек, разбившийся в «Мерседесе», это одно и то же лицо, или нет. И теперь я могла почти со стопроцентной уверенностью ответить: да! Но за сим выводом мигом посыпались иные вопросы. Почему Ведерников прикидывался Кононовым? С какой стати он женился на Алисе? Для того, чтобы сделать ей ремонт? Более глупого повода к бракосочетанию и не придумать! Куда подевался настоящий Кононов? Что вообще произошло? Гибель Ведерникова была случайной или его убили? Тогда кто? С какой целью? Ну и много всяких других «почему» и «зачем» возникало.

Теперь голова моя не только болела, но еще и кружилась, я тупо сидела, обхватив руками руль. Следовало признать: ответов на вопросы нет и непонятно, где их найти.

И тут ожил мобильник.

— Лампудель, — заискивающим голосочком заговорил Кирюшка, — ты не забыла про меня, а?

— Нет, конечно.

— И когда поедем притворяться, что я чайник?

Я глянула на часы.

— Так, давай через час, записывай адрес. Подождешь во дворе, постоишь у подъезда, а мне надо выполнить одно поручение Алика — пообщаться с Нинон. Когда боженька узнает, что я разрулила проблему, он станет ласковым и мы легко договоримся о твоей «стажировке». Понял? Стой у дома Нинон, потом поедем к Модестову вместе.

— Ага! А кто такая Нинон? — мигом начал любопытничать мальчик.

— Потом объясню, — пообещала я и, бросив трубку на сиденье, завела мотор. Решила: сначала выручу из беды Кирюшку, а уж потом позвоню Алисе.

Я доехала до дома Нинон первой, мальчик, видимо, еще был в дороге. Что ж, Кирюша станет смирно стоять у подъезда, номер квартиры я ему предусмотрительно не сообщила. Хорошо бы тетка оказалась дома. Палец нажал на звонок, дверь распахнули сразу, я улыбнулась и сказала:

— Здравствуйте, меня зовут Евлампия Романова.

Темная фигура, укутанная в некое подобие халата, зашевелилась и кашлянула. Меня обдало резким запахом перегара.

— Хто? — спросила женщина.

— Простите, можно Нинон?

— Чаво?

— Вы хозяйка?

— Где? — тупо твердила полупьяная особа.

— Можно войти?

— Ну!

Я посчитала последнее восклицание за вежливое приглашение, вдвинулась в прихожую — маленькую, полутемную, отвратительно воняющую кошачьей мочой, — и попыталась достучаться до сознания покачивающейся возле шкафа бабы.

— Меня зовут Евлампия Романова, можно просто Лампа. Имя такое, необычное! Вы понимаете?

— А... ик... ик... — начала вздрагивать пьянчуга.

— Ладно. Я знакомая Алика Модестова. Знаете его?

— Ик... ик...

— Алик Модестов! Модестов Алик! — принялась я на разные лады твердить имя боженьки.

— Ага, — почти трезво вдруг отозвалась баба.

Я обрадовалась, значит, есть вероятность, что сумею договориться с алкоголичкой.

— Где Нинон?

— Че?

— Нинон! Вы ее знаете?

— Ни... ни...

— Ни-нон! Ни-нон!

Послышался тихий скрип, одна из дверей, выходивших в прихожую приоткрылась.

— Вы Евлампия Романова, — прошелестел сдавленный шепоток, — я правильно поняла? Странное имя. Ищете Нинон?

— Верно.

— Вы знакомы с Модестовым?

Вопрос удивил, но я честно ответила:

— Да, давно и очень хорошо. Можно сказать, дружу с Аликом.

— Идите сюда!

— Нинон здесь! — обрадовалась я.

— Да, да, ступайте.

Я шагнула к порогу, дверь распахнулась, и в то же мгновение в лицо, ослепляя белым светом, ударил луч фонарика. Мои глаза невольно зажмурились, руки вытянулись вперед, я почувствовала толчок, ощутила резкую боль в боку, жжение... Потом чья-то рука погасила яркий луч, и наступила полнейшая темнота и тишина.

Глава 29

Следующую неделю я провела в больнице. Поездку в «Скорой помощи» помню смутно. Не успела я прийти в себя и испугаться, как откуда ни возьмись сначала появился Кирюшка, а затем материализовался человек в белом халате и мгновенно сделал мне укол.

Очевидно, в шприце было снотворное, потому что я почти мгновенно заснула и очнулась лишь в палате, на кровати. Особо неприятных ощущений в теле не имелось, только слегка ныл левый бок, заклеенный большим куском пластыря.

Первым ко мне примчался Лисица, бросивший ради такого случая приготовления к очередной свадьбе. Не успела я восхититься его внимательностью, как Юрасик налетел на сотрудницу с воплем:

— Какого черта занялась делом, не сказав мне ни слова?!

Сначала я оторопела, потом попыталась отбиться от нападок, справедливо заявив:

— Пыталась поговорить с тобой, но господин Лисица был занят невестой.

Юрка побагровел и понес несусветную чушь. Я обиделась, отвернула голову к стене и сказала:

— Не хочу с тобой разговаривать.

Пришлось моему начальнику уходить.

После общения с Лисицей я с некоторой опаской ожидала появления Костина, но Вовка встретился со мной уже дома. Вошел в спальню и тихо сказал:

— Лежи, лежи. Ты можешь говорить?

— Естественно, — хмыкнула я.

— Тогда рассказывай, — велел майор.

Я вывалила на приятеля ворох информации, походя пожаловалась на Юрку и воскликнула:

— Ты сам отправил меня в агентство к Лисице!

— Верно, — кивнул Костин, — знал, что у него никогда клиентов нет.

От злости я потеряла голос. Так вот оно что! Меня специально пристроили в место, куда не забредают люди, нуждающиеся в частном детективе.

— Но ты и там развернулась, — улыбнулся Вовка.

Я захлюпала носом — обида стала невероятной. Вот он какой! Ай да Костин! Думал, я стану тихо читать детективы, сидеть у моря и ждать погоды... Но ведь справилась с поставленной задачей, узнала, что Ведерников и Кононов одно лицо! Осталось лишь сообщить об этом Алисе. Жаль, что со мной... Кстати, а что со мной случилось? Отчего Нинон налетела на госпожу Романову?

— Ладно, — неожиданно по-доброму заговорил Вовка, — попробую объяснить тебе суть дела, только не волнуйся. Впрочем, рана у тебя ерундовая, расческа скользнула по ребрам, ты, похоже, просто сильно испугалась.

— Мне было очень больно!

— Так я и не спорю. Ясное дело, что неприятно. Я только пытаюсь тебя приободрить, сообщаю чистую правду: никакой опасности для твоей жизни нет, — ласково сообщил Костин. — И еще. Ты молодец, подобралась к самой середине загадки, вычислила, так сказать, ключевую фигуру, из-за которой разгорелся весь сыр-бор.

— Нинон?! — вскричала я. — Она?

— Ну... в принципе да.

— Это она сначала ослепила меня фонарем?

— Верно.

— Зачем?

— Хотела увидеть лицо незваной гостьи в деталях.

— Почему не вышла в прихожую, не зажгла спокойно верхний свет?

— У нее имелась причина скрываться.

— От меня?

— От всех.

— Господи, почему?

Вовка хмыкнул:

— Сразу не ответить, давай-ка я лучше по порядку. И начнем с Ведерникова Константина Олеговича. Ты знаешь, что он сидел?

— Конечно, только что ведь рассказала тебе все свои наблюдения.

— А за что парень получил срок?

— Он вор.

— И кто сказал такое?

Я прикусила нижнюю губу.

— У тебя имелась справка с перечислением статей, по которым Ведерников был осужден? — давил дальше Вовка.

— Нет, — растерянно ответила я.

— Тогда отчего ты решила, что Константин именно вор? — прищурился Вовка. — Ведь за решеткой оказываются еще и грабители, и...

— Фу, — перебила я приятеля, — очень не люблю, когда ты начинаешь занудничать! Вор или грабитель... Ну какая разница!

— Большая, — нахмурился Костин. — Грабитель нападает на человека, наносит телесные повреждения, а домушник, скажем, действует тихо, даже если влезет в квартиру, где спят хозяева, никого не обидит, стырит ценности и на цыпочках

уйдет. Если же на пути тебе встретится карманник, то он тоже не начнет...

— Ой, перестань! Зачем столь детальные уточ-
нения?

Вовка тяжело вздохнул:

— Чтобы понять преступника. Большинство
из криминальных личностей действует традици-
онно. Карманник, промышляющий в метро или
трамвае, не полезет в квартиру. Домушник не станет наемным киллером, убийцы — это вообще особая категория граждан. Так вот, Ведерников — мошенник. Причем, на мой взгляд, самый отвратительный подвид — брачный аферист.

— Кто? — разинула я рот. — Многоженец?

— И так назвать можно, — кивнул Костя, —
хотя до свадьбы он обычно дело не доводил.

— А почему бабка из домоуправления сказала
мне, что Костя вор?

Вовка пожал плечами:

— Не знаю. Многие отчего-то считают: раз человек сидел, значит, за плечами у него кражи. Может, ты меня послушаешь внимательно?

— Говори! — воскликнула я. — Быстро и по де-
лу, хватит читать нотации!

Костин усмехнулся и завел рассказ:

— Ведерников родом из более чем неблагопо-
лучной семьи. Ну что он видел в детстве? Сильно
пьющих родителей. Отца, который бил мать, сестру Ирину, бабушку, полувменяемую старуху. С какой стороны ни глянь, Костя всегда оказывался
изгоем. Даже в школе, на фоне ребят из подобных
семей, он смотрелся не лучшим образом: учился
Ведерников отвратительно, и никто из педагогов
не пожелал поговорить с мальчиком по душам, не

328 ....

открыл в нем никаких способностей. Между тем у Кости имелись явная математическая одаренность и артистические задатки. Только редкий малыш станет учиться добровольно, а он очень старался. Все биографии великих людей, в частности из мира искусства, наполнены рассказами о самоотверженных родителях, которые либо лаской, либо таской приковывали неразумных чад к роялю, скрипке или балетному станку. Да и великие спортсмены с благодарностью вспоминают мам и бабушек, таскавших юных фигуристов, хоккеистов, футболистов, гимнастов к семи утра на тренировки.

Но у Кости подобных родственников не имелось, он рос, словно трава в овраге, и если в нем и дремали некие таланты и хорошие задатки, то они, можно сказать, погибали на корню. Детство Ведерникова никак нельзя назвать счастливым, хоть какую-то радость он ощущал лишь летом, выезжая в Прюково. Там, в деревне, и случилась историческая встреча Кости с человеком, определившим все будущее Ведерникова.

За магазином, на краю села, противоположном от того места, где снимала хатку бабка Кости, жил странный, слишком аккуратный и вежливый для Прюкова мужчина по имени Валерий Леонидович. Чем он занимался, никто из прюковцев не знал, ходили слухи, что дядька то ли актер, то ли ученый. Дом в деревне он купил довольно давно, но своим в Прюкове не стал. Мужчина не пил, не курил, матом не ругался, всегда хорошо и дорого одевался, а еще он имел личный автомобиль, что по советским временам считалось вершиной благополучия.

Валерий Леонидович вел странный образ жиз-

ни: то укатывал в Москву и пропадал там неделя-
ми, то сидел месяцами в Прюкове.

— Небось денег у Леонидыча — лом, — шепта-
лись местные бабы. — Ишь, окна-то решетками
забрал...

Мысль о чужом богатстве, находящемся совсем рядом, в двух шагах, долго не давала покоя
Косте, а еще ему, четырнадцатилетнему пацану,
очень хотелось поглядеть, что ж там такое у мужика в избе. Любопытство просто съедало подростка!
Он частенько прогуливался около дома странного
мужчины и в конце концов сообразил, как можно
попасть внутрь: на чердаке имелось крохотное круг-
лое оконце, не спрятанное за железными прутьями.

Костя дождался вечера, когда Валерий Леонидович, бросив портфель в машину, отбыл в столицу, и ночью отправился на другой конец села.
Мальчик был маленьким, тощим, поэтому он легко пролез на чердак, спустился по скрипучей лестнице вниз, оказался в большой комнате, зажег
карманный фонарик и начал осматриваться.

То, что Костя увидел, его поразило. Никогда
Костя не бывал в таких богато убранных апарта-
ментах: ковры, картины, книги. В особенности уди-
вили статуэтки, расставленные в «горке». Наверное, они очень дорогие, покрытые настоящим золотом, ведь вон как блестят...

Костя схватил пару фарфоровых изделий, сунул себе в карман, и тут под потолком ярко вспых-
нула хрустальная люстра, а незнакомый мягкий
голос с легким укором произнес:

— Вы совершили ошибку!

От полнейшей неожиданности подросток

вздрогнул, споткнулся о стоящее за ним кресло, плюхнулся в подушки и машинально спросил:

— Какую?

Невесть откуда взявшийся Валерий Леонидович усмехнулся, сел на диван и очень спокойно пояснил:

— Оплошностей много. Для начала имейте в виду, молодой человек: прежде чем лезть в чужое помещение, следует удостовериться в отсутствии хозяев. Вы не обошли двор и не увидели мою машину, припаркованную в глубине. Это раз! Теперь два. Прежде чем зажигать фонарь, необходимо тщательно занавесить окна, иначе чужие глаза легко заметят странный, передвигающийся пучок света. И три. Ну зачем вы схватили копеечные безделушки?

— Они же золотые! — еще больше растерялся Костя.

Хозяин дома рассмеялся:

— Вовсе нет, мой друг. Ерундовина, приятная владельцу как память. По-настоящему дорогая вещь на третьей полке.

— Дурацкие фигурки зверей? — поразился Костя, глянув на статуэтку. — Лошади с собаками?

Мужчина кивнул и пояснил:

— Это Майсен[1].

— Что? — еще шире разинул рот подросток.

— Ангел мой, — ласково заговорил Валерий Леонидович, — воровство антиквариата дело непростое, оно требует больших знаний.

— Вы позовете милицию? — испугался Костя. — Ой, дяденька, не надо!

---

[1] Изделия первого в Европе фарфорового завода, основанного в 1710 г. в немецком городе Майсене.

Странный «дяденька» хмыкнул и вдруг попросил:

— Расскажите мне лучше о себе. Имеете ли маменьку, папеньку, где учитесь? Пойдемте, выпьем чайку и поболтаем.

Страшно удивленный не только поведением хозяина — любой другой деревенский житель, поймав Костю со своим добром в карманах, мигом бы устроил вселенский скандал, — но и его странной речью, подросток покорно поплелся на кухню, где получил к чаю вкусные конфеты. Пораженный еще больше, мальчик честно поведал о своей семье.

Валерий Леонидович, внимательно его выслушав, опять задал странный вопрос:

— Скажите, друг мой, вам нужны деньги?

— Конечно! — закивал Костя. — Только где их взять?

— Если станете меня слушать, то скоро обретете благополучие, — пообещал хозяин дома, — но придется долго учиться.

— Согласен! — живо отреагировал Ведерников.

Через год Костю было не узнать. Он перестал ругаться матом и сплевывать сквозь зубы. Ведерников бросил школу, но родители не интересовались, где и с кем проводит время сын, а Валерий Леонидович тщательно поработал над подростком. Теперь это был очень чистенький, прилично одетый, хорошо причесанный парнишка, официально считавшийся учащимся техникума. Для создания образа «ботаника» терпеливый «учитель» водрузил на нос воспитанника очки — красивую импортную оправу с простыми стеклами, без диоптрий. При этом Костя по-прежнему оставался невысоким, щуплым и в свои пятнадцать лет смотрелся максимум на двенадцать.

Когда Костя шел по улицам рядом с Валерием, на лицах встреченных ими женщин появлялись приветливые улыбки: надо же, какой хороший отец с не менее замечательным сыном. А это был именно тот эффект, которого добивался хитрый, изворотливый, словно змея, наставник Ведерникова.

Валерий был мошенником. Мужчина находил богатую женщину, втирался к ней в доверие, а потом, ограбив, бросал дурочку. Возраст жертв его не волновал: от восемнадцати до ста. Семейное положение тоже. Если очередная «дама» имела мужа, это было даже лучше — такие женщины боялись огласки и никогда потом не затевали шума. Впрочем, хорошо знакомый с Уголовным кодексом Валерий никогда не брал ничего у своих «подруг» тайком — он вел себя таким образом, что глупышки сами вручали любимому необходимые суммы: на покупку свадебных принадлежностей, оплату пира, просто в долг.

Поняв, что стала жертвой афериста, дамочка (если она, конечно, не боялась мужа) неслась в милицию, рыдая, выкладывала людям в форме свое горе и слышала в ответ:

— Вы же лично вручили ему средства, насилия-то применено не было. В чем тут криминал? И где расписка? Нету?

И это было чистой правдой. Валерий Леонидович работал под собственным именем и фамилией, он не скрывал места своей прописки в отдаленном районе Москвы, его нельзя было притянуть к ответу за использование чужого паспорта. Негодующие тетки неслись к негодяю домой и натыкались на запертую дверь.

Валерий отсиживался в Прюкове. Вот об этой берлоге не знал никто, по документам избушка принадлежала другому человеку. Аферист хорошо знал: злоба кипит в бабах лишь в первый момент, потом она утихнет и через пару месяцев можно снова начинать охоту.

За год до знакомства с Костей у Валерия началась полоса неудач. Несколько женщин, с которыми мошенник попытался завязать знакомство, раскусили его сразу, причем «обломы» случились один за одним.

Валерий Леонидович затосковал и начал размышлять, где он делает ошибку. Вроде ведет себя, как обычно, так почему же тетки мгновенно проявляют подозрительность?

И тут случай свел его с Костей. В одно мгновение Валерий Леонидович сообразил, что нужно делать и в чем состоял его просчет. Он-то привычно прикидывался начинающим художником, пока не признанным гением, который в будущем непременно создаст великие картины. Но ведь Валерий старел, и прежняя «одежка» перестала вызывать доверие.

Теперь имидж стал иным: интеллигентный научный работник, пишущий кандидатскую диссертацию. С легкой грустью в голосе Валерий сообщал женщинам:

— Увы, в моей жизни имелось много тяжелых испытаний. Была любимая жена, которая ушла к более молодому и богатому. Нынче в цене деньги, а не душевные качества. Кукушка оставила мне сына, и я, продолжая заниматься научной работой, воспитываю мальчика.

Тут же очередной пассии демонстрировался Костя — маленький, щуплый, в очках, с книгой под мышкой.

Это был безошибочный вариант. Жалостливые бабы моментально проникались к парочке материнскими чувствами и начинали активно ухаживать за «папой» и «сыном».

Валерий изменил своим правилам — теперь он представлялся чужим именем и занимался банальным воровством. Оказавшись в квартире очередной жертвы, «папенька» и «сынок» действовали не торопясь. Пока Валерий вел с хозяйкой длительные беседы за «жизнь», «ботаник» Костя бродил по комнатам, отыскивая тайники, нюх на захоронки у Ведерникова был замечательный. Далее ситуация развивалась стандартно: Валерий подливал даме в питье снотворное, дожидался, пока та засыпала, и они с Костей вытаскивали часть ценностей. Все не брали никогда. Через некоторое время женщина приходила в себя, и Валерий находил повод, чтобы на что-то «обидеться», и уходил, хлопнув дверью, унося с собой награбленное.

До поры до времени все эти «шалости» сходили с рук, но потом мошенникам элементарно не повезло: одна из жертв оказалась устойчивой к снотворному, она лишь задремала на пару минут. Очнувшись, женщина поняла, что в ее квартире шарят грабители, и сумела тихонько вызвать ментов.

Костю с Валерием взяли на месте преступления и осудили, парочка оказалась за решеткой. Ведерникову на тот момент уже исполнилось восемнадцать, и хоть по виду парень выглядел семиклассником, «загремел» он на полную катушку.

Глава 30

Выйдя на свободу, Костя принялся за старое. Работал один, без сильно постаревшего Валерия, но занимался прежним «ремеслом».

За колючей проволокой Константин стал «умнее» и теперь не повторял ошибок Валерия Леонидовича. Он имел дело лишь с замужними женщинами, такими, которые не хотели терять супруга, думали просто тихонечко погулять на стороне, а попадали в лапы к шантажисту. Старая, как мир, уловка, но действовала она безотказно.

Костя начал получать неплохие деньги, снял небольшую квартирку, в родительские апартаменты не заглядывал, но исправно оплачивал все счета. Правда, один раз ему в голову пришла идея продать апартаменты, и Ведерников нанял законника, чтобы решить проблему. Костя полагал, что его соседка по лестничной клетке абсолютная идиотка, которая сочтет за счастье получить отремонтированную и меблированную двушку. Но тетка оказалась отнюдь не дурой, и вопрос о продаже жилплощади повис в воздухе. Константин временно отказался от идеи и решил, что так даже лучше: прописан в районе Садового кольца, фактически живет в ином месте, найти его довольно трудно.

Неизвестно, чем бы завершилась карьера Ведерникова, скорей всего, он бы снова попал в тюрьму, потому что сколько веревочке ни виться, а конец покажется. Но тут случай снова свел Ведерникова с человеком, который сыграл в его жизни даже большую роль, чем Валерий Леонидович.

Кстати, тут, наверное, будет уместно упомянуть о том, что портрет Ведерникова нельзя рисо-

вать одной черной краской. Валерий Леонидович
стал инвалидом, но Костя не бросил учителя —
поместил его в один из подмосковных санаториев,
исправно оплачивал проживание, питание и лечение, приезжал к нему с гостинцами. Все-таки в душе Ведерникова имелись и благородные чувства...

Костин замолчал, схватил бутылку воды, сделал пару глотков и спросил:

— Пока все понятно?

— Да, — кивнула я. — Сначала возник было
вопрос, откуда ты узнал некоторые подробности
биографии, которые были известны лишь погиб-
шему Константину, но теперь все встало на свои
места. Думаю, Валерий Леонидович жив, и ты сумел разговорить его.

— Верно, — кивнул Костин, — едем дальше.
Теперь речь пойдет о другом перевернувшем жизнь
Константина знакомстве. Но, чтобы предвосхи-
тить твои дальнейшие вопросы, скажу сразу: Костя был очень привязан к своему учителю. Валерий
Леонидович ослаб телом, но не умом, хоть и пере-
двигается в инвалидной коляске, мыслит же здра-
во. И он тоже любил Костю. Узнав о его кончине,
страшно расстроился. Старик служил Ведерникову психотерапевтом, человеком, который всегда
внимательно выслушивал его, а Косте требовалось временами освободить душу. Так что Валерию Леонидовичу известно о Косте почти все.

Костя начал «ухаживать» за одной бабенкой.
Звали ее Риммой, и оказалась она бесшабашной
теткой — позвала любовника в гости в загородный
дом. Муж сластолюбивой дамочки отбыл в коман-

дировку, и неверная жена решила предаться плотским утехам.

Ведерников приехал в особняк и мысленно похвалил себя. «Объект» был выбран правильно, богатство просто било в глаза, кричало из буфетов, набитых дорогущей посудой, вопило со стен, увешанных картинами, визжало голосами элитной бытовой техники.

— Милый, — прошептала любовница, — сейчас мы вкусненько поужинаем, а потом...

— Можно мне пирожное? — пропищал чей-то тоненький голосок.

Костя от неожиданности аж подпрыгнул на обтянутом атласом стуле из красного дерева. Но дама сердца ничуть не насторожилась.

— Бери, — равнодушно кивнула она, — и не мешай взрослым.

Маленькая, тоненькая фигурка черной тенью скользнула по гостиной.

— Это кто? — удивился Костя.

— Моя дочь Милка, — равнодушно обронила любовница, — ей всего тринадцать.

— Ты не боишься, что девочка настучит папе? — осторожно спросил Костя.

— Нет, она его ненавидит, — спокойно пояснила Римма. — Милка — моя дочь от первого брака, о чем ей Семен не забывает ежедневно напоминать. Так что дочурка на моей стороне. И потом, она ничем, кроме компьютера, не интересуется. Вот сейчас какую-то камеру выпрашивает, завтра куплю, и точно станет молчать в тряпочку. Пошли, дорогой!

Около двух ночи Костя захотел пить. Он покосился на мирно сопящую Римму, встал, нацепил халат хозяина-рогоносца и двинулся на поиски кухни.

В огромном особняке с загогулистыми коридорами было легко заблудиться, и Костя оказался перед раскрытой дверью детской.

В комнате было темно, лишь на письменном столе мерцал голубым светом монитор. В кресле перед ним скрючилась худенькая, почти бестелесная фигурка Милы.

Внезапно Костю укусила за сердце жалость. Он вспомнил о своем одиноком детстве, о вечно пьяном отце, о никогда не интересовавшихся его жизнью матери и бабке и внезапно спросил:

— Чем занимаешься?

— Посудой торгую, — последовал спокойный ответ.

Костя хмыкнул:

— Ладно, не обижайся, не со зла поинтересовался.

— Я не дуюсь, — улыбнулась Мила, — а на самом деле продаю сервизы. Это мой бизнес.

— Что? — удивился Ведерников. — Ты имеешь магазин?

— Ага.

— Где?

— В Гардоре.

— Где? — повторил вопрос ничего не понимающий Костя.

Милочка тихо засмеялась:

— В Интернете. Садись рядом, покажу город.

Вот так Ведерников влип во Всемирную паутину.

Он просидел с Милой у компьютера до утра. А на следующий день заявился вновь. Супруг Риммы отбыл на месяц, жена могла вертеть хвостом сколько угодно. Костя быстро выполнил то, ради чего Римма привозила в особняк любовника, а потом пошел к Миле, обучаться компьютерной грамоте...

С Риммой Костя расстался мирно, шантажировать ее не стал — хотел сохранить дружеские отношения с Милочкой. Он понял, какие огромные возможности открывает для него Интернет, и поселился в Гардоре. Довольно быстро Ведерников сменил род деятельности: любовные связи в виртуальном мире приводили к шантажу в реальном. Большинство женщин, с которыми Костя заводил отношения, были одинокими домашними хозяйками, женами весьма обеспеченных людей, чаще всего бизнесменов. Дамочки имели деньги, дома, машины, дачи, квартиры, одним словом, все, кроме любви и внимания. Пытаясь найти друзей, они селились в Гардоре и... становились легкой добычей Кости.

Милочка, обладавшая талантами настоящего хакера, объяснила любовнику матери, каким образом можно установить реальный адрес виртуального собеседника. Дело это хлопотное, но не слишком трудное, и Ведерников легко научился вычислять своих «жен». Да они особо и не скрывались, выходили в Интернет с домашних компьютеров, очень часто охотно сообщали свои настоящие имена, выбалтывали детали биографии и откровенно писали: «Милый, на недельку исчезну. Мой козел сидит дома — заболел, урод, придется на время покинуть Гардор».

Очень скоро Костя стал получать неплохие деньги. Для прикрытия он открыл фирму «Моно», нанял секретаршу и переложил на нее практически все заботы. Сам же сидел в соседнем кабинете, щелкая мышкой. К слову сказать, «обломов» у Кости не случалось, испуганные женщины мигом платили дань.

Однако Ведерников, обладавший весьма своеобразными понятиями о чести и достоинстве, общипывал дурочек лишь один раз, держал данное им слово.

Сначала Костя радовался новому повороту в своей жизни, говорил Валерию, что сидеть возле ноутбука и печатать ласковые слова намного легче, чем ухаживать за бабой в действительности. Но потом до Ведерникова вдруг дошла простая истина: он может стать по-настоящему богатым, если... захватит в свои руки власть в Гардоре.

Вовка примолк, потом вдруг удивленно воскликнул:

— Я и не предполагал, сколько денег имеет Модестов! Если назову сумму, ты упадешь со стула. Он зарабатывает на рекламе. «Растяжка» в виртуальном мире стоит почти столько же, сколько в реальном. А еще имеются щиты, газеты, в общем, все, как у «больших».

Я кивнула и добавила, сделав вывод из своих собственных наблюдений:

— А кроме того, человек, постоянно живущий в том же Алиленде, начинает постепенно путать придуманный мир с настоящим. Идя в магазин в момент игры, покупает, допустим, какие-нибудь чипсы, но съесть их «по-всамделишному» не может. Зато потом, отправляясь в самый обычный московский магазин в реале, он обязательно схватит ту же упаковку. Многие фирмы сейчас начинают понимать действенность Интернет-промоушена. Мне как раз понятно, почему Алик богатеет, неясно иное: куда он девает полученные средства! Живет в грязной норе, почти не выходит из дома...

Вовка развел руками.

— Модестов, похоже, слегка свихнулся, но сейчас речь не о нем, а о Ведерникове. Константин же, побегав по просторам Гардора, понял: тот, кто владеет городом, неминуемо станет богатым. Причем законным путем. Контракты на размещение рекламы заключаются официально. Кстати говоря, Модестов — совершенно легальный бизнесмен, он имеет счет в банке, на который текут средства, Алик платит все налоги и живет, не боясь попасть в тюрьму. Ведерников сообразил, что сможет бросить заниматься шантажом, сумеет спокойно получать деньги, и ради этой перспективы оказался способен на все. Теперь он просто поселился в Интернете, забросив на некоторое время охоту на тоскующих дамочек.

...Ведерников был не глуп, компьютер он освоил безо всяких курсов, под руководством хорошего учителя — Милочки. Что из того, что «профессору» было намного меньше лет, чем «студенту»? Подростки — самые умелые и активные пользователи, кое-кто из них даст сто очков вперед специалисту с высшим образованием. А Милочка была настоящим профи, и она охотно поделилась с Ведерниковым знаниями.

Когда Костя только начал появляться в Гардоре, он представлялся под пином Лео или Леон и был не слишком удачливым бизнесменом, пытавшимся торговать продуктами, а заодно заводил шашни с бабами. Теперь Лео с Леоном умерли, зато родился Рин, скромный служитель мэрии, слегка нелепый тип с явными сексуальными проблемами. Рин пытался тупо приставать ко всем девушкам, но Казановы из него не получалось, потому что он не умел поддерживать разговор и в основном изрекал патологические глупости. Довольно скоро к Рину стали относиться словно к садовой мебели и перестали его стесняться.

Для тех, кто совсем не знаком с Интернетом, надо пояснить ситуацию. Ну, допустим, две дамы беседуют между собой в кафе Гардора. Разговор, естественно, происходит не при помощи слов — женщины печатают текст, и все, вошедшие в то же заведение, мигом увидят их беседу и в принципе могут к ней присоединиться. Для того чтобы попасть во всякие виртуальные места, надо набрать пароль. Пин-коды общедоступных точек никто не скрывает, наоборот, комбинацию помещают на самое видное место. У них есть вывески с надписями типа: «Обувь супер. Кликни сюда и попадешь». Но вот в чужой дом столь же просто не войти, хозяин должен сообщить гостю пароль. А еще в Гардоре есть всякие министерства, военные объекты, ну и так далее, куда простому жителю вход запрещен. Все элементарно: знаешь код — проникнешь внутрь, нет — пошел вон.

Костя научился мастерски узнавать секретные слова и наборы цифр. Действовал он хитро. Если вернуться к ситуации, когда две дамочки чешут языками в кафе, то на мониторе картина могла выглядеть так.

«Л а у р а. Так ты придешь ко мине?[1]

М а р и. Ага.

---

[1] Сохранена орфография и лексика Интернета. «Ко мине» — ко мне. «В Бабруйск, жывотное» — что-то вроде «пошла на фиг». «Пишы вхот» — пиши вход (то есть код — пароль).

Л а у р а. Завтра, 7, покожу суперские фотки.

М а р и. Не в 10.

Л а у р а. В Бабруйск, жывотное.

М а р и. Лады. Пишы вхот. (В этот момент на экране возникает надпись: к нам присоединился Рин. 21.00.)

Л а у р а. Эта хто?

М а р и. Рин долбанутый.

Л а у р а. А-а. Значитца на доме фанарь, слева кликни и набери 7289. Ок?

М а р и. Ок.»

Вам понятно? Компьютер сообщил болтуньям, что в забегаловку вошел Рин, который, не пожелав стать участником разговора, просто начал его «слушать». Окажись в кафе кто угодно, Лаура никогда бы не сообщила Мари открыто приватную информацию про пароль входа в свой дом, но Рина в Гардоре держали за дурака, его не опасались и очень скоро забывали о том, что местный юродивый навострил уши.

Линия поведения, выбранная Константином, оказалась правильной. Очень скоро он узнал кучу чужих тайн, а потом выяснил и вовсе шокирующее обстоятельство — Гардор, как и Алиленд, принадлежит Великому Али. Ведерников, совсем недавно освоивший компьютер, оказался способным учеником, а еще в нем явно пропал детектив. В общем, он сумел не только обнаружить ряд сведений, но и, сопоставив их, сделать нужные выводы, заметить кое-какие неточности, понять, что они не случайны, сообразить: Гардор — вторая половина Алиленда. Ведерников единственный из всех понял это!

— Ты путаешь! — закричала я, перебив рассказчика. — Гардор ведет кровопролитную войну с Алилендом!

Костин кивнул:

— Верно. Кстати, пришлось потратить много усилий, чтобы вытянуть из Модестова информацию. Алик болен, он и впрямь возомнил себя богом. Гардор возник позже Алиленда. Сначала Алик создал идеальный, в его понимании, мегаполис, этакий город-Солнце, Кампанелла отдыхает[1]. Конституция там соблюдалась неукоснительно, были созданы все условия для бизнеса, взяточничество искоренено. Одним словом, тишь да гладь, божья благодать. Знаешь, что случилось потом?

— Люди побежали в Алиленд толпами, — предположила я.

Вовка усмехнулся.

— А вот и нет. События развивались с точностью до наоборот. Народ заскучал, с населением произошло то, что происходит с гражданами очень благополучных европейских стран. Вроде имеют все, а тоска раздирает. Алик, тогда еще относительно нормальный, призадумался и совершил воистину гениальный ход: придумал Гардор, так сказать, антипод Алиленда. В одном месте жили мерзавцы, в другом белые ангелы, а чтобы ни те ни другие не закисли, Алик периодически затевал войны. Он сообразил: ничто так не сплачивает и не взбадривает население, как битва за идеалы.

---

[1] Томмазо Кампанелла (1568—1639) — итальянский философ, создатель утопии об идеальном обществе «Город солнца».

— Постой, постой... — забубнила я. — Выходит, он воевал сам с собой?

— Ага, — кивнул Костин. — Впрочем, об этом знали лишь два человека: лично Модестов и страшный, ужасный, вездесущий, беспощадный Саймон. Только они имели личные коды участников игры и могли переставлять гардоровцев и алилендовцев, как пешки. В конце концов игра настолько захватила Модестова, что он перестал понимать, кто он — Великий Али или король Моро. Добрый он? Злой? Гад? Герой? Алик раздвоился, порой он делал самые невероятные вещи. Не так давно ему показалось, что перемирие между Гардором и Алилендом слишком затянулось. Следовало найти нужный повод для очередной встряски. Под именем Ханона Алик начинает дружить с Кирюшей — Клифом...

— Так это он сам спер шар жизни! — заорала я. — Мерзавец!

— Тише, тише... — поднял руки вверх Вовка. — Да, Модестов лично заварил кашу. Мне он это объяснил так: жителей, мол, следовало изредка встряхивать, словно бутылку с кефиром, дескать, стресс развивает личность. Но я думаю, что тут еще дело и в деньгах. За некоторое время до начала битвы Модестов подписал рекламный контракт со всемирно известной фирмой спортивной одежды. А потом и в Гардоре, и в Алиленде кроссовки, созданные этим концерном, были объявлены обувью для армии.

— Господи! Да зачем ему деньги? Алик ест кошачий корм, живет в грязи, вечно сидит в одном рваном свитере!

— Модестов собрался основать еще один мегаполис, Орландию, а создание виртуального поселения требует реального вложения средств, — пояснил Костин. — Но мы отвлеклись, ведь речь у нас шла о Ведерникове, который, докопавшись до истины, возжелал стать хозяином Гардора и Алиленда.

Глава 31

Костя не торопился. Но через некоторое время он понял, что обнаружить реальный адрес Великого Али невозможно. Модестов зашифровался по полной программе. А вот Саймон, великий и ужасный, всемогущий начальник виртуального ФСБ, допустил ряд ошибок, вследствие которых Ведерников сделал ошеломляющее открытие: Саймон — это Нинон. Только давай не буду тебе объяснять, как Костя дорылся до этой инфы, просто поверь: он ее разведал.

Я затрясла головой.

— Не понимаю...

— И все-таки Саймон — это Нинон, — повторил Костин.

— Ты хочешь сказать, что всемогущий начальник службы безопасности и тихая, робкая поломойка — одно и то же лицо?

— Ага.

— Не может быть!

— Еще как может, — улыбнулся Вовка. — Нинон в Алиленде не имеет никакого веса, на нее, как на Рина в Гардоре, никто не обращает ни малейшего внимания. Но иногда под личиной серой мышки скрывается тигрица. Нинон — такая же жертва Алиленда, как и Модестов, она тоже существует в нескольких ипостасях. В Интернете —

хитрый, умный, изворотливый, ловко управляющий чужими судьбами Саймон, в реальной жизни тихая, мечтающая о личном счастье женщина, и две части Нинон, обе ее роли, никогда не перекрещивались. Только она знала, что Алик владеет обоими городами. Это самый страшный секрет Модестова. Кстати, он еще собрался стать и царем Орландии, расширить игру, но это уже, повторяю, иная история. И вообще не перебивай, слушай дальше...

Сделав шокирующее открытие, Ведерников решает проверить его в реальной жизни. Он очень быстро устанавливает, что комп, на котором работает Нинон, находится в аптеке, и начинает свою игру.

Для начала он присматривается к сотрудницам и понимает, что в принципе Нинон может быть любая из них. Ну, разве что глухая бабуся Леокадия Михайловна была исключена им из списка, остальные же, вменяемые женщины, вполне способны выходить в Интернет. В аптеке есть компьютер и два ноутбука, все сотрудницы владеют техникой. Кто же из них Нинон? Как подобраться к аптекаршам?

И Костя решает идти привычным ему путем. Ход мыслей Ведерникова прост. Кто главный в аптеке? Алиса Палкина, заведующая. Ее любят, уважают, слушаются. Алиса вроде как королева провизоров — мягкая, но принципиальная, знающая досконально свое дело, любящая пациентов и при этом очень несчастная лично.

Поскольку речь идет о невероятно больших деньгах, Ведерников тщательно готовит спектакль. Он решает жениться на Алисе, ведь мужа любимой заведующей коллектив моментально примет, Костя станет часто бывать в аптеке и рано или поздно поймет, кто из теток скрывается под ником Нинон, кто из них тот самый Саймон. Далее ему предстояло втереться в доверие к бабе, найти тайник, где она хранит список с кодами, и свергнуть правителя городов (кстати, его настоящее имя — Алик Модестов — Косте не было известно). Вторая половина плана представляется Ведерникову элементарной, по части обнаружения «захоронок» он отличный мастер. А вот с первой задачей — повести Алису в ЗАГС — справиться трудней.

— Зачем ему непременно следовало ставить штамп в паспорт? — удивилась я. — Жил бы в гражданском браке.

Костин улыбнулся.

— Я же говорил: Ведерников боялся осечки, поэтому подготовился более чем тщательно. Алиса не та женщина, которая бы стала жить нерасписанной, а ее мать Кира никогда бы не разрешила дочери привести в дом любовника.

— Сама-то хороша была — пила, гуляла!

— Верно, а дочери не разрешала, — кивнул Вовка, — но не время сейчас составлять психологический портрет Киры. Ведерников правильно оценил ситуацию. Он не хотел засвечивать свое настоящее имя, потому что знал: брак ненадолго, только на время поисков Нинон, потом муж провизорши исчезнет навсегда. Итак...

Костя затевает масштабный спектакль. Его подталкивает и подогревает мысль о гигантских прибылях, о сотнях тысяч долларов, о контрактах с ведущими мировыми брендами, спокойно тратящими на рекламу своих товаров миллионы. Костя обращается в некое детективное агентство и просит собрать справки об Алисе, а затем, опираясь на полученную информацию, придумывает сценарий.

Ведерников едет к сестре — Косте нужны подлинные документы, и он решает использовать паспорт Алексея Кононова. Сначала Ведерников предполагает его просто украсть, но, оказавшись в Прюкове, мигом понимает, как поступить, чтобы Алиса потом, после того как муж исчезнет, не искала его.

Дальнейшее тебе известно.

Я кивнула.

— Да. Ведерников сначала втирается в доверие к Ирине, заботится о ней, даже помогает лечиться от рака. А потом врет, что нашел Леше работу в Америке, и якобы увозит апатичного, крайне ленивого мужика туда, а на самом деле в Москву и селит его небось на съемной квартире, а тому все равно, где лежать. Ясное дело, «билет» в США и «виза» сделаны на компьютере, а наивная Ира поверила брату.

— Правильно, — кивнул Вовка, — так оно примерно и было. Хотя Валерий Леонидович, рассказывая мне детали истории, утверждал, будто Костя и впрямь пожалел Иру, совершенно искренне лечил ее, покупал лекарства. Может, и так, но кое-что мешает мне поверить в его благородство.

— Что?

— Ведерников приобретает для Иры одно из лучших средств от рака молочной железы, он тратит деньги и время, но... но потом использует ситуацию для того, чтобы свести знакомство с Алисой. Перед провизоршей предстает благородный человек. Сначала незнакомец встает на защиту аптекарши, ловко окорачивает хама...

— Тот скандалист — подстава! — сообразила я. — Актер, нанятый Ведерниковым!

Костин кивнул:

— Верно. Сначала Ведерников защищает Алису, а потом соглашается отдать якобы ненужное ему лекарство нуждающейся женщине бесплатно.

Алиса моментально начинает испытывать к Константину добрые чувства, и дело в результате заканчивается свадьбой. После бракосочетания Ведерников, частый гость в аптеке, пытается отыскать Нинон, но вначале терпит неудачу. Более того, Саймон очень сильно ограничивает свою активность и перестает выходить в сеть из аптеки. Нинон словно почуяла: на нее идет охота. Она особо не высовывается, Ведерников теряется в догадках, но не оставляет надежду на успех.

— Зачем он наврал Алисе про хлебозавод? — растерянно спросила я. — За каким лешим придумал, что служил при булках?

Костин улыбнулся:

— Неудачный ход, согласен. А с другой стороны, почему бы нет? У Кости шрам на запястье, слишком необычный и приметный. Ведерников не хочет, чтобы жена увидела отметину, а как скрыть от супруги наличие рубца? Вот он и решил не снимать часов. Но как объяснить постоянное присутствие на руке широкого браслета? Вот тут и рождается версия о несчастном мужике, всю жизнь встававшем в четыре утра и просто сросшемся с будильником. Кстати, номер не проходит, Алиса в конце концов увидела шрам.

— Значит, родственницы из Волкины тоже актрисы?

— Да, — кивнул Вовка. — Ну, согласись, странно, когда у жениха совсем никого близких нет, ни друзей, ни родных. Костя не хотел вызывать подозрений, оттого и устроил визит к «двоюродной сестре» и «тетушке». Бабы потом приехали на свадьбу, сделали хороший подарок и исчезли из жизни Алисы. Обычное дело, у многих людей есть родные, о которых вспоминают лишь в переломные моменты судьбы, зовут на свадьбу, похороны, но с которыми повседневно не общаются.

— Откуда же Полина и Вера взяли три тысячи долларов?

— Лампа, — укоризненно хмыкнул Вовка, — столь глупого вопроса даже от тебя не ожидал.

— А, ну да, деньги им дал Ведерников, который неплохо до этого заработал на шантаже!

— Точно.

— Но если Костя не нашел Нинон и не обнаружил коды, то почему он решил «умереть»?

— Вот это правильный вопрос, — потер руки Вовка. — Константину помешала Кира.

— Мать Алисы?

— Да. Она — пьяница, гуляка, пустившаяся во все тяжкие после смерти деспотичного мужа, малоразборчивая в связях женщина. Но, несмотря на малопривлекательные личностные качества, Кира была неглупа и обладала хорошо развитой интуицией. Женщина мгновенно поняла: зятек-то с двойным дном. Никаких доказательств двуличности мужа дочери у нее не было, но все равно Кира буквально изводила мужчину...

Ведерников пытается подружиться с тещей, но та совершенно не идет на контакт. Более того, в пьяных мозгах Киры неожиданно возникает предположение: зять неспроста столь мил. И в конце концов она заявляет вслух о том, что Алексей Кононов не зря затеял ремонт, он что-то ищет в доме.

Алиса пропускает слова матери мимо ушей, а вот Костя пугается и решает действовать незамедлительно. Теща становится опасной, тем более что в отсутствие дочери Кира начинает делать зятю намеки, роняя фразы типа: «Откуда ты?»; «Говоришь, коммуналку продал? Ну-ну! Интересно»; «Значит, денежки на ремонт честные? Да, да, понятно...».

Мы никогда не узнаем, почему Кира заводила эти беседы. Выяснила ли она окольными путями некий компромат на зятя или просто брала его на испуг, но дама объявила мужчине непримиримую войну. До появления супруга Алиса позволяла матери вести себя, как ей хотелось, не делала родительнице замечаний, не прогоняла ее кавалеров, а после замужества изменилась — захотела ребенка, тихой, спокойной жизни. Только какое же размеренное существование может быть, коли каждый вечер по квартире шастают незнакомые личности, пьют на кухне водку и орут песни? Вот Алиса и попыталась приструнить гуляку, и Кира поняла: либо пан, либо пропал. Надо выживать зятька, а то ей намертво прикрутят кран.

И разгорается самая страшная из всех возможных в мире войн — домашняя склока, кухонная битва, в которой победителем выходит Костя.

Он просто нанимает бродягу, дает ему денег, бутылку водки и велит:

— Познакомься вот с этой теткой. Твоя задача напоить ее беленькой, но так, чтобы в емкости осталась жидкость. Усек?

— Ага, — кивает понятливый убийца.

Дальше — проще некуда. Костя-Алексей уезжает вроде как «бомбить», машина якобы ломается, и он прибывает домой утром, когда Кира уже мертва.

Никаких подозрений смерть пьяницы ни у кого не вызывает, Алиса тоже не сомневается в естественности кончины матери. Но Ведерникова начинает внезапно колотить страх: бродяга, которого он нанимал для убийства, сидит по-прежнему у метро... А вдруг он разинет рот? Надо уничтожить нищего...

Володя остановился и перевел дух.

— Понимаешь, Лампа, — тихо продолжил он, — убийство — страшная вещь. Далеко не каждый человек способен лишить жизни себе подобное существо, для этого следует перейти некий порог, к счастью, непреодолимый для подавляющего большинства людей. Но кое-кто все же решается, переступает через тот порог. Только пойми меня правильно. Сейчас я веду речь не о пьяной драке, во время которой ее участники схватились за ножи, сковородки или табуретки. Говорю о заранее спланированных действиях, тщательно продуманных преступлениях. Так вот. Устранив неугодного супруга, конкурента по бизнесу, политического противника или кого-то, кто имеет на него компромат, человек сначала удовлетворенно вздыхает. Ему кажется: все, вот теперь начнется спокойная жизнь. Ан нет! Через некоторое время до убийцы доходит: могут быть свидетели преступления, а если убийство заказное, то в наличии исполнитель, он опасен, в любой момент способен развязать язык. И что делать? А?

— Ну... по логике, он должен устранить свидетелей и непосредственного киллера.

— Вот! Одно убийство тянет за собой другое, начинает наматываться кровавый клубок. Я не хочу сказать, что подобное происходит всегда, но такой поворот событий, увы, случается часто. Страх толкает человека в спину, лишает сна, превращает в загнанное животное. И Ведерников испытывает все вышеописанные эмоции. В полном разладе с собой он приезжает к Валерию Леонидовичу и начинает исповедоваться. Старик приходит в ужас. Да, Валерий аферист, мошенник, вор, в конце концов, но он никогда никого не убивал.

С трудом подбирая слова, Валерий спрашивает:

— Ты нашел коды?

— Нет, — стонет Костя, — есть пара версий, где они могут быть спрятаны...

Валерий внимательно слушает воспитанника и пытается образумить его:

— Немедленно уходи от Алисы, иначе можешь выдать себя. Хватит, конец игре.

— Но коды!

— Забудь о них.

— Нет!

— Их спрятали там, где никто не найдет.

— Я обнаружу, — не успокаивается Костя.

— Брось это дело.

— Ты что! Я же говорил, о КАКИХ деньгах идет речь! — взрывается Костя. — О миллионах! Нет, я получу их законно, подниму восстание, захвачу Алиленд...

Валерий лишь разводит руками, но все же пытается растолковать Косте опасность:

— Если Алиса догадается, кто убил Киру, тебе несдобровать.

— Я убрал бомжа.

— Как?

— Его ударили в драке трубой по голове.

— Кто?

— Другой попрошайка.

— А дальше что? — прищуривается Валерий Леонидович. — Потом устроишь еще одно побоище, и так до тех пор, пока в столице не останется маргиналов? Одумайся, Костя, остановись. Мирно разведись с Алисой и исчезни, признай свое поражение. Кстати, те захоронки, о которых ты говорил, можно вскрыть и не будучи мужем провизорши. Пообещай мне, что завершишь «семейную» жизнь. Плюнь ты на эти коды, на твой век хватит глупых баб. Уж поверь мне, это тихий, мирный заработок: получил немного денежек, пожил в свое удовольствие, потратил «гонорар», снова вышел на охоту. Ну, уважь старика, брось Алису, я же очень за тебя волнуюсь...

Костя мрачно кивает головой. А в его голове теснятся мысли: Валерий не в теме, не понимает, какие огромные деньги и сколь большую власть дает Интернет, учитель всю жизнь ловил рыбешку в одном пруду, не подозревая об огромных, не открытых им океанах... Но старик был самым близким человеком для Ведерникова — учителем, гуру и, в некотором роде, отцом, поэтому Костя с огромной неохотой выдавливает из себя:

— Хорошо, будь по-твоему, я уйду от Алисы.

Валерий Леонидович ощущает полнейшее удовлетворение. Слава богу, ученик в очередной раз послушал профессора, теперь Костя в безопасности, раз слово дал — не обманет.

И Костя действительно выполняет обещанное, покидает Алису. Но как он это делает!

Костин снова замолчал. Потом поинтересовался.

— Тебе все понятно?

— Да, — кивнула я.

— Нет вопросов?

— Нет.

— Никаких? — настаивал Вовка.

— В принципе нет. А что, они должны быть? — насторожилась я.

Костин хмыкнул:

— Ну-ну, раз полная ясность, тогда продолжаю.

Глава 32

Помолчав немного, Костин вдруг спросил:

— Ты же помнишь, что Ведерников был женат на Алисе под личиной Кононова?

— Да, — кивнула я.

— Тогда продолжаем разматывать историю дальше...

А настоящий Алексей живет в Москве, в комнате на самой окраине. Костя снял для него жилье у некой старухи. Кононов мирно валяется на кровати, мечтая о богатстве. Алексей ленив патологически, к тому же он не особо далекого ума человек, Ведерников легко дурит зятя. Иногда Костя приезжает, привозит продукты и показывает сберкнижку.

— Видишь, тебе еще начислена зарплата, — говорит он, — наш перелет в Америку пока задерживается, но денежки капают.

Любой другой человек мигом бы принялся задавать вопросы. Почему мне платят за безделье? Зачем жить в Москве и тратить деньги на съемное жилье, когда можно вернуться в Прюково, оно ж близко от столицы?

Но Алексею все до лампочки, он день-деньской глядит в телевизор, мечтает и, наверное, ощущает себя счастливым.

Потом настает роковой вечер, события которого можно лишь домыслить, ведь все его участники уже мертвы.

Костя приезжает к Алексею и велит:

— Скорей, собираем все твои вещи и отбываем в аэропорт, сегодня летим в Америку.

Взяв шмотки, Ведерников сажает Алексея в «Жигули», в те самые, на которых он якобы подрабатывает извозом, и катит в сторону области. Кононов абсолютно спокоен, он не знает Москвы и не понимает, что его везут в том направлении, где нет никаких аэропортов. А далее, скорее всего, ситуация развивалась так.

Костя притормаживает в нужном месте и восклицает:

— Господи, совсем забыл! На, выпей лекарство.

— Зачем? — слабо удивляется Алексей.

— Ты же в первый раз полетишь на самолете?

— Ну да.

— Затошнит, это пилюля от укачивания, — заботливо сообщает Ведерников.

Не думающий ни о чем плохом Алексей проглатывает таблетку, которая на самом деле является сильным снотворным.

— Запей коньяком, — продолжает хлопотать Костя. Он-то хорошо знает, что медикамент вкупе со спиртным почти мгновенно свалит с ног и слона.

Кононов быстро засыпает. Костя вылезает наружу и сталкивает «Жигули» с обрыва. Место для преступления он выбрал идеально — крутой поворот на высокой горке, видимость встречной машины крайне ограничена, обрыв огорожен многократно помятым заборчиком, малоопытные водители часто попадают тут в аварии.

Автомобиль плюхается на крышу. Естественно, он сильно искорежен. Костя спускается вниз и чиркает спичкой, вспыхивает пламя. Все, Алексей Кононов погиб, Алиса теперь вдова, она никогда не станет искать мужа и...

— Тебе все ясно? — опять вдруг спросил Костин, прервав повествование на середине фразы.

— Да, — мрачно ответила я.

— Совсем?

— Да.

— Совершенно? — с непонятной настойчивостью твердил Вовка.

— Что касаемо ситуации с гибелью Кононова, то да, — кивнула я, — имеются другие неясности, как большие, так и маленькие.

— Какие? — внезапно оживился Вовка.

— Ну, хотя бы с паспортом Кононова.

— А что с ним?

Я снисходительно прищурилась.

— Ты, Вовка, мышей не ловишь! Кононов-то женат на Ирине, на странице должен был стоять штамп! Каким же образом его расписали с Алисой, а? И еще фотография!

Костин покрылся пятнами.

— Знаешь, Лампа, — весьма сердито заявил он, — на предмет мышей я бы на твоем месте помолчал. Сама-то хороша! А со штампом все проще некуда. Думаю, Ведерников намеревался дать взятку в ЗАГСе или вытравить отметку о бракосочетании, но преступнику повезло — ничего подобного не понадобилось. Лет за пять до всех этих событий Алексей потерял паспорт, Ирина еле-еле заставила мужа съездить в райцентр и получить новый. Для патологически ленивого Алексея это было почти гражданским подвигом. В паспортном столе ему вручили бордовую книжечку и предупредили: «Теперь ступайте в ЗАГС, и там, на основании предъявленного свидетельства о бракосочетании, вам поставят штамп». Кононов пришел в ужас. Это что ж получается? Надо катить в Прюково за бумагой, потом снова назад в райцентр... Ясное дело, он вернулся домой и плюхнулся на раскладушку, страничка о семейном положении в паспорте осталась чистой, что невероятно порадовало Константина. Что же касаемо фото... Ведерников и Кононов примерно одного возраста, Алексей полный, Костя худой. Ведерников, если бы в ЗАГСе засомневались, мог сказать: «Да я это, похудел только сильно и постарел слегка!» Но ведь в ЗАГСе не особо разглядывают фотографии на паспортах, это же тебе не таможня и не граница. Ну что, все вопросы?

— Нет! Что случилось со мной?

— Нинон ткнула в великого детектива Романову расческой. Знаешь, бывают такие металлические, с длинной ручкой?

— Да, — кивнула я.

— Тебе повезло, — вздохнул Вовка. — Нинон была поражена до глубины души, поняв, кто к ней пришел. Но пока ты пыталась общаться с плоховменяемой хозяйкой квартиры, у которой Нинон, поломойка и одновременно начальник безопасности Саймон, снимала комнату, она мигом сложила кое-какие кубики и поняла: неожиданная гостья опасна, ее следует уничтожить. Всегда появлявшийся лишь в Интернете Саймон вылез в реальной действительности. Скромная, тихая женщина Нинон превратилась в расчетливого начальника ФСБ, услыхав от тебя фразу: «Я хорошая знакомая Модестова». Повторяю, тебе повезло. У Саймона есть опыт убийства, он лично устранял в Гардоре провинившихся граждан, но в реальной жизни Нинон никого не убивала, оружия, естественно, не имела, единственным, что попалось ей под руку — расческой, — и воспользовалась. Сейчас, арестованная, она клянется, будто не желала убивать госпожу Романову, просто хотела незаметно убежать. Но ударила она тебя в левую сторону груди, метила в сердце. Железка пропорола кожу и скользнула по ребрам, ты упала в обморок.

— Было жутко больно, — пожаловалась я. — А что дальше?

— Увидав, что опасная гостья свалилась, Нинон выскочила в прихожую, схватила сумку и убежала из квартиры. Но она ошиблась — вместо своей торбы взяла твою.

— Они у нас одинаковые! — вскинула я голову. — Да, таких в Москве много. Между нами говоря, обидно видеть у других свою сумочку.

Костин потер шею.

— Между прочим, именно ридикюль-близнец помог поймать преступницу и быстро оказать тебе помощь.

— Каким образом?

— Кирюша ждал во дворе и, мечтая поскорей увидеть Великого Али, не сводил глаз с подъезда. Он устал ждать, поэтому набрал номер твоего сотового. И тут из двери вылетает баба, растрепанная, с сумкой. Кирюша глядит на тетку и слышит, как из ее ридикюля доносится его собственный голос: «Лампа, возьми трубку! Лампудель, немедленно проснись!»

— Да-да, он поставил мне на днях такой идиотский звонок, записав свой голос на диктофон!

Костин кивнул и продолжил:

— Кирюша удивился. Тетка тоже застывает на месте, она смотрит на торбу. Мальчик же мгновенно соображает: случилась беда, ридикюль принадлежит Лампе, из него доносится звонок ее мобильного, у незнакомой бабы подозрительно красное лицо... С воплем: «Помогите, она украла у Лампы сумку!» — Кирюша бросается на Нинон. Та пытается удрать, но подросток цепко держит ее и голосит на всю округу: «Воровка, воровка, воровка...»

Мигом собралась толпа, кто-то вызывал милицию. Люди держали Нинон, а Кирюша ринулся в подъезд и стучал во все квартиры. Так и нашел тебя. Дальше понятно: тебя, обколов лекарствами, увезли в больницу, а Нинон в отделение, куда примчался я, предупрежденный Кирюшей. Ну, собственно говоря, это все. Остальное дело техники. Вопросы есть?

— Да! — заорала я. — Их куча! Кто такая Нинон? С какой стати она решила, что я ей угрожаю, а?

Вовка хмыкнул:

— Знаешь, Лампа, у каждого сыщика свой метод. Тот, который избрала ты, в принципе верен. Ходишь по людям, собираешь информацию, сопоставляешь факты, обнаруживаешь некие нелепицы. У тебя есть определенный талант — например, разговорить человека. Не всякий способен вызвать к себе доверие, а у госпожи Романовой такое получается. Одна беда!

— Какая?

— Ты не умеешь слушать! Я сейчас намеренно опустил часть информации, а ты и ухом не повела. Ведь спрашивал многократно: есть вопросы? А ты что твердила? Нет! Нет! Нет! Хотя кое-какие нелепицы просто в глаза бросались. Правда, некоторые не приметили не только ты, но и Алиса, и сотрудники ДПС, прибывшие на место той аварии, где сгорел в машине настоящий Кононов. Не понимаешь, о чем веду речь?

— Нет, — сердито ответила я.

Костин тяжело вздохнул.

— Огонь почти уничтожил автомобиль, тело Алексея было настолько обезображено, что его хоронили в закрытом гробу.

— И что?

— А документы Кононова, его паспорт, уцелели. Правда странно?

Я кивнула. Вовка склонил голову набок.

— И это не все. Помнишь, я рассказывал про ремонт, который затеял Алексей-Константин, про поведение Киры? Тебя не удивило, что зять страшно испугался слов тещи: «Он не зря затеял ремонт, ищет что-то». И зачем Костя обустраивал гнездо? Он-то знал, что не станет долго жить с Алисой, так какого черта тратил деньги, врал про проданную жилплощадь? Ведерников тратил столь любимые им деньги впустую. Почему? А?

Я растерянно пожала плечами.

— Да потому, — снисходительно пояснил Вовка, — что он и впрямь искал нечто. В том числе в доме Алисы. Сначала пересмотрел все вещи женщин, облазил углы, шкафы, антресоли, комоды. Работа продвигалась не слишком быстро, она заняла много времени, а в конце концов Ведерников сдался и решил затеять ремонт. Он думал, что перед началом тотального обновления квартиры жена вынет тщательно спрятанный документ, но этого не случилось. Костя сломал полы, ободрал стены — ничего! Очевидно, он не сумел скрыть разочарования и этим обратил на себя внимание Киры. Мать Алисы не знала, что ищет зять, но поняла: все-таки он что-то ищет. Убив Киру, Костя, по приказу Валерия Леонидовича, исчез из жизни Алисы. Но он не оставил надежды найти нужное. Ведерников рассуждал так — в доме бумаги нет. Где же она? Может, спрятана на кладбище, в Ларюхине, где похоронены родители Алисы? Та ведь часто ездит туда ухаживать за могилой. И Костя нанимает хулиганов, которые инсценируют погром погоста, но все без толку: документов на кладбище нет.

Следующее предположение — бумаги в аптеке, в рабочем столе Алисы. К слову сказать, она никогда не оставляла мужа одного в служебных помещениях, возможности спокойно порыться в офисе супруги у Кости не имелось. Ведерников теперь хорошо знает сотрудниц аптеки, он в курсе, что ночью серьезной охраны нет, и выбирает момент, когда дежурит глухая Леокадия, вскрывает решетку, переворачивает вверх дном кабинет заведующей.

Милиция, вызванная к месту происшествия, полагает, что в аптеку влезли наркоманы, и снова никто — ни сотрудники правоохранительных органов, ни госпожа Романова — не задался вопросом: почему порваны книги? Ладно, стол разломали, потому что думали: там хранятся таблетки. Но зачем разорвали переплеты у справочников? Наркоманы все же не настолько тупы, чтобы подумать, будто заведующая хранит пилюли в книгах. Может, находящиеся в ломке парни от злости поломали и порвали все? Маловероятно, случайные грабители ведь не могли знать, что дежурная аптекарша глуха, словно пень, они бы поостереглись шуметь. Следовательно, искали нечто, способное уместиться между страницами или под переплетом, вероятнее всего, фото или листок бумаги.

Потерпев в очередной раз неудачу, Ведерников не был намерен сдаваться. Алиса после смерти матери и мужа совершенно одинока, она, не без помощи Ведерникова, отдалилась от своей единственной подруги, и Костя решает использовать еще одну возможность: он подсылает к Алисе девочку Люсю, сумевшую соскочить с наркотиков. Она должна, по его приказу, понравиться заведующей, втереться к той в доверие. Но и этот план терпит крах. Вначале Люся, которой очень нужны деньги, исправно играет роль, однако Алиса начинает относиться к девочке с любовью, и Люся — видимо, от расстройства, от стыда за предательство — снова хватается за шприц и умирает.

Ведерников почти в отчаянии, он потратил на поиски кучу денег, но нужных бумаг так и не нашел, к богатству не подобрался. И пришлось ему заняться привычным делом: в Гардоре вновь появляется Лео, охотник за женщинами. Вот на этом поле игры Ведерников ас, он легко зарабатывает нужные суммы и даже идет на поводу у своей слабости — покупает себе роскошный «Мерседес», который в конечном итоге стал причиной его гибели.

Кстати, знаешь, как произошла авария? Костя ехал в машине, заткнув уши плеером. Сколько раз служба ГАИ предупреждала водителей: никогда не отвлекайтесь за рулем, не болтайте по телефону, не надевайте наушники с музыкой. Ан нет, люди не внемлют предостережениям, мало того, кое-кто ухитряется в момент движения есть, смотреть телевизор и... читать книги. Так вот Ведерников не услышал сирену спецмашины, не понял, отчего несколько автомобилей шарахнулось вправо. Наоборот, он нажал на газ, и тут его начала обходить легковушка с джипом сопровождения. Внедорожник задел «Мерседес», Костя не справился с управлением и на полном ходу влетел в стену дома. Ведерников погиб на месте, сразу. В это время Алиса, решив купить телевизор, заходит в магазин, видит на экране руку со шрамом... Ну, дальнейшее тебе известно. Теперь ясно?

— Нет!!! Отчего Костя ищет документ дома у Алисы? Впрочем, знаю! Сотрудница, та самая Нинон, дала бумагу заведующей на хранение. Это просто. Но почему Нинон решила убить меня? Чем я ей помешала?

Вовка тяжело вздохнул:

— Когда ты заявилась на квартиру, где Нинон, прикидываясь бедной поломойкой, снимала комнату, и произнесла фразу: «Я Евлампия Романова, подруга Алика Модестова», произошло знаменательное событие. Впервые Нинон в реальной жизни превратилась в беспощадного Саймона. До сих пор она...

— Ты уже говорил об этом! При чем тут я?

Вовка хмыкнул.

— Ваша первая встреча с Алисой произошла в магазине, случайно. Кононова, растерянная, слегка испуганная увиденной катастрофой, хочет узнать правду о человеке, чью руку украшает столь знакомый ей шрам. А тут ты, по счастливой случайности, оказываешься детективом. Алиса верит Лампе, но в тот момент, когда сыщица является к Нинон, да еще говорит о своей связи с Модестовым, скромная поломойка, чуя беду, грозящую Алиленду, превращается в Саймона. Ей приходит в голову простая мысль: Евлампия Романова — шпион, который подбирается к Али, к богу, а встреча в магазине не случайность, она разыграна специально.

— Бред! — завопила я. — Если следовать этой логике, то получается, что я знала о желании Алисы купить телевизор и специально убила в нужный момент Ведерникова, подговорив съемочную бригаду показать репортаж. Кретинство! Идиотство! Эй, эй, постой! Но при чем тут Нинон? Я ее ни разу не видела! Меня нанимала Алиса!

— Дорогая моя, — очень ласково произнес Вовка, — Алиса и Нинон — одно и то же лицо. Даже не так: Алиса, Нинон и Саймон — одно и то же лицо. Именно Алиса — начальник ФСБ Алиленда. Костя это понял, поэтому и искал коды у супруги дома. Кстати, Алиса умна, бумаги она спрятала гениально. Под видом Нинон Алиса приходила к Алику, который, кстати, всегда считал Саймона мужчиной. Всемогущий начальник службы безопасности не открывался даже богу, но Алиса знала про Модестова все, понимала, что Алик беспечен, и начала опекать его в реале. Бумагу, где написаны коды, свои документы, Алиса боялась держать дома, не прятала их и в съемной квартире, про которую не знал никто, кроме Модестова (Алик считал, что у него в руках телефон и адрес домработницы, но комната и была снята для того, чтобы не давать Модестову подлинные координаты). Кононова понимала, что ей необходимо охранять свое инкогнито, вот она его и берегла. Алиленд для нее — буквально все, даже наладившаяся вроде личная жизнь не вытеснила нереальные приключения. Я сейчас не стану подробно излагать, каким образом Костя понял, кто из аптекарш Нинон. Он жил с Алисой, был внимателен и в конце концов вычислил истину. Алиса же ни в чем не заподозрила мужа, но она тщательно берегла правду даже от супруга. Вот смотри, что получается: Саймон — беспощадный, храбрый, умный, жестокий начальник ФСБ, Нинон — тихая, скромная, малоприметная, Алиса — хороший человек, затюканная родителями дочь, отличный провизор, умелый руководитель аптеки. Одна в трех лицах, она ловко переходила из роли в роль, но каждый раз перевоплощалась полностью. Она никогда не была в Алиленде аптекарем и ни разу — ни разу! — в ней не проснулся в реале Саймон. В Алиленде начальник ФСБ мигом бы понял, что в аптеку влезли не наркоманы, в реальной жизни Алиса растерялась. Пойми, все люди, по большому счету, играют роли: на работе одну, дома другую, с любимым человеком третью... Просто у Алисы были слишком уж полярные маски, и в ней явно есть артистические способности, вкупе с умом и жестокостью. Да, ее родители сумели подавить волю дочери, но, оказавшись в Алиленде, Алиса выпустила наружу второе, а потом и третье «я». Наверное, я сейчас коряво объясняю суть, какой-нибудь психолог сделал бы это намного лучше. Алиса не допустила никаких сбоев, кроме одного — в реальной жизни она, как Саймон, хранила коды, не доверила их компьютеру, потому что знала: в него можно влезть. Знаешь, где она держала то, ради чего Ведерников пустился на преступления?

— Где? — прошептала я.

— Это была очень женская идея! — улыбнулся Вовка. — Полки в кухне аптеки были застелены бумагой, обычными листами формата А-4, и на той стороне, что была книзу, записаны коды. По-своему гениальное место. Костя, бывая у жены в аптеке, многократно открывал шкафчики, брал пачки с чаем, кофе, печенье. Ему и в голову не могло прийти, что секретная информация лежит буквально на самом виду. Правильно говорят, если хочешь что скрыть, водрузи прямо у всех перед носом, никогда не найдут. Человек настроен искать ценности в потайном месте, на вещицу, небрежно брошенную на тумбочке, он даже не взглянет. Раз валяется открыто, следовательно, ничего не стоит.

Эпилог

Собственно говоря, больше добавить мне нечего. Смерть Константина Олеговича Ведерникова не была криминальной — обычное дорожно-транспортное происшествие, водитель превысил скорость, не справился с управлением и погиб. За убийство Алексея Кононова, организацию отравления Киры и смерть бомжа, принесшего матери Алисы фальшивую водку, Костя осужден не будет. Ему не попасть ни на скамью подсудимых, ни в тюрьму, смерть избавила Ведерникова от ареста, СИЗО, зоны, от моральных и физических страданий. Ему теперь придется предстать перед другим судьей.

Ирине Кононовой всю правду про брата не сообщили. Это неверно, что сотрудники МВД — бездушные люди. Женщине сказали об аварии, но покривили душой и представили дело так, словно Алексей и Костя погибли вместе в Америке, там и похоронены.

Алиса, естественно, узнала истину. Она по-прежнему работает в аптеке, потому что я очень просила не возбуждать против нее дела. Ссадина на боку заросла почти без следа, к тому же Кононова, придя в себя, стала плакать и просить прощения.

— Не понимаю, не понимаю, не понимаю, как это произошло! — твердила она. — Сама не знаю, отчего схватила расческу! Я не хотела никого убивать, я не могу такое сделать! Что со мной случилось?

Раскаянье Алисы было столь велико, что у нее заболело сердце, и Кононову поместили в больницу. Я съездила к ней, мы долго обсуждали ситуацию и расстались по-хорошему. Но, поцеловав друг друга на прощание, мы более не встречаемся.

Модестов по-прежнему владеет Алилендом и Гардором, более того, на днях в Интернете появился еще один город — Орландия, жители которого начали сразу проявлять редкостную агрессивность по отношению к другим аналогичным поселениям.

Встревоженная психическим состоянием Алика, я приволокла к нему врача, но тот лишь развел руками и не нашел у явно ненормального, на мой взгляд, Модестова никаких отклонений.

— Человек просто увлечен своим делом, — забубнил эскулап.

— Но он не выходит на улицу и может начать есть кошачий корм! — возмутилась я.

Доктор вздохнул:

— Это не патология, просто некая личностная особенность.

Я сначала обозлилась на медика, но потом нашла Алику домработницу, тихую, спокойную женщину, которая регулярно ходит за продуктами, готовит боженьке обед и вычесывает Гава. Костин не одобряет моей инициативы.

— Твой Модестов — гадость, — говорит Вовка. — Тоже мне, властелин судеб... Безумная кепка Мономаха...

На Кирюшу все произошедшее произвело невероятное впечатление.

— Я больше ни за что не влезу в виртуальный мир! — заявил подросток. — Ну их к черту! Буду лишь скачивать рефераты и ходить на сайт мопсятников, там выставлены прикольные фото собак.

Кстати, о собаках. Хозяина Кусика нам никак не удалось найти. Мы старались, как могли, поместили объявления в газетах, но люди, звонившие нам, как правило, спрашивали:

— Вы отдаете взрослого стаффа? Бесплатно?

Ясное дело, я отвечала всем:

— Нет.

Стаффорд мил, приветлив, аккуратен, он полюбил домашних, а мы нежно относимся к найденышу. Одна беда — Кусик апатичен, ничто и никто не может вывести его из этого состояния, иногда мне хочется подтолкнуть пса в спину, до того неторопливо-вальяжно он идет на зов.

Вот и сегодня я собралась вывести стаю во двор и принялась звать на разные лады:

— Кусик! Куся! Кусёпа! Кусунечка!

Мопсы, Рейчел и Рамик переминались у двери с лапы на лапу, тихо поскуливая, Кусик все не шел.

— Кусьман! — завопила я что есть силы. — А ну, живо! Ты, между прочим, не единственная собака в семье, если Ада или Капа сейчас не выдержат и нальют лужу, сам убирать будешь!

Послышалось тихое пофыркивание, и в прихожую, сохраняя полнейшее спокойствие, выбрался Кусик. На его морде было написано: «В чем дело? Кто-то торопится? Но зачем? Прогулка никуда не убежит. Господа, берегите нервные клетки».

Увидав Кусю, стая взвыла и кинулась к выходу. Стоит ли говорить, что стафф оказался замыкающим при входе в лифт и при выходе из подъезда?

На улице все собаки рысью побежали к пустырю, Кусик медленно тащился позади меня. Я тяжело вздохнула. С появлением Куси наши обязательные променады превратились в нудную тягомотину. Сейчас Муля, Ада, Феня, Капа, Рейчел и Рамик завершат дела и пойдут в подъезд, а меланхоличный Кусик все еще будет элегически бродить по окрестностям — место для описа он выбирает с такой тщательностью, словно собирается жить на облюбованном пятачке лет десять, не меньше.

Решив поторопить флегматика, я обернулась, раскрыла рот, чтобы привычно гаркнуть: «Кусундель, включи скорость!» — но подавилась словами.

Чуть поодаль, слева, шла невысокая, хрупкая девушка, одетая в ярко-синюю куртку. Отчего-то незнакомка привлекла внимание Кусика. Стафф сначала замер, подняв правую переднюю лапу, потом взвизгнул и бросился вперед со скоростью пули. Я не успела и моргнуть, как Куся со всего размаха напрыгнул на тоненькую фигурку и повалил ее на землю. Упав, девушка принялась издавать какие-то сдавленные крики.

Пару секунд я стояла, хлопая глазами, потом в два прыжка преодолела расстояние до несчастной и замолотила кулаками по широкой спине стаффа.

Куся замер, я схватила его за ошейник и закричала:

— Девушка, простите: Господи, вы вся измазались! Пойдемте к нам, живу вот в этом подъезде, почищу вашу одежду!

— Роджер! — тоненько вскрикивала незнакомка, не слушая меня. — Роджер! Ты нашелся, милый! Любимый!

Кусик снова бросился на девушку, и тут я поняла, что стафф вовсе не собирается нанести вред прохожей: он лижет ей лицо и руки, а «голубая куртка» обнимает пса за могучую шею.

— Так это ваша собака?! — вылетело из меня.

Через десять минут все встало на свои места. Олеся, хозяйка нашего найденыша, пошла пару недель назад гулять с Роджером — так на самом деле зовут Кусика. Роджер медлителен и меланхоличен, а Олеся забыла дома сигареты, и, посадив собаку у ларька, она побежала домой за куревом. Бесшабашная хозяйка абсолютно не беспокоилась о четвероногом друге — разве кто осмелится подойти к здоровенному бойцовому псу? Но когда Олеся вернулась, Роджера на месте не оказалось. Главная беда состояла в том, что пес является любимцем мужа, и Олеся страшно боялась гнева супруга. Хорошо хоть все это время супруг находился в командировке. Олеся очень надеялась, что Роджер найдется, но с каждым днем надежда таяла. И вот сейчас...

— Господи, Петька бы меня убил, — твердила Олеся, целуя Роджера. — Вы, главное, никому не рассказывайте о том, что произошло! Живем-то в соседних домах...

— Извините, — лепетала я, — ей-богу, не нарочно увела его, он меня послушал, съел сырок и...

— Творожный, глазированный?

— Да.

— Господи, да он за него душу продаст! — взвизгнула Олеся. — Мы ему сырки очень редко даем. Ой, а это ваша стаффиха?

Я погладила подбежавшую Рейчел.

— Верно.

— Очень красивая! И какие мопсики...

Олеся принялась ласкать собак. Муля, Ада, Феня, Капа, Рамик и Рейчел, поняв, что перед ними добрая душа, начали обниматься с новой знакомой. Потом мы поболтали еще пять минут, обменялись адресами, телефонами и расстались.

Олеся взяла поводок Роджера, тот начал упираться. Я уцепила Рейчел, но и та сердито заворчала.

— Похоже, им неохота расставаться, — захихикала Олеся и потащила за собой Роджера.

Я с огромным трудом утянула Рейчел и еле-еле впихнула ее в квартиру.

Вечер покатился своим чередом. Завершив домашние дела, я плюхнулась в кресло у телевизора. Завтра снова на работу. Юра Лисица, расставшись все-таки с визгливой дочуркой слонопотамши, изгнавшей его с дачи, ввязался в новый роман, и никто не будет мешать мне читать в конторе книгу. Впрочем, может, придет и клиент. Всегда следует надеяться на лучшее, жизнь любит сюрпризы и всяческие неожиданности. Вот кто бы мог подумать, что Кусик, то бишь Роджер, столкнется на улице со своей хозяйкой? Интересно, почему он отзывался на данную нами кличку? Милый пес... похоже, Рейчел по нему скучает... лежит тихая, на спине, раскинув лапы...

На этом плавный ход моих мыслей оборвался. Действительно, собака развалилась на ковре, воздев вверх четыре лапы, но пониже живота у нее...

Ой, мама! Надеюсь, я не потеряла бумажку с телефоном Олеси!

Слава богу, клочок оказался на месте.

— Олеся! — завопила я, услыхав тихое «алло». — Это Лампа! Как там Кусик, тьфу, Роджер?

— Ничего, лежит у двери.

— Ну-ка, глянь на него.

— А что?

— Пойди, изучи внимательно заднюю часть.

— Вау! — завопила через некоторое время Олеся. — Это...

— Рейчел, — докончила я. — А Роджер у меня. Мы перепутали собак, спускаюсь вниз.

— Бегу, — засипетила Олеся, — несусь и падаю!

Очень довольная тем, что никто из домашних не стал свидетелем моей новой оплошности, я отвела Кусика-Роджера во двор, получила Рейчел, на всякий случай внимательно оглядела ее и вернулась в квартиру.

Рейчуха не знала, куда деть себя от радости! Наверное, она уже решила, что хозяйка сошла с ума, вот и отдала ее чужому человеку, но потом, слава богу, поправилась и забрала назад.

Я дала стаффордширихе крайне неполезную мармеладку и, погладив ее по спине, попросила:

— Давай никому не скажем ни слова, иначе меня задразнят!

Рейчел повернула голову набок и прищурилась.

— Вот и правильно, — улыбнулась я. — Естественно, нам, женщинам, всегда найдется, что сказать по любому поводу. Но лично я считаю: чаще следует пользоваться ушами, чем языком. И потом... Конечно, молчание не всегда является признаком ума, но оно свидетельствует об отсутствии глупости.

Советы

от безумной оптимистки

Дарьи Донцовой

Обращение к читателям

Дорогие мои, я очень люблю вас, но, увы, не имею возможности сказать о своих чувствах лично каждому читателю. В издательство «Эксмо» на имя Дарьи Донцовой ежедневно приходят письма. Я не способна ответить на все послания, их слишком много, но я обязательно внимательно изучаю почту и заметила, что мои читатели, как правило, либо просят у Дарьи Донцовой новый кулинарный рецепт, либо хотят получить совет. Но как поговорить с каждым из вас?

Поломав голову, сотрудники «Эксмо» нашли выход из трудной ситуации. Теперь в каждой моей книге будет мини-журнал, где я буду отвечать на вопросы и подтверждать получение ваших писем. Не скрою, мне очень приятно читать такие теплые строки.

Совет № раз
Рецепты на скорую руку

САЛАТ ИЗ ЯБЛОК С СЕЛЬДЕРЕЕМ И ОРЕХАМИ

Что нужно:
3 кислых яблока,
2 лимона,
1 пучок сельдерея,
500 мл овощного бульона,
75 г грецких орехов,
150 г натурального йогурта,
50 г жирных сливок,
соль, перец, сахар.

Что делать:
Яблоки вымыть, разрезать пополам, удалить
сердцевину, нарезать кубиками. Выжать на
яблоки сок одного лимона. Сельдерей очистить.
Листья отложить для украшения блюда. Черешки
сельдерея порезать толщиной в 1 см и отварить
до мягкости в овощном бульоне. Вынуть
шумовкой, обсушить и смешать с яблоками.
Добавить измельченные орехи. Для приготовления
дрессинга выжать один лимон. Сок лимона
смешать с йогуртом и сливками. Приправить
солью, перцем и щепоткой сахара. Вылить
дрессинг на тарелки, сверху выложить салат.
Украсить оставшимися черешками и листьями
сельдерея.

Пальчики оближешь!

ТВОРОЖНЫЙ КРЕМ

Что нужно:
1 яблоко,
0,5 банана,
2 ст.л. творога жирностью 18%,
2 ч.л. жидкого меда,
1 щепотка молотого имбиря,
1 щепотка кардамона,
листики мелиссы для украшения.

Что делать:
Яблоко вымыть, натереть на крупной терке.
Сбрызнуть половиной лимонного сока. Банан
очистить, размять вилкой, сбрызнуть
оставшимся лимонным соком. К банану добавить
творог и мед, перемешать. Затем к бананово-
творожной массе примешать тертое яблоко.
Посыпать имбирем и кардамоном, хорошо
перемешать. Разложить по тарелкам, украсить
мелиссой и немедленно есть.

Приятного аппетита!

Совет № два

Как быстро расправиться со «срочными» делами

Если у вас скопилось множество дел, а вы не знаете, за что хвататься в первую очередь, прислушайтесь к моему совету. Я в подобных случаях поступаю следующим образом: записываю в столбик все, что мне предстоит сделать в ближайшее время, чтобы потом было проще со всем этим управляться. Я составляю список первоочередных дел и обычно прихожу в ужас. Оказывается, чтобы выполнить все намеченное, мне не то что недели — даже месяца не хватит! ЧТО ДЕЛАТЬ? Я стараюсь проанализировать весь список и поставить цифру 1 только рядом с теми делами, без которых жизни нет и быть не может. А затем бросаю все силы на их выполнение. Когда я с ними расправляюсь, то проделываю то же самое с оставшимися проблемами. Вы можете постоянно дополнять список, но от принципа первоочередности не отказывайтесь никогда. И у вас появится свободное время, которое вы раньше тратили на решение второстепенных, несрочных проблем.

Письма читателей

Дорогие мои, писательнице Дарье Донцовой приходит много писем, в них читатели сообщают о своих проблемах, просят совета. Я по мере сил и возможностей стараюсь ответить всем. Но есть в почте особые послания, прочитав которые понимаю, что живу не зря, надо работать еще больше, такие письма вдохновляют, окрыляют и очень, очень, очень радуют. Пишите мне, пожалуйста, чаще.

Здравствуйте, Дарья!
Хочется спросить: как у Вас дела? Как самочувствие? Но знаю, что Вы наверняка пишете новую книжку, которую мне, надеюсь, удастся через какое-то время обнаружить в книжном магазине! И у Вас нет времени отвечать на мои вопросы, да и потом, ведь есть «Записки безумной оптимистки», где Вы так замечательно пишете о себе. Я не буду отнимать у Вас много времени. Я просто очень хотела бы Вас поблагодарить за то, что Вы у меня есть. И Ваши книжки у меня есть. Живу я далеко от Москвы и, кроме как по письму, выразить Вам свою благодарность и бесконечное уважение не могу. Два года назад я поняла, что в моей жизни ничего ценного не осталось. Знакомые все разбежались. С мужем я развелась уже и не сосчитаешь сколько времени назад. Детей нет. А книжки Ваши, в ярких обложках, такие привлекательные. Вижу, люди вокруг их читают, улыбаются. Любопытство одержало победу, и вот я уже иду с Вашей книгой домой. И зачитываюсь. Завела себе щенка. Сейчас он уже подрос. Большой мохнатый пес Василий. Так что мне с ним и с Вашими книгами теперь не так одиноко идти по жизни. Да и знакомые новые появляются, Ваши поклонники.

Вот и все. До свидания, Дарья! Пишите, пишите, пишите!

Содержание

Донцова Д. А.

Д 67   Безумная кепка Мономаха: Роман. Советы от безумной оптимистки Дарьи Донцовой: Советы. — М.: Изд-во Эксмо, 2006. — 384 с. — (Иронический детектив).

Просто абсурд какой-то! Вот теперь, когда я, Евлампия Романова — можно просто Лампа, — нашла работу в детективном агентстве, приходится умирать со скуки. Нет клиентов, и все! Но я была бы не я, если бы не накликала приключений на свою голову. Моя первая, с таким трудом найденная, клиентка утверждает, что ее муж погиб в автокатастрофе... два раза. Вот мне и придется проверить: так ли это, или меня угораздило связаться с сумасшедшей! Все одно к одному! Кажется, у моего хорошего приятеля тоже поехала крыша — он решил примерить на себя безумную кепку Мономаха!..

УДК 82-3
ББК 84(2Рос-Рус)6-4

ISBN 5-699-14829-9   © ООО «Издательство «Эксмо», 2006

Оформление серии художника *В. Щербакова*

Литературно-художественное издание

Донцова Дарья Аркадьевна

БЕЗУМНАЯ КЕПКА МОНОМАХА

Ответственный редактор *О. Рубис*. Редактор *И. Шведова*
Художественный редактор *В. Щербаков*. Художник *А. Яцкевич*
Компьютерная графика *Е. Гузнякова*. Технический редактор *Н. Носова*
Компьютерная верстка *О. Шувалова*. Корректор *М. Колесникова*

ООО «Издательство «Эксмо»
127299, Москва, ул. Клары Цеткин, д. 18/5. Тел.: 411-68-86, 956-39-21.
Home page: **www.eksmo.ru** E-mail: **info@eksmo.ru**

Оптовая торговля книгами «Эксмо» и товарами «Эксмо-канц»:
ООО «ТД «Эксмо». 142700, Московская обл., Ленинский р-н, г. Видное,
Белокаменное ш., д. 1, многоканальный тел. 411-50-74.
E-mail: **reception@eksmo-sale.ru**

Подписано в печать 29.11.2005.
Формат 84 × 108 $^1/_{32}$. Гарнитура «Таймс». Печать офсетная.
Бумага газетная. Усл. печ. л. 20,16.
Тираж 235 000 экз. Заказ № 0518190.

Отпечатано
в ОАО «Ярославский полиграфкомбинат»
150049, Ярославль, ул. Свободы, 97

**С момента выхода моей автобиографии прошло два года.
И я решила поделиться с читателем тем,
что случилось со мной за это время...**

«Прочитав огромное количество печатных изданий, я, Дарья
Донцова, узнала о себе много интересного. Например, что я была
замужем десять раз, что у меня искусственная нога... Но более
всего меня возмутило сообщение, будто меня и в природе-то нет,
просто несколько предприимчивых людей пишут иронические
детективы под именем «Дарья Донцова». Так вот, дорогие мои
читатели, чаша моего терпения лопнула, и я решила написать о
себе сама».

Дарья Донцова открывает свои секреты!